妹と婚約者の逢瀬を見てから一週間経ちました

登場人物紹介

イアン・ル・ブロンテ
侯爵。昔、とある出来事をきっかけに
エリザベスに惹かれ、
人知れず想い続けていた。
エリザベス・ド・バルタチャ
浪費家の両親に代わって
弟と領地を守り抜いた男爵令嬢。
嫁ぎ先に夢を見ていたが……

ポール・ド・バルタチャ
エリザベスの弟。エリザベスの
幸せを誰よりも願っている。
リリアン・ル・ブロンテ
エリザベスの年下の親友で
イアンの妹。明るく素直。
リンゼイ子爵
ケネスの母親で
リンゼイ家の女当主。
やり手の実業家。
ケネス・デ・リンゼイ
エリザベスの婚約者。
思い込みが激しい一面がある。
ドロシー・ド・バルタチャ
エリザベスの妹でポールの姉。
甘えたがりで我儘。

「ドロシー、どうしたんだ？　なぜ、そんなに悲しそうな顔をしているんだ」

　この優しく甘い声は、わたくしの婚約者のケネス様のものです。しかしわたくしはこんな風に優しく話しかけて頂いた事はありません。ケネス様が優しそうに話しかけるのは、妹のドロシーです。わたくしとケネス様の結婚まであと一週間という今日、婚約者と妹が抱き合う場面に遭遇してしまいました。

　二人はわたくしが発したわずかな音に気が付いていません。誰も見ていないと思っているのでしょう。大好きな婚約者のケネス様が、妹のドロシーを力強く抱きしめています。三年間も婚約者だったのに、わたくしは、一度たりともケネス様に抱きしめられた事がありません。なんだかとても、空《むな》しい気持ちです。

　思わず身を隠して様子を窺《うかが》うと、ケネス様がドロシーをあやすように優しく微笑んでおられました。先程結婚式を楽しみにしていると笑っておられた顔を見たからこそ、わたくしに向けた言葉は偽りだったのだと分かります。ケネス様と過ごした日々を思い出しましたが、こんな風に優しく声を掛けて頂いた記憶は、一度もありません。ケネス様にお渡ししようと思っていた刺繍入りのハンカチが、静かに床に落ちました。

　ドロシーは、ハンカチで顔を隠して泣き声を上げています。だけど、あれは嘘泣きです。

両親に甘える時、わたくしに責任を押し付ける時、妹のドロシーはいつも泣くのです。妹は、泣けば自分の思い通りになるとこれまでの人生で学習してしまいました。両親がドロシーだけを可愛がり、無遠慮に甘やかすからです。わたくしは姉として妹を正そうと何度も注意しましたが、無理でした。どれだけわたくしが注意してもドロシーが嘘泣きをすれば、両親がわたくしを責めるのですもの。

そのうちドロシーは姉のわたくしを蔑《さげす》むようになりました。挙句《あげく》、勝手にわたくしの部屋に入って物を奪っていくようになったのです。最初は注意していましたが、ドロシーが嘘泣きをするとすぐに父に殴られるので諦めました。

今では、アクセサリーやドレスは盗《と》られる前提で購入しています。必要な時に使用できればあとはドロシーに盗《と》られても構いません。お友達からのプレゼントや、ケネス様からの大切な贈り物は、似た物や同じ物を用意し、ドロシーの目を誤魔化していました。

いつもの事ですし、自衛していたので慣れっこだったのですが、まさか婚約者まで奪われるとは思いませんでした。信じられませんけど、これは現実なのですよね。ドロシーは、両親に強請《ねだ》る時と同じようにハンカチで顔を隠し、悲しそうにケネス様に抱きつきました

「お姉様に、大事にしていた髪飾りを盗《と》られてしまいましたの。結婚祝いに渡せと言われました。仕方ありませんわよね。お姉様はリンゼイ家に嫁ぐ大事なお方なのですから……」

そう言ってハンカチで瞼《まぶた》を押さえる妹は、何も知らないケネス様からすれば、庇護欲を刺激するのでしょう。けれど本当は、ドロシーがわたくしの髪飾りを持って行ったのですよ。髪飾りだけ

じゃない、ドレスも、アクセサリーも、これから他の家に嫁ぐお姉様には不要なものだと、ほとんど自分の物にしてしまったじゃありませんか。両親からのアクセサリーやドレスは、まだこの家にいる自分のものだというのが妹の言い分ですが、そもそもわたくしは一度も両親から物を貰った事はありません。わたくしの持ち物は、頂き物を除けば全てお義母《かあ》様と運営した商会で稼いだお金で買った物です。

もっとも、両親がわたくしに何かを贈るなんてありえませんけどね。自分たちの贅沢と、ドロシーを可愛がる事にしかお金を使わず、領地に使うお金にも手を出そうとする両親には嫌悪感しかありませんもの。家族で信用出来るのは弟だけです。

実の家族のほぼ全員と不仲だったからこそ、嫁ぎ先には期待しておりました。ケネス様がわたくしに暴力を振るうのはわたくしが生意気な口をきいた時だけです。普段は、優しい方でした。ですが、今目の前に広がる光景を見る限り、ケネス様が優しいと思っていたのはわたくしの勘違いだったようですね。お義母《かあ》様もたまに平手打ちをしますけど、力も弱いし、そこまで痛くありません。最近は、とてもお優しいです。弟は、ケネス様がわたくしに暴力を振るう事は知りません。だって、大事な弟に心配をかけたくありませんもの。弟のポールはとても優しい子なので、わたくしが暴力を振るわれていると知れば、悲しむし怒るでしょう。父がわたくしを殴った時も、何度も父に抗議しようとしてくれましたもの。けど、父の不興を買うと、ポールが家でわたくしのように冷遇されてしまいます。だから、いつもポールを宥《なだ》めていました。貴族は傲慢な人が多いのですから、わたくしの境遇もそこまで酷いとは思いません。ポールのように、鍛錬を欠かさないにもかかわらず家族にも使用人にも丁寧に言い含める貴族のほうが稀《まれ》なのです。父の友人達も社交の場では紳士ですけれど、陰で使用人を恫喝《どうかつ》しておりますもの。

ケネス様と結婚すれば、優しいお義母《かあ》様と暮らせますし、理由のない暴力に怯える事はなくなります。わたくしは、結婚する日をとても楽しみにしておりました。

だけど、一週間後に夫になるはずだった大好きな人は妹と睦《むつ》み合っておられます。

ケネス様は、ドロシーを抱きしめてわたくしの悪口を叫びました。

「ああ！　可哀想に！　エリザベスはなんて酷い女なんだ！　泣かないでドロシー。僕が最高品質の髪飾りをプレゼントするよ！」

「ありがとうございます。ケネス様」

ドロシーが可愛らしい笑みを浮かべます。

ケネス様も、ドロシーを信じるのですね。また同じ事が繰り返されるのですね。心がスゥっと冷えていきました。

「楽しみにしていてくれ。明日には持って来るよ。あの悪女は、明日は母上と会うと言っていた。だからいつもの秘密の場所で会おう。結婚式が憂鬱で仕方ないよ。エリザベスがあんな悪女だと知っていたら婚約なんてしなかったのに……。僕は、ドロシーと結婚したかった。でも、母がエリザベスを気に入っていてね。家同士の婚約なのだから、ドロシーでも良いじゃないかと何度も言ったのだけど、母は許さなかった。だから、僕が意地悪なエリザベスをドロシーから引き離すよ。結婚はするけど、あんな女愛するものか。寝室は別だ！　三年で子が出来なければ、エリザベスの有責で離縁できる。母はエリザベスを気に入っているけど、子が出来ないなら諦めるだろう。そしたら、ドロシー……僕と結婚してくれるかい？」

自分の耳を疑いました。

この人は何を仰《おっしゃ》っているのでしょうか？　百年の恋も冷める一言です。

わたくしの貴重な三年間を無駄にこの浮気男に捧げろというのですね。自分勝手過ぎます。怒りが湧いてきましたわ。こんな男と結婚するのは絶対に嫌です。

わたくしは現在十八歳、妹は十五歳です。妹は今年この国で結婚が許される年になったばかりですから、三年くらいはなんとかなりますけど、わたくしは三年後に二十一歳になります。平民ならまだしも、わたくしは男爵令嬢。結婚相手を探すのは難しいですわ。二十歳を超えてしまえば、結婚出来る相手は絞られます。しかも、子が出来ないと濡れ衣を着せられてしまえば、まともな婚姻は望めません。

お義母《かあ》様はケネス様が生まれるまでの十年間、子爵夫人として立派に生きておられましたし、今も女子爵として辣腕《らつわん》を振るっておられますが、それはお義母《かあ》様に領地経営の才覚があり、かつ、今は亡き先代子爵がお義母《かあ》様を認めていたからです。夫となるケネス様があのような事を言っている以上、わたくしはお義母《かあ》様のように生きられません。このままでは、三年後に離縁されます。そうなれば、修道院に行くか、年上貴族の後妻になるか、平民として暮らす未来しかありませんね。

わたくしは商会を運営しておりましたから平民の方との交流もありますし、平民になる方が良いかもしれませんね。がんじがらめの貴族と違って、平民の方は自由で輝いておられますもの。才能豊かな方も多いですし、貴族のように結婚が全てではありません。年齢なんて気にせずに好きな人と添い遂げておられますし、子どもは授かりもので子が産まれないから離縁されるなんて滅多に聞きません。一夫一妻ですから、仲良く過ごしているご夫婦も多いです。子が産まれないと跡取り問題などが発生するため、一夫多妻の貴族社会とは別世界のようですわね。

とはいえ、我が国で第二夫人を持つことが許されるのは伯爵家の当主からです。我が家も一夫一妻ですもの。子爵、それも嫡男とはいえ未《いま》だ当主ではないケネス様には使えない権利です。……使えなくて本当に良かったですわ。

そう考えると、貴族より平民の方が良いかもしれません。いっそ、今すぐ平民になりましょうか。ケネス様は大好きな妹と結婚出来て嬉しいでしょうし、両親も賛成するでしょう。

いいえ、お世話になったリンゼイ家のお義母《かあ》様に不義理はしたくありません。嫁入り教育と称して商売のやり方を教えて下さったお義母《かあ》様はわたくしの恩人です。たくさん苦労をしましたし、散々叱られもしましたが、多くの利益を出す事が出来るようになるまで、根気強く我が家との取引を続けてくださったのです。そのご恩に報いず、お詫びもお別れの挨拶もしないまま、黙って平民になるのは絶対に駄目です。

それに、ドロシーの思い通りになるのはなんだか悔しいです。ドロシーに大切なものを取られたのは何回目でしょうか。まさか、婚約者まで取られるとは思いませんでした。ケネス様の腕の中で、ドロシーが甘く囁きます。

「ケネス様、わたくしも、ケネス様をお慕いしております。でも、わたくしも貴族の娘。三年もお待ちできませんわ。父も、姉が嫁げばわたくしの番だと婚約者を選定しておりますもの。どうか、姉とお幸せに。わたくしは、ケネス様との思い出を糧《かて》に貴族として強く生きますわ」

ドロシーの嘘つき。あなたが私から奪ったものを大切にしたことも、貴族として何かを我慢したことも、一度だってないじゃないですか。

わたくし達の弟であるポールが生まれる前、わたくしは跡取りだから甘えてはいけないと、両親に可愛がられる事はありませんでした。その横で、ドロシーはいずれ家を出るのだからと甘やかされていましたわ。そしてポールが生まれた途端、ドロシーの扱いは変わらないまま、わたくしだけ簡単に切り捨てられたのです。

その後、少女時代の楽しみを全て投げ捨てて、両親が面倒がってやらない領地の仕事を代行したのも、弟を育てたのも、わたくしと使用人達です。両親は、まるで男児を生みさえすれば勝手に育つとでも思っているかのように、ポールの教育には一切興味を持ちませんでした。危機感を覚えたわたくしは、幼い弟に様々な事を教え込みました。努力の甲斐あり、今年で十歳となったポールは、幼いながらに文武に秀で、両親にもドロシーにも可愛がられるほどの人あしらいの上手さを身につけています。弟の成長と、それをわたくしの成果だと労《いたわ》ってくれる使用人達だけが、わたくしの支えでした。

ふわふわの金髪で可愛らしい顔だけを武器に、礼儀がなっていないことも、言葉遣いが粗雑であることも、マナーをろくに覚えていないことも誤魔化してきたドロシーにだけは、『貴族として』だなんて口にしてほしくありません。

つくづく思い返すも、どうして両親は、ドロシーにだけお金をかけて甘やかすのでしょう。ドロシーは、そのお金をどぶに捨てるかのように、淑女らしくない振る舞いばかりするのでしょう。わたくしにもポールにもお金を出してくれないのに、ドロシーにだけは、いいところに嫁がせるのだとたくさんのドレスやアクセサリーを買い与え、立派な家庭教師を雇っていました。本当なら、跡取りとなるポールにたくさんの教師を付けないといけないのに。

余談ですが、わたくしの当主教育は執事のセバスチャンと侍女長のリアが、ポールの教育はその二人に加えてわたくしが務めていました。ポールは身体能力が高いので、剣の訓練をきちんと行えば、護衛をつけずとも一人であしらえるほど強くなれるとセバスチャンが見抜いたときは、両親にポールの家庭教師を頼みました。しかし、受け入れてはもらえませんでした。だから、お義母様に教えて頂き設立した商会の儲けで、家庭教師を雇うお金を捻出しました。わたくしの教育は、全てセバスチャンとリアが行ってくれました。ふたりは元々貴族でしたから、様々な事を教えてくれました。本当に、感謝しています。

ポールの家庭教師の費用を全て用意できたのが先月の事です。ポール以外はお金を使えないように手配しました。領地運営の資金捻出の為に設立した商会の運営をポールとセバスチャンに任せたのが、先週の出来事です。

必要な引継ぎは全て終わり、来週には結婚して幸せになるのだと思っていました。リンゼイ子爵家に嫁ぐ日を楽しみにしていたのです。

貴族である以上、我慢することは多いだろうけれど、ケネス様とお義母《かあ》様と暮らすのは楽しみでした。ケネス様となら、きっと幸せな家庭が築けると信じていました。

だけど、これは無理です。

「くそっ……あの悪女……エリザベスさえ……いなければっ……」

ケネス様は、わたくしが嫌いなのですね。お義母様《かあ》と共にわたくしに会いに来てくださった頃は優しかったけれど、あの時の優しさは、演技だったのでしょう。結局、彼も両親と同じく、ドロシーの言葉だけを信じる人なのですわ。

すすり泣く妹と彼女を優しくあやす婚約者様は、今も抱き合っておられます。それどころか、口付けまで交わし始めました。

わたくしには、一度も口付けなんてして下さらなかったのに。ケネス様は奥手だと聞いておりましたが、違ったのですね。

そもそもここは我が家の廊下ですよ、誰かに見られたらどう説明なさるの？

そんな皮肉めいた言葉をかける余裕すらなく、婚約者と妹の裏切りに、呆然と立ち尽くすしかありませんでした。


わたくしこと、男爵令嬢エリザベス・ド・バルタチャと、子爵家の嫡男であるケネス・デ・リンゼイ様の婚約が整ったのは三年前のことです。

わたくしを気に入ったご当主からの打診でした。リンゼイ家は先代のご当主がお亡くなりになり、ケネス様のお義母様《かあ》が跡を継がれました。女性の当主は珍しいのですが、その物珍しさよりもやり手の経営者として有名な方です。つり合いはとれるとはいえ格上の子爵家からの婚約の申し入れに最初は驚きましたが、持参金は不要な上に高額の支度金まで頂けるという破格の申し出に、両親は大喜びでした。初めてお会いした時のケネス様は、とても優しかったことを覚えています。

「母が勧《すす》める子なら間違いないよね。これからよろしく」

そう言って、この国では婚約の証となるブローチを手渡して下さいました。そのブローチは、今もわたくしの胸《むな》で虚しく輝いております。ですが、冷静になるとケネス様は、わたくしの事をお好きではなかったのでしょう。ドロシーの前で見せている優しい笑顔……あんなに嬉しそうな顔、初めて拝見致しました。わたくしと話す時も笑っておられましたけど、あの時の笑みとは全く違います。ケネス様は、間違いなく妹がお好きなのです。

冷静になってみれば、前々からおかしな点が多かったと思います。最初はお互いの家を行き来していたのに、一年ほど前から交流の場所はいつも我が家になり、お義母《かあ》様も交《まじ》えてお話しするのではなく、ケネス様がお一人で来られるようになりました。そして、以前は何時間もお話をして下さったのに、最近は三十分程度お茶を飲むだけで、結婚の準備があるからとすぐ帰ってしまっておりました。結婚が近いから、子爵家に会いに来る移動時間や自分と過ごす時間を家族との時間にあてて欲しいのだと仰《おっしゃ》っておりましたけど、きっとドロシーに会いたかったのですね。

最近はお義母《かあ》様に、ケネス様とどんな話をしたのかと聞かれるたび、ケネス様がお義母《かあ》様に叱られないよう、いつも必死で誤魔化しておりました。交流の時間が少ないと分かると、ケネス様が叱られてしまうと思っておりましたのに、余計な心配でしたね。ケネス様はわたくしがお義母《かあ》様と話している間、たっぷりドロシーと逢瀬を重ねていたのでしょう。あの浮気男、本当にどうしてやりましょうか。

そんなことを考えていると、わたくしと同行していた侍女長のリアが声をかけてきました。

「お嬢様、ここは場所がよろしくありません。こちらに」

そう言って彼女はわたくしを空き部屋に連れて行ってくれました。

「本日は、この部屋を使う予定はありません。鍵をかけたので、誰も入って来ません。本日はリンゼイ子爵との面会予定含め、お嬢様の予定は一切ありません」

「ポールは……？」

「剣術の先生と騎士団に課外授業に行っておられます。旦那様と奥様は、お買い物で夜まで戻られないでしょう。ここなら馬車の出入りも分かります」

「リア……」

「この部屋は密談などに使われるので防音されています。一人がよろしければすぐに出て行きます。どうぞ、エリザベスお嬢様のお好きなように」

ああ、この優秀な侍女長はいつもそうです。

最低限の救いの手を差し伸べて、あとは自分で考えるように促してくれます。リアのおかげで、こんな理不尽な家でも強く生きられました。

「リア……わたくし、ケネス様とドロシーが許せないの」

「はい。私も腹が立っております。どうぞお嬢様のお好きなように。私も、夫も、ポール様もお嬢様の幸せを願っております」

夫、とは執事のセバスチャンのことです。

「……いつから……だったのかしら？」

「私も初めて見ましたのでなんとも……すぐに調査致します」

「お願い。それから、リア」

「はい。なんでございましょうか？」

「わたくしが結婚せずにリンゼイ家のお義母《かあ》様に恩を返す方法はあるかしら？」

「……それは」

リアが口ごもるということは、現実的な手段としては何もないのでしょう。

「難しいわよね。でも、もう一秒たりともケネス様に会いたくないわ。幸い、今日で訪問は終わり。次に会うのは結婚式よね？」

「左様《さよう》でございます」

「元々は、お義母《かあ》様と商会の準備に充《あ》てるつもりの時間だったけど……そうだわ！　明日はお義母《かあ》様と商談を兼ねた観劇の予定。ねぇ、ドロシーはわたくしの予定を知っている？」

「いえ、ご存知ないと思います」

「そうよね。絶対バレないようにして頂戴。本当は、リアとセバスチャンを招待しようと思って二枚余分にチケットを購入しておいたのだけど、観劇はまた今度で良い？」

まずは、お義母《かあ》様に現実を知って頂きましょう。わたくしとケネス様の仲は修復不可能で、我が家と縁を繋ぐのであればドロシーとケネス様を結婚させるしか無いと分かって頂きます。そうなれば、お義母《かあ》様は、ドロシーを厳しく躾《しつ》けると思いますし、ドロシーだって『心からケネス様と結ばれたい』のなら頑張るでしょう。だって、あんなに熱い口付けを交わすほど『本気で愛し合っている』のですから。

ありえないとは思いますが、お義母《かあ》様がドロシーとの結婚を認めず、予定通りケネス様とわたくしを結婚させようとするなら……別の対策を考えましょう。とにかく、何がなんでもケネス様との婚約を解消します。

リアは、わたくしが取り出したチケットを見て頭を下げました。

「お嬢様……使用人にそのような気遣いは必要ありません」

「リアとセバスチャンが教えてくれたから、貴族としての教養が身に付いたわ。嫁ぐ前に恩返ししたいと思っていたの」

「私の望みは、お嬢様がお幸せになる事です。夫も、そう思っていますよ」

子どもがいない二人は、わたくしとポールを自分の子のように可愛がってくれました。ドロシーが産まれてから両親はわたくしに構わなくなりましたけど、二人のおかげで寂しくなかったのです。

「じゃあ、わたくしは絶対幸せにならないとね。まずはドロシーと愛し合っている婚約者様をどうにかしましょう。あんな男と結婚するのだけは避けたいわ。いくらお義母《かあ》様が素晴らしい方でも、愛する努力すらしようとしない男と結婚はしたくないもの」

貴族の結婚は政略結婚が主流です。ですから、はじめから愛せとは申しません。ですけど、夫婦になるのですから愛する努力はして頂きたいですわ。わたくしは、ケネス様を愛する努力をしました。最初は探り探りでしたが、ケネス様を愛していました。お優しい笑顔が、大好きでした。

たった今ケネス様への愛は冷めましたけどね。もう二度と顔も見たくありませんわ。

「それがよろしいかと。ドロシー様に観劇のチケットをお渡しすればよろしいですか？」

「わたくしからとは言わずに渡して。ドロシーの好きそうな演目だし、観《み》に行くと言い出すと思うわ。きっとケネス様と一緒に行きたがる」

次に出す店は、夫婦や恋人をターゲットにするつもりでした。だから、勉強の為に恋人に人気の劇を観に行く事にしたのです。本当はケネス様と行きたかったのですが、断られました。日程や演目をお伝えする前に断られてしまって、落ち込んでおりましたわ。嫌われたのではないかと不安でしたが、それ以前の問題でしたね。

「浮気男とドロシー様が一緒に劇を観覧している様子を、リンゼイ子爵に目撃させるおつもりですね？」

リアは優秀です。

何も言っていないのに、わたくしの意図を察してくれました。

「お願い出来る？」

「はい。お任せ下さいませ。演目は恋人や夫婦向きですので、ドロシー様は浮気男と行きたがるでしょう。あの方は見栄っ張りですから、ひとりで観劇したりなさいませんもの。すぐに渡して参ります。浮気男に明日の予定がない事は把握しております。お嬢様がお誘いしているのに、日程も聞かず断ったので腹が立ち、さりげなく伺《うかが》いましたところ、予定は無いが観劇に興味がないのだと仰《おっしゃ》いましたので」

ドロシーは、使用人をあまり信用していません。けど、我が家の全てを把握し取り仕切るといっても過言ではないリアとセバスチャンは別です。リアから渡されたチケットなら、ドロシーは喜んで行くでしょう。急だから、お友達も誘いにくいことですし、恋人に人気の演目なので、見栄っ張りのドロシーは男性と行きたがるでしょう。きっと、ケネス様を誘うはずですわ。

「まあ。ケネス様は嘘吐きね。この演目は、ケネス様もお好きな筈よ。大好きな俳優も出ているのですもの」

「あの浮気男は、リンゼイ子爵からお声掛け頂いた時しかお嬢様と観劇に行きません。以前から、不審に思っておりました。もっと調査すべきでした。申し訳ありません」

「言われてみれば、チケットをお渡しした時は受け取って頂けるのに、一緒に行こうとお誘いしたらいつも断られていたわね。わたくし、鈍いわね。こんなに嫌われていたのに……」

予定がなくても、わたくしとは行きたくないのですね。ドロシーと一緒なら、喜んで行くのでしょう。そう思うと、涙が止まりません。

「ごめんね……リア。面倒をかけて」

「面倒ではありません。ご安心下さい。お嬢様、私は部屋を出ますので、私が出たら鍵をかけて下さい。こちらに水桶も、タオルも、お化粧道具もあります」

本当に、リアは優秀です。

彼女から学んだ事はたくさんあります。淑女はいつでも凛として、弱みは人前で見せてはいけないというのも、幼い頃に叱られたことのひとつ。

泣くのは信頼できる人の前だけにしなさい、そして、泣き崩れるのは一人の時だけにするようにと指導してくれました。何があっても泣くな、ではなく、泣いていい場所を作り、そこで泣きなさい、と教えてくれたのです。

「うっ……くっ……わぁ……わぁぁぁん!!」

リアが出て行って、鍵を掛けてから胸のブローチを投げ捨て、わたくしは泣き続けました。


涙が枯れた頃に、リアが戻って来ました。

弟からのプレゼントだと言って、ドロシーにチケットを渡してくれたそうです。ポールは、ドロシーに好かれていますので、より信用して貰えるでしょう。

ちなみに、リアがドロシーの部屋を訪ねると、長々と待たされたそうです。押し問答の末、ようやく部屋に入ると、クローゼットから男性の服がはみ出していたそうですわ。

侍女もドロシーも焦っていたそうですから、ケネス様が隠れていたのは間違いありません。隠れるなら上手く隠れて頂きたいですわ。服がはみ出しているなんて、お粗末です。

「あんな人達に無駄な時間は使えません。部屋に籠《こも》っているようでしたので、私が強引に押し入れば、慌てて隠れると思いました。これで、あの浮気男が聞いている場でドロシー様が二人分のチケットを受け取ったことになり、誘う相手に選択の余地がなくなりました。目的は達成です」

リアは淡々と状況を説明してくれました。

わたくしが泣いている間に使用人の調査も済ませてくれたそうです。

二人の仲を知っている人はほとんどいませんでした。数少ない目撃者は、お父様から賄賂《わいろ》を貰って口をつぐんでいたと分かりました。つまり、お父様もドロシーの行為をご存知だったのです。相変わらずドロシーに甘いのですね。姉の婚約者に言い寄る娘を叱るくらいの常識は持ち合わせておいて欲しかったです。今までバレなかったのはドロシー付きの使用人とお父様に守られていたからなのでしょう。

あの廊下は人通りが少ないので、ドロシーの部屋まで待てずにいちゃついていたのでしょうね。幸い、わたくしとリアがふたりの口付けを目撃した事は、気付かれていません。

本当に、リアと一緒で良かったです。そうでなければ、冷静になれないままドロシーとケネス様を問い詰めていたでしょう。その場合、わたくしはすぐ感情的になって声を荒らげる醜い婚約者だと言われ、不利になっていたかもしれません。両親はドロシーの味方ですし、お義母《かあ》様も証拠がなければ息子のケネス様の言葉を信じるでしょう。

あの時取り落としたプレゼントは、リアが回収してくれました。そして、わたくしの手で暖炉に放り込まれ、灰になりました。頑張って作った刺繍入りのハンカチだったのですが、もう二度とケネス様の名前も家紋も見たくありません。燃えさかるプレゼントが灰になると、ケネス様への愛情も綺麗さっぱり消え去ってしまいました。

帰って来たポールは報告を受け、泣きながらわたくしに抱きついてきました。もう大きくなってきたから、家族でも婚約者以外の異性と抱き合ってはいけないと教えていたのですが……今回ばかりはポールの優しさが嬉しくて涙が止まりませんでした。

「姉さんを裏切るなんて許せない。あの裏切り者共を今すぐ僕が切り捨てて来るよ」

そう言って、ポールは本当に剣を持って行こうとしました。

「待って！　実の姉と子爵家の跡取りに剣を向けるなんて、駄目よ。そんな事をしたらポールがタダでは済まないわ！」

「あんな人、姉だと思った事はない。血は繋がっているし、表向きは姉さんと呼ぶけど、僕の姉はエリザベス姉さんだけだ。それに、あの男も許さない。姉さんを大事にすると言うから祝福したのに……前々から怪しいとは思っていたけど、あんなクズだと思わなかった。切り捨てるのがダメなら、手袋を叩きつけて来るよ」

「決闘を申し込まないでちょうだい！」

「大丈夫。僕は成人した騎士にも勝ったんだ。あのクズはそんなに鍛えてない。負けるわけないよ」

そこからポールを宥《なだ》めるのは大変でした。

セバスチャンもリアもポールに賛成して、決闘の作法を指導し始めてしまいましたので、必死で止めました。

けれど、ポールが泣きながら自分の事のように怒ってくれたおかげで、わたくしの悲しみはだいぶ癒えました。泣いていても何も変わりません。わたくしは、前に進むしかないのです。幸い、わたくしには泣いてくれる大切な家族がいます。厳しくも優しい使用人達がいます。わたくしは一人ではないのです。

「ポール、セバスチャン、リア。本当にありがとう。もう大丈夫よ。絶対にあの男と別れる。ケネス様がドロシーと結婚したいなら勝手にすれば良いと思っているわ。けど、今までの代償は支払って頂くわ。必ず」

「「「当然だよ！（です！）」」」

「まずは、お義母様《かあさま》にこの事実を知って頂きましょう。ケネス様には大ダメージよ」

「結婚式は来週だよ。世間体があるから、見逃して結婚しろとか言われない？」

「可能性は低いと思うけど、ケネス様と我慢して結婚しろと言われたら、姿を消すわ。その場合はポール、しばらく商会に匿《かくま》わせて。もうお義母様《かあさま》の手は離れているし、平民になって従業員として働いていれば諦めて下さるでしょう。平民と貴族は結婚出来ないもの。ドロシーと結婚しろとお義母様《かあさま》が言い出すのはあり得るけど、それは大歓迎よ。ドロシーはお義母様《かあさま》の厳しい指導を受けるわ。あの甘えっ子に耐えられると思う？」

「無理だね」

「でしょう？　それに、お義母様《かあさま》は浮気や不倫が大嫌いなの。ケネス様にも浮気をするなと常々仰《おっしゃ》っていたから発覚しただけでかなり絞られる筈よ。亡くなられたお義父様《とうさま》があちこちに愛人を作っていて、大変ご苦労なさったのですって。だからきっと、ケネス様は跡取りから外されるわ。

弟君が優秀だと聞いているから、問題ないでしょうしね」

「じゃあ、ドロシーは結婚出来ても当主になれない浮気男と暮らさなきゃいけない訳か」

ああ、可愛い弟が冷たい目をしておりますわ。ドロシーの呼び方もいつの間にか呼び捨てになっております。

「その状態になっても離縁はきっと無理よ。贅沢もさせて貰えないし、毎日お勉強させられる」

「あの女には地獄だろうね」

「ドロシーが反省して心を入れ替えればあの子の為になるし、駄目でも我が家の財を食い潰すドロシーを引き取って頂けるのよ。こんなチャンスはないわ」

ドロシーは妹です。でも、ここまでされたドロシーを気遣える程わたくしは優しくありません。お義母様《かあ》はなんだかんだケネス様に甘いので、浮気について厳しく叱り飛ばしても、最終的にドロシーとの結婚を認めることはありえるでしょう。でも、ケネス様を跡取りにする事はないと思います。根回しもせずに婚約者の妹と浮気をする人が当主になれるのか……冷静に判断して下さると思います。

ドロシーが家にいなければ、無駄遣いをする人が一人減ります。ポールが成人するまで、なんとか家に残りたいですが、無理なら平民になって影でポールを支えましょう。

「姉さんは、良いの？　あの男を愛していたよね？」

「あんなもの見せられても愛し続けられるほどわたくしの心は広くないの」

「姉さん……」

「気にしないで。結婚前に分かって良かったわ。あんなのと結婚しても幸せになれないもの。幸い、今ならギリギリ間に合う。わたくしは、運が良かったのよ」

ケネス様の事は好きでした。けど、今は大嫌いです。

ケネス様との幸せな思い出が沢山あった筈なのに、一切思い出せません。

だからもう、良いのです。


次の日になりました。わたくしはお義母《かあ》様と劇を観覧しております。

ドロシーがわたくしの部屋を漁ってアクセサリーを持って行ったとリアから報告がありましたので、きっと着飾ってケネス様と観《み》に来ると思います。緊張しますわ。

「お義母《かあ》様、本日はありがとうございます」

「こちらこそ。素敵な劇に招待してくれてありがとう。ケネスも誘ったのだけれど、友人との約束があるのですって」

「そうなのですね。残念ですわ」

え、友人との約束ですか？　ケネス様が来なかったらどうしましょう。けど、ドロシーが着飾るならきっとお相手はケネス様ですよね？

不安に思っておりましたら、お義母《かあ》様が嬉しそうに声を弾ませました。最初は厳しかったお義母《かあ》様ですが、今はわたくしを認めて下さり、自分の娘のように扱って下さいます。

「ついに来週は結婚式ね。エリザベスが娘になるのが楽しみだわ」

「わたくしも、お義母様《かあさま》と家族になれる日を指折り数えて楽しみに待っておりました」

嘘は吐《つ》いていません。けど、胸がチクリと痛みます。

お義母様《かあさま》を騙すようで心苦しいのですが、わたくしが訴えるだけでは足りません。母は厳しいといつもケネス様は仰《おっしゃ》いますけど、お義母様《かあさま》はケネス様をとても大事になさっています。だって、お義母様《かあさま》はケネス様の誕生日にはいつも贈り物を用意しておられますし、商会の商品を査定する時にも、ケネス様の好きそうな物があれば個別に購入なさっています。それだけ大事にしている息子が不貞をしたと聞いても、すぐには信じられないでしょう。

時間があれば、お義母様《かあさま》に心労を与えないよう、ゆっくり話し合いの機会を設《もう》ける事も可能でした。

でも、来週には結婚式なのです。もう時間がありません。

悲しいですけれど、ここできっぱりと断ち切る方がお互いの為ですわ。

お義母様《かあさま》のことは今でも大好きです。両親に放っておかれたわたくしは、リアとお義母様《かあさま》を心から慕っています。厳しい方ですし、街中で叱られた事もありますけど、両親に褒められた事も叱られた事もないわたくしはお義母様《かあさま》に叱られる事が嬉しくて幸せでした。

お義母様《かあさま》は家族になるのだからと、色々な事を教えて下さいました。

お義母様《かあさま》のご指導のおかげで領地は潤《うるお》うようになりました。飢饉《ききん》の時は、たくさんの食料を分けて下さいました。商会を作り、一生懸命働いて頂いた食料のお金を三倍にして返した時、初めてお義母様《かあさま》が褒めて下さいました。あの時は、とっても嬉しかったです。

ですがごめんなさい、お義母様《かあ》。わたくしはもう、ケネス様を愛せませんわ。今までの事を思い出していると、涙が出そうになります。いけませんわ。まだ劇で泣くには早いです。今泣けば、不審に思われてしまいます。

複雑な感情を抱えながら劇を観覧しておりましたが、第一幕が終わってもあの二人の姿を見つけることは出来ませんでした。来なかったのかしら。ほかの手を急いで考えませんと。

ひとまずリアに連絡を取ろうと思い、外に出ようとすると、騒がしい声がしました。どうやら、第一幕に間に合わず外で待たされた方が騒いでおられるようです。

なんだか聞き覚えのある声ですわ。嫌な予感がして声が聞こえた方向を見ると、ケネス様がドロシーをエスコートしておられました。

ずいぶんくっついていますね。わたくしは、あんな風にエスコートして頂いた経験はありません。チクリと胸が痛みました。もう、本当に終わりなのですね。

劇場内に、ドロシーの下品な声が響きます。

「もう！　途中からでも入れてくれれば良いじゃない！　気が利かないわね！」

「全くだ！　可愛いドロシー、すまないね。さ、ゆっくり見ようね」

「はい！　愛しておりますわ！　ケネス様！」

ドロシーが、ケネス様に寄り添って……く、口付けを交わしております。

ここは、劇場ですよ!?

常識を考えて下さいまし！　劇場で口付けをしても良いのは、特別席に座っている時だけです！

特別席は、高位貴族の方しか購入出来ませんのでドロシーが知らなくても仕方ありませんけれど……いや、そんな事ありませんわ。成人したこの国の貴族なら知っていて当然です。

ああ、なんだか頭がクラクラして参りました。ドロシーはともかく、ケネス様は常識があると思っておりましたのに。こんなに人目がある所で口付けなんて、大恥です！

下品……下品過ぎますわ！

ケネス様も、ドロシーにうっとりせずに止めて下さいまし！

「……ケネス……？」

隣から、お義母様《かあ》の冷たい声が聞こえます。

自分で仕組んだ事なのに物凄く怖いです!!

だけど、わたくしもここで初めてケネス様の裏切りを知ったと思って頂きませんと。

腹立たしいのですが、まだ胸にはケネス様から頂いたブローチがあります。これをあの男に突き返すまでは、逃げる訳に参りません。昨日、投げつけた時に少し欠けてしまったブローチは、まるで、わたくしの心を写しているかのようです。ケネス様と婚約してからずっと身に付けていた大切な物でしたのに、今は、自分の胸に存在しているのが忌《い》まわしくて仕方ありません。

さぁ、頭を切り替えましょう。昨日の自分を思い出すのです。わたくしは、震えた声で呟きました。

「ケネス様……何故……妹と……？」

「……エリザベス……あの下品な娘はエリザベスの妹なの？」

「は、はい。申し訳ございません」

低い、とても恐ろしい声です。

今更ながら、『自分が苦労したから、息子達は浮気をしないように育てた』と、いつもお義母様《かあ》は仰《おっしゃ》っていたことを思い出します。だから、大丈夫だと思っておりました。感じていた僅かな不安を、全て押し潰してしまったのです。

……お義母様《かあ》のせいにしてはいけませんね。悪いのは、ケネス様とドロシーです。そして、ケネス様と仲良く出来ず、浮気の予兆に気づけなかったわたくしにも責任があります。だからこそ、わたくしの手で終わりにしてみせます。

隣にいるお義母様《かあ》の気配が、重くなりました。怒っておられるのは間違いありません。

本音を言えば、お義母様《かあ》が怖過ぎて、これ以上ここにいたくありません。

ですが、自分で決めた事です。あの男に反省して頂く為にも、もう少し頑張りませんと。

「お義母様《かあ》、もうすぐ第二幕が始まります。劇が終わるまでは声を掛けず見守りましょう。わたくし、耐えますから……」

そう言ってハンカチを取り出すと、お義母様《かあ》が抱きしめて下さいました。涙が出てきて止まりません。お義母様《かあ》の娘に、なりたかったですわ。

「説明なさい」

劇が終わってベタベタといちゃついていたケネス様とドロシーに、静かにお義母様《かあさま》が声を掛けました。また口付けを交わしています。周りが引いている事にすら気が付かないなんて、この二人はどうしてしまわれたのでしょうか。周囲を見渡すと、お友達や知り合いを何人かお見かけしました。気を遣って席を外してくれる方もおられましたが、ジッと観察している方もいます。わたくし自身も今は、一歩引いた位置で三人を見守っています。

お義母様《かあさま》に声をかけられたケネス様は、呆然とした表情で固まっておられます。

ですが、ドロシーはお義母様《かあさま》を知らないからとんでもない事を言い出しました。

「誰よ、このおばさん。私達は貴族なのよ。気安く声をかけないでよね」

ドロシーの発言で、場が凍りつきました。

確かに今日は、商談の後ですので、一目で貴族と分かるようなドレスは着ていません。しかし、観劇に来るのは生活に余裕のある人だけです。つまり、貴族や大商人がほとんどなのです。劇場で知らない方に声をかけて頂いたら、丁寧に返事をするものなのに……

ケネス様は、真っ青な顔のまま黙りこくっています。お義母さまから目をそらそうとした結果、わたくしに気が付いて更に顔を青くしておられますね。

一方、ドロシーは扇子《せんす》で顔を隠しているだけのわたくしに気が付きません。いつも周りを見ろとドロシーに注意していたのですが、やはりわたくしの話は聞いていなかったのですね。

お義母様《かあさま》は、声色をとても優しいものに変えて、ドロシーに話しかけました。

「失礼致しました。とっても情熱的で素敵だったからお声がけ致しましたの。とてもお似合いね。

貴方達はご夫婦なの？」

　これはお義母様《かあ》の得意技なのです。ああやって、優しく話して情報を引き出すのだと以前教えて下さいました。わたくしは未熟で、まだお義母様《かあ》のように上手に出来ません。

「えっ⁉　そう見えます⁉　やっぱりお姉様よりわたくしの方がケネス様に相応《ふさわ》しいですよね！」

「ご夫婦か聞いたのだけど……まぁいいわ。ねぇ、貴方達は愛し合っているのよね？」

「そうです！　やだ！　このおばさん話が分かるわ！　嬉しい！　ケネス様！　お似合いですって！」

ドロシー！　お願いだからもうやめて下さい!!

お義母様《かあ》は優雅に笑っていますけど、手に持つ扇子《せんす》にヒビが入っておられますわ!!

「ケネス様、初めまして。何度も口付けをされているのを拝見しましたわ。わたくし、夫とは死別してしまったものだから羨ましくて。本当に仲がよろしいのね」

初めましてと聞こえましたが、気のせいではありませんよね。

息子に……初めましてですか。もう、全てお義母様《かあ》にお任せしましょう。

怖くて口を出せません。

「そうなのね。おばさんは綺麗だから、また良い人が見つかるわよ」

ドロシー！　おばさんと呼ぶのは三回目ですよっ!!

お願いです！　せめて、おばさんと呼ぶのはやめて下さいましっ!!

お義母様《かあ》は、淡々と返事をしておられますけど……怖すぎます。

「お慰《なぐさ》め頂いて嬉しいわ。そんなに熱い口付けを交わす仲だし、ケネス様と……貴女は？」

「ドロシーよ！」

「ケネス様とドロシー様はご結婚なさっているの？」

「色々あって結婚は無理なの。あ、でもね！　ケネス様から三年したら一緒になりましょうって言われたのよ！　素敵でしょう？　でも、わたくしは三年もお待ちできないから、今日は最後の思い出に連れて来て頂いたの」

「あら、どうして三年も待つの？　こんな素敵な彼女を待たせるなんて良くないわ。すぐ結婚なされればよろしいじゃない。身分差でもおありなの？」

カタカタカタカタ。

あ、ケネス様が小刻みに震えるだけのお人形のようになってしまわれました。ドロシーは、ケネス様の異常に気付く様子はなく、嬉しそうにお義母《かあ》様と話を続けています。さすがお義母《かあ》様ですね。言い逃れ出来ないように少しずつ情報を集めておられます。わたくしが出来るのは、出来るだけ顔を隠してドロシーにバレないようにする事だけです。ドロシーはわたくしに全く気が付かず、楽しそうに話を続けています。

「身分差は少しあるけど問題ないの。でも無理なのよ」

「そうなの？　ドロシー様はまだ若いわよね？　三年待てば婚姻出来るなら素晴らしい事じゃない。ご両親がお二人の仲をご存知なら、婚約者は連れて来ないのではないかしら？　ご両親がご存知ないのなら、お知らせしてはいかが？」

「両親は知っているわ。応援もしてくれる。けど、わたくしがケネス様と一緒になるのは無理だから……」

その時、底冷えする声が響きました。

「姉の、婚約者ですものねぇ」

ドロシーの言葉を遮ったお義母様《かあ》は、にっこり笑って微笑みました。

ケネス様は、真っ青な顔で震えておられます。ようやくドロシーも、ケネス様の異常に気が付きました。

「え……？」

「お初にお目に掛かります。リンゼイ子爵家の当主ですわ。そうねぇ、分かりやすく言うと、ケネスの母親ですわ。このような場で話しかけられた時は、相手の身分が分からなければ丁寧な対応をする事をお勧《すす》めしますよ。エリザベスと違って、恥知らずな娘ね。バルタチャ家の当主もこの事をご存知だったなんて、馬鹿にしているわ。ケネス、ちゃんと説明なさい」

無理、無理です！　お義母様《かあ》！

ケネス様はもうカタカタ動くお人形のようですわっ!!

「なっ……何よ!!　騙《だま》したの!?　あ！　お姉様もいるじゃない!!」

ようやく気が付いたのですね。遅過ぎますわ。

「二人揃ってわたくしとエリザベスを騙《だま》していたのね。ご両親もご存知だったなんて……リンゼイ子爵家も舐《な》められたものね」

お義母《かあ》様は、優しい口調で穏やかに話しかけておられます。

この声は、最上級にお怒りになった時のものです。

ですが、この場でそれが分かるのはわたくしとケネス様だけです。ドロシーは、お義母《かあ》様の優しい声に叱られていないと判断し、調子に乗りベラベラと話し始めました。

「ケネス様はわたくしを愛しているの！　何度も婚約者を変えるようにお願いして下さったのに、お姉様でないと駄目だと話を聞いて下さらなかったのでしょう。お義母《かあ》様、わたくしの方がケネス様に相応《ふさわ》しいですわ！」

「貴女にお義母《かあ》様と呼ばれる筋合いは無いわ。それに、ケネスからそんな話は聞いてない。貴女本当にエリザベスの妹？　礼儀もなってないし、エリザベスとは違いすぎるわ」

わたくしと比べられて、ドロシーが奇声を上げました。ドロシーは、わたくしと比較されると怒るのです。家庭教師の先生が、たまたま見かけたわたくしを褒めた時、ドロシーは屋敷で暴れて、泣いて、家庭教師の先生に掴み掛かりました。それ以来、ドロシーの先生には、わたくしの名前を出さないようにお願いしております。

確かに、比べられるのは嫌ですよね。わたくしも両親からドロシーと比べて可愛げがないといつも言われます。とても嫌ですわ。だから、これに関してだけはドロシーの気持ちも分からないでもないです。それ以外は、全く理解できませんが。

心配したケネス様がドロシーに声を掛けると彼に抱き着いて泣き始めました。今回は嘘泣きではありません。わたくしと比較されるのは、泣くほど嫌なのでしょう。

ケネス様は、わたくしを睨《にら》みつけています。完全に嫌われましたわね。

今はわたくしもケネス様の事が嫌いですからおあいこですわ。

こんなところで騒ぎになりたくありません。お義母様《かあ》がどう動くか判断したら、すぐに逃げましょう。わたくしは、お義母様《かあ》に習った通り、自分の意思を伝える事にしました。

ここは多くの人の目があります。結婚間近の婚約者の妹と口付けを交わしているのですから、ケネス様の不貞は明らかです。

商売は、信用が第一ですから、お義母様《かあ》は世間体をとても気になさるお方です。多くの目撃者がいますので、わたくしの意思を無視して結婚式を決行しようとはなさらないでしょう。

「両親も知っていたとは思いませんでしたわ。すぐに話し合いの場を設《もう》けましょう。わたくしは、ケネス様と結婚出来ませんわ。契約違反ですもの。お義母様《かあ》、今までありがとうございました。娘になれず本当に申し訳ございません。ケネス様も、今までありがとうございました。どうぞドロシーとお幸せに。ごめんなさい、続きは明日でよろしいですか？　ここにいるのは辛過ぎますから、失礼致します」

「うちの馬鹿息子がごめんなさいね。明日、そちらにお伺《うかが》いするわ。本当にごめんなさい」

「うちの両親はともかく、お義母様《かあ》……いえ、リンゼイ子爵は何も悪くありません」

「もう母とは呼んでくれないわよね。エリザベス、今までありがとう。契約に則《のっと》って婚約を解消しましょう。もちろん、賠償《ばいしょう》もするわ。だけど……」

「分かっておりますわ。不貞の原因はわたくしの妹。我が家も賠償《ばいしょう》をしないといけないでしょう。

ケネス様とドロシーが婚姻すれば慰謝料は相殺になるでしょうけれど、婚姻しなければ我が家が慰謝料を払う立場になる可能性が高いでしょうね」

姉の婚約者と知っていたのですから、ドロシーの有責は明らかです。

そして、ケネス様の方がドロシーより年上です。次の相手を探すのが大変だという理由で、男女問わず年上が慰謝料を貰える事が多いのです。不公平ですし、問題が多い法律ですから、現在見直しがされております。若い初心《うぶ》な女性を騙す者もいるそうですからね。

しかし、現在の法律では明らかにドロシーが不利です。賠償金《ばいしょう》を払いたくない両親はドロシーとケネス様の婚約を勧めるでしょう。

「エリザベスの気持ちを聞かせて」

お義母《かあ》様は、わたくしを気遣って下さいます。

なんてありがたいのでしょうか。息子の気持ちを繋ぎ止められなかったと、責められる事も覚悟しておりました。だけど、お義母《かあ》様はケネス様やドロシーに怒っているだけで、わたくしが悪いとは思っていらっしゃいません。

何でもかんでもわたくしのせいにするうちの両親とは大違いです。お義母《かあ》様の好意に甘えて自分の希望を言う事にしました。

「ケネス様にも、ドロシーにも二度と会いたくありません。それ以外に望みはありませんわ。わたくしは家で疎《うと》まれておりますから、両親はドロシーの味方をするでしょう。愛し合う者同士結ばれればよろしいのでは？　妹は成人しましたので婚姻可能ですわ」

わたくしの言葉に、ドロシーはパァッと顔を輝かせました。

ドロシー、良かったですね。だけど、ポールはドロシーも両親も許さないと思いますよ。ポールとセバスチャンは両親を追い出す計画を立てていますので、近いうちに両親は実権を奪われて別荘にでも軟禁されると思います。わたくしとポールで当主の仕事を代行しておりますので、ポールは今すぐ男爵位を継げる才覚が備わっております。

結婚式も、準備は出来ているし招待客も同じですので、一週間後に花嫁だけ入れ替えてそのまま行われる可能性が高いと思います。あまり恥を広げる訳にいきませんし、両親もお金をケチって延期は嫌だと言うでしょう。

ドロシーが家を出れば、ポールも動きやすくなります。それに、お義母様《かあ》は希望を聞いたら極力叶えて下さるお人です。こう言っておけば、きっと婚約解消の条件に、二度とわたくしと会わない事と加えて下さる筈です。もし加えられなかったら、条件を加えるよう訴えれば良いですわ。それくらいの権利はありますもの。

「分かったわ。エリザベスがそう言うなら、ケネスとドロシー様が婚姻出来ないか、バルタチャ男爵に聞いてみましょう。明日伺《うかが》うわ。エリザベス、悪いけど明日まではこの恥知らず達と会って頂ける？」

「ええ、明日で最後ならお会いしますわ」

「残念だわ。エリザベスが家に来るのを楽しみにしていたのに。本当にごめんなさい」

「わたくしも両親よりもお義母様《かあ》を尊敬しております。今までも、これからも。様々な援助やお気遣い、本当にありがとうございました」

我慢していたのに、また涙が流れてしまいます。泣き崩れる事のないように、ハンカチで涙を拭き真っ直《す》ぐ前を向きます。

「エリザベス……こんなに良い子をどうして……本当にごめんなさい。さ、ケネス。じっくり話を聞かせて頂戴。帰るわよ」

ケネス様は動かなくなってしまわれましたが、構わず引き摺《ず》られて行きました。

「わたくしも帰ります。あまりにもショックですもの……」

ドロシーと話す気にはなれない。

帰ると言って、急いでその場を去りました。

「ちょっと！　置いて行かないでよ！　どうやって帰れば良いの!?」

ドロシーの叫びが聞こえた気がしますが、気のせいという事に致しましょう。

ドロシーは、三時間後に帰って来て文句を言っておりました。本当に、ひとりじゃ何も出来ないのですね。家の馬車は待機していたのに、馬車乗り場の場所が分からなかったそうです。騒いでいたら、劇場の方が案内して下さったそうです。

わたくしが可愛いからよ！　と大威張りでしたけど、単に迷惑だから声をかけられただけだと思いますよ。しかも、馬車乗り場でうちの使用人の顔が分からなくて劇場の方に捜索させたそうですわ。

迷惑をかけてしまったので、後で劇場にお詫びに伺《うかが》いましょう。

ドロシーが悪いのに、役に立たない使用人をクビにしてやると両親が叫んでおりましたので、急いで御者を領地に避難させて、セバスチャンに、役に立たない使用人はクビにしたと報告して貰いました。どうせ顔も名前も覚えていないのです。しばらく領地で働いて貰い、ここに戻って来ればまた普通に働けます。両親もドロシーも一度も領地に来た事がありませんから、気付かれる心配はありませんわ。

わたくしとポールは、いつもこうして真面目に働く使用人を守っております。けれど、両親やドロシーは自分におべっかを言う使用人を贔屓《ひいき》しますので、王都の屋敷には両親やドロシーの味方をする使用人もおりますわ。現在、屋敷の使用人の半分程度は両親やドロシーに媚《こび》を売る者達です。ポールは、そのような使用人は自分が当主になったら解雇すると申しております。仕事をあまりせず甘い汁を吸いたい使用人ばかりですので、仕方がありません。

そんな人達が多いので、王都の屋敷では気が抜けません。その為、わたくしの部屋には内鍵を付けてあります。外出時に部屋を荒らされるのは仕方がないと諦めているのですが、鍵を掛けておかないと部屋で寛いでいても両親やドロシーが入って来ますし、父や母の指示を受けた使用人が探りを入れようと侵入して来るからです。父や母に見せられない領地の資料は、常に持ち歩くかセバスチャンかリアに預けておりますわ。

わたくしは、ショックだからと言い訳をして部屋に篭《こも》りました。ドアの向こうで両親とドロシーが罵詈雑言を叫んでおりましたけれど、ポールが上手く追い払ってくれました。

その後、ポールに乞《こ》われて鍵を開けると、リアとセバスチャンが一緒に入って来てくれました。

リアは、わたくしの好きなお茶とお菓子を持っています。

今となってはこの三人だけが、わたくしの大事な家族です。

部屋に入って来たポールは、頬を膨らませて怒っております。

「姉さん、予定通りとはいえ納得出来ないよ。なんであのクズ共の思い通りになってるの!? あのビッチ、姉さんに魅力がないから自分が選ばれたなんて自慢気に言ってきたんだよ!? 姉さんに危害を加えるなって言われてなければやってたよ!?」

「ビッチって何!?」

「姉さんは知らなくて良いよ!! 本当に、あのクズとビッチが結婚して良いんだね!?」

「クズはケネス様、ビッチはドロシーの事よね……？」

「そんな丁寧にならなくて良いから！」

そんなことを言われても、俗語や隠語に疎《うと》すぎる商売人は支障が出るのですもの。今まではいずれ子爵夫人になるわけですし、知らない言葉は絶対に使わないから、と、その手の言葉は覚えないよう気を付けてきましたが、貴族でいられないならそういうわけにもいかないでしょう。でも、何度聞いてもポールは言葉の意味を教えてくれません。

怒っているポールを、セバスチャンが宥《なだ》めてくれます。

「坊っちゃん、落ち着いて下さい。お言葉が乱れておられます。当事者のエリザベスお嬢様はショックだったにも関わらず、落ち着いていたそうですぞ」

「ひとりになって泣いたけどね。外に聞こえるかもしれないから声は抑《おさ》えた方が良いわ」

「姉さん……」

「わたくしの為に怒ってくれてありがとう。ポール、大好きよ」

「……分かった。僕もっと大人になるよ。姉さん、僕はドロシーとケネス様の結婚を祝福すれば良いんだね？」

「ええそうよ。わたくしは二度と顔を見たくないと言ったから、家を出て……」

「駄目。それは駄目。アレは僕がなんとかするから姉さんは幸せになるまで家にいて」

大人びた顔をした弟は、これだけは譲らないと言い続けました。

リアもセバスチャンも大きく頷いていて、自分がどれだけ恵まれているのか実感します。

結婚は駄目になったけど、あんな人と結婚しなくて良かったです。弟や使用人達に愛されていると分かると、とても幸せな気持ちになりました。

この日ようやく、心から笑えましたわ。


次の日、すぐに先触れが来てリンゼイ家の御当主であるお義母《かあ》様と、ケネス様が訪問なさいました。

父は必死でドロシーを売り込んでいます。

「うちはエリザベスよりドロシーの方が優秀なのですよ！　ドロシーは必ずリンゼイ家のお役に立つと思います！」

父と母は、先程からひたすらにドロシーを褒め称えています。

ケネス様の頬は真っ赤に腫れています。化粧で誤魔化しておりますが、涙の跡が隠し切れていません。きっと、お義母《かあ》様に叱られたのでしょう。

あんなに赤くなっていて、大丈夫なのでしょうか？　以前のわたくしなら、真っ先にケネス様に寄り添って頬を冷やしていたと思います。もちろん、今はそんな気になれません。

それに、ケネス様を心配するのはわたくしの役目ではありません。ドロシーの役目ですわ。それなのに、ドロシーは愛するケネス様の心配をする素振りがありません。嬉しそうに子爵夫人になるのだと笑っています。

話し合いの結果、婚約解消はあっさり成立しました。お義母《かあ》様が取り計《はか》らって下さり、明日以降、ドロシーとケネス様はわたくしと接触する事は出来ません。

相変わらずお義母《かあ》様はお上手です。ドロシーを責めても父が頷かないと分かっておられるのでしょう。わたくしの為ではなく、ドロシーの為に会わないようにしましょうと、上手く契約を結んで下さいました。

父はあまり条文を読まなかったのですが、わたくしからドロシーやケネス様に会う事は出来ると記載されておりますので、どちらに非があったのかは契約書を読めば明らかです。

きちんと国に届け出る契約書ですし、今後はドロシーとケネス様に会わずに済みます。それだけで、心が軽くなった気が致しますわ。

お父様と、お母様、ドロシーは終始ニコニコしておりました。そして、婚約解消が成立した瞬間にわたくしを蔑《さげす》みました。

「エリザベスは融通がきかないし、可愛げがありませんからな。ドロシーを選んだケネス様の目は正しいですぞ。そうそう、こちらは次期当主のポールです。この子も優秀でしてね。まだ成人しておりませんが今すぐ当主を譲っても良いくらいで！　エリザベスは凡庸でドロシーのような可愛さもなく、うちの落ちこぼれでして！　やはりリンゼイ家にはドロシーのように美しく賢い娘が宜しいかと！　エリザベスの時よりも支度金を上げて頂けるとありがたいですな。ドロシーは、うちの大切な娘ですので。エリザベスであれば、引き取って頂けるだけありがたいのですが、ドロシーは大切な娘ですので。いやぁ、こうなって良かったです。もっと早く言えば良かったですな」

「そうね。ドロシーはずっと悩んでおりましたもの。あの子は優しい子ですから、エリザベスに悪いとずっと泣いておりましたの」

「まぁ、そうでしたの。いつからドロシー様とケネスは親しかったのですか？」

お義母《かあ》様の声音が少しだけ変わったことに、ゾクっとしました。探っておられますね。

「僕も知りたいな。ドロシー姉さんが悩んでいたなんて知らなかったよ。相談してくれたら、何かできたかもしれないのに」

ポールが、無邪気にドロシーに話しかけます。母がポールを抱きしめました。

「ポールは優しい良い子ね。ドロシーは、一年くらい前から悩んでいたわ」

ポールは母にお礼を言うと、そっと距離を取りました。悲しそうに、ドロシーに近寄ります。

「そんなに前から？　どうして相談してくれなかったの？」

ポールはお父様を説得して、まだ未成年にもかかわらずこの場に同席しておりますが、先程から強く手を握りしめています。

握った手から、血が滲《にじ》んでいるのが見えますわ。相当、怒っていると思います。それなのに、にこやかに笑ってドロシーを祝福しています。ポール……成長しましたね。

「だって……。ケネス様はお姉様の婚約者だもの」

「そうか、辛かったね。一年前から、ドロシー姉さんとケネス様は恋人だったの？」

お義母様《かあさま》が、なにかを見定めるようにポールを見つめています。ポールが次期当主にふさわしいのか、判断しようとしておられるようです。

「ええ、そうよ」

「父上も、母上もご存知だったのですね。僕だけ……知らなかったのですね」

「ポールは子どもだ。知らなくて良い」

「けど！　僕は跡取りですよ！」

「確かに、ポールは優秀だ。今すぐ跡を継がせても良い。だが、ドロシーもずっと悩んでおったのだ。身を引くと泣いておった」

「父上はずっと前から知っていたのでしょう!!　どうしてもっと早く、リンゼイ子爵に連絡しなかったのですか！」

「エリザベスは、リンゼイ子爵に気に入られておった。一緒に商会をして稼いでいただろう。だから……」

父が、急に黙りました。リンゼイ子爵が目の前にいる事に気が付いたのでしょう。

「とにかく、子どもは黙っていろ」

父がポールを黙らせると、リンゼイ子爵が微笑みました。

「そちらもドロシー様とケネスの婚姻に賛成なのですね」

お義母様《かあ》は、普段より低い声で淡々と話を進めておられます。

ケネス様の顔色は真っ青です。お義母様《かあ》は、怒っておられます。

「はい！　エリザベスよりドロシーの方が優秀です！」

それに比べてうちの両親は呑気《のんき》です。お義母様《かあ》は、今後どうするおつもりなのでしょうか。ケネス様が当主になる可能性は限りなく低いと思いますけど、何も仰《おっしゃ》いません。

さて、お義母様《かあ》はどのような判断をなさるでしょうか。ドロシーとケネス様が結婚しないなら、わたくしはすぐにでも売られるように別の貴族に嫁がされてしまうでしょう。もしくは、邪魔だからと修道院に入れられてしまうかもしれません。リアが準備をしてくれておりますので、状況を判断して、場合によってはすぐ家を出ましょう。

お義母様《かあ》、いえ、もうお義母様《かあ》ではありませんね。リンゼイ子爵は、商談を進める時と同じ目をしておられます。どうするのが一番リンゼイ子爵家の得になるか、冷静に判断しようとなさっているのでしょう。

「それは素晴らしいわね。では、エリザベス様にお願いしようとしていた事は全てドロシー様にお願いしましょう。だけど、これまで尽くしてくれたエリザベス様に申し訳ないわ」

「いや！　もうこんなの、修道院にでも入れてしまおうかと！」

あ、リンゼイ子爵の扇子《せんす》が折れましたわ。

ポールに至っては、お父様を殺しそうな目で見ています。一瞬でしたが、ポールの視線にリンゼイ子爵も気付かれたようです。ポールは明るい声で言いました。

「父上、それは駄目ですよ」

「ポール？」

「どれだけケネス様とドロシー姉さんが愛し合っていても、客観的に見れば姉の婚約者を横取りしたふしだらな女と、浮気男です」

「なっ……ポール！　失礼だぞ‼　申し訳ありません！　まだ子どもですので！　ポール！　お前がどうしてもドロシーを祝福したいと言うから連れて来たんだぞ！　ドロシーを馬鹿にするなら出て行きなさい！」

「いえ、ポール様が出て行く必要はありません」

「リンゼイ子爵？」

あ、ああ！

扇子《せんす》が……完璧に折れました！　いつの間にか新しい扇子《せんす》に変わっております！

これ、最上級に怒っておられますよね⁉

「言いにくい事をきちんと言う。素晴らしいお方です。ケネスと話し合いました。ケネスは何か勘違いをしているようですが、ドロシー様を愛している事は間違いないようです。目撃者も多いですから、エリザベス様が反対しなければケネスとドロシー様の結婚を認めるつもりでした。しかし、客観的に見るとポール様の言う通りなのです。バルタチャ男爵は、一言もドロシー様が悪いと仰《おっしゃ》いません。もしかしたら、うちのケネスがドロシー様を誑《たぶら》かしたのかもしれません。でも、どう考えても悪いのはケネスとドロシー様でしょう？　エリザベス様とケネスの婚約は解消されました。ですが……今のままではドロシー様とケネスの婚約を認める事は出来ません」

「何故ですか⁉　ドロシーとケネス様は愛し合っております。それに、ドロシーはエリザベスと違い可愛げもあり、人気者です！　ああ、支度金を増やせと言ったせいですか？　あれは無し！　無しです！　エリザベスの時に頂いた支度金で充分です！　どうか、ドロシーとケネス様の結婚をお認め下さい‼」

「お金の問題ではありません。御当主である貴方様が信用出来ませんわ。だって、バルタチャ男爵はドロシー様とケネスが愛し合っている事をご存知だったのでしょう？　姉の婚約者と逢瀬を重ねる、倫理観のない娘を応援していたのでしょう？」

「そ、それは……」

「誤魔化しても無駄ですよ。先程のお話は、しっかり聞こえておりましたので。エリザベス様との婚約を交わした時に、婚約を継続し難《にく》い事態が起こった時はすぐに話し合いの場を設《もう》けると書かれていた筈です。一年も前から、姉の婚約者を横取りする妹の事をご存知だったのでしょう？　わたくしは、昨日まで知りませんでした。エリザベス様も同じです。でも、貴方は知っていた。契約は守られませんでしたわ。応援までしていたのですってね。いくらドロシー様が優秀でも、ケネスと愛し合っていても、そんなお家と縁を結んでもねぇ……。ポール様が御当主なら、喜んで婚約するのですけどね。では、後日慰謝料の請求に伺《うかが》います。それでは失礼致します」

「ま、待って下さい！　慰謝料なんて困る！　ドロシーはどうしたら良いのだ!!　そちらだって、ケネス様の婚約相手を探すのは大変だろう!!」

「ケネスはドロシー様と結婚しなければ、生涯結婚は許しませんので」

「うちは違う！　ドロシーには、エリザベスより良い婚約相手を見つけないと！」

「貴方のように信用出来ない方が当主をしている家と縁を結ぶつもりはありませんわ。ドロシー様とケネスの婚約は認めません。ポール様が当主なら大歓迎でしたけどね」

ポールは、正式な礼をしながらにこやかに話し始めました。

「申し訳ありません。私は未成年です。後見人がいないと爵位は継げません。それから、父上は誤解しているようですけど、ドロシー姉さんがケネス様と結婚するのは僕も大賛成です。だけど、エリザベス姉さんを修道院に入れたりしたら、批判されるのは父上とドロシー姉さんです。誰がどう見ても姉さんが邪魔だから修道院に入れたように見えますからね。姉さんは評判が良いし、領民にも慕われていますから、反発されて税収が落ちます。姉さんを追い出せば、我が家は困窮する可能性が高いでしょう。だから、僕は父上や母上、ドロシー姉さんの為にエリザベス姉さんを修道院に入れる事に反対します」

ポールは両親やドロシーに可愛がられるようにと教えていました。わたくしのように虐《しいた》げられるのは可哀想ですもの。ポールは、優しく冷静にドロシーを慈《いつく》しむように話しています。だけど、先程からずっと手を握りしめていて、血が滲《にじ》んでいます。気が付いているのは、わたくしとリンゼイ子爵だけでしょう。リンゼイ子爵の視線は、ポールが隠した掌《てのひら》に向けられておりました。

「素晴らしい方ね。ポール様が当主なら、今すぐドロシー様とケネスの婚約を進めたい位なのだけど。本当に残念だわ」

「それなら今すぐポールに爵位を譲りましょう！　私が後見人になれば良い‼」

「貴方や男爵夫人が後見人なら、婚約は認めません。ドロシー様から両親は応援してくれていると聞いたもの。姉の婚約者と口付けをする妹を応援するような方が後見人になるのなら、いくらポール様がしっかりなさっていても信用出来ないわ。ケネスと結婚するなら、ドロシー様もポール様の後見人にはなれない。だから……やはり今回の話はなかった事にして下さい。慰謝料は請求致しません。それならよろしいでしょう。それでは、失礼しますわ。それから、取引は全て停止します。ポール様が当主になられてから、再びお付き合い出来れば嬉しいですわ」

「なっ……‼　今提携している事業はどうなる‼」

「契約の条件に、お互い信頼出来る事と記載されておりますよね。バルタチャ家で信用出来るのは、ポール様とエリザベス様だけですから、契約は無効です。ポール様がこちらの当主となるまでは、一切取引を行いません。本当に残念ですわ。それでは、さようなら」

父は、悔しそうにわたくしを睨《にら》みつけて叫びました。

「ポールに爵位を譲ってエリザベスを後見人にします！　それならドロシーの婚約も、事業もそのままですよね⁉」

リンゼイ子爵が、扇子《せんす》で口元を隠してわたくしをチラリと見ました。あの目は悪戯《いたずら》が成功した時の目です。

「ええ、それなら大歓迎よ。お二人は愛し合っておられるのよね？　姉を裏切る位に」

わたくしには嬉しい提案でしたが、ドロシーは気に入らなかったようです。

ずっと無言だったドロシーが、目にハンカチを押さえながら涙声で訴えました。

「お姉様には申し訳ない事をしました。でも、わたくしはずっと姉に虐《いじ》められていたのです。それを慰《なぐさ》めてくれたのがケネス様なのですわ。だから、姉が後見人だなんて……」

そう言って、ドロシーはハンカチで顔を隠しました。

父と母、ケネス様がわたくしを責め立てます。

「母上！　エリザベスは悪女なのです！」

「そうです！　ケネス様の言う通りです！　エリザベスは修道院に閉じ込めましょう！　ポールにすぐ爵位を譲るのは構いませんが、エリザベスを後見人にするのは駄目です！」

「そうですわ！　こんな悪女、リンゼイ子爵家に相応《ふさわ》しくありません。優しいドロシーの方が、何万倍も良いですわ！」

どうして、みんな簡単にドロシーに騙《だま》されるのでしょうか？

悪女って……どちらかと言うと、母やドロシーの方が悪女ではありませんか？　わたくしだってそんなに優しい良い子ではありませんが、母やドロシーよりも真面目に生きてきましたわ！

領民の為のお金に手を付けたりしませんし、家族のアクセサリーを盗《と》ったりしません！

ケネス様は、わたくしを罵倒しておられます。ドロシーが可哀想だ。お前は悪女だと叫んでいます。はぁ……わたくしの三年間は何だったのでしょうか。婚約解消して大正解ですわ。

全員、ドロシーの顔をきちんと見て下さいまし。涙なんて一滴も流れていませんよ！

ポールとリンゼイ子爵だけが、冷たい目をしております。リンゼイ子爵は席を立ち、クルリと背を向けました。

「では、この話は無かったことに。ドロシー様の良縁をお祈りしておりますわ。さようなら」

リンゼイ子爵はチラリとわたくしとポールを見てから、ケネス様を連れて出て行こうとなさいました。ポールが静かにリンゼイ子爵を呼び止めます。

「お待ち下さい。リンゼイ子爵。父上、僕が今すぐ爵位を継ぐのは構わないのですね？」

「う、うむ。ポールは跡取りだからな」

ポールの一言で、わたくしを罵倒していた父が黙りました。

「リンゼイ子爵は、世間体を気になさっているのです。ドロシー姉さん、いくらエリザベス姉さんがドロシー姉さんを虐めていたとしても、世間が見るのは結果だけなんだよ」

「どういう事よ。ポールはわたくしが可哀想だと思わないの？」

「今はそこが問題じゃないんだよ。ドロシー姉さんに楽しんで貰いたくて観劇のチケットを渡したけどさ、ケネス様と行くなんてまずいと思わなかった？　ずいぶんいちゃついてたそうじゃない。さっき家庭教師の先生が来て心配されたよ。もう噂になっているんだって。キスまでしたんだって？　観客の中に来週の式に参列する人や、姉さんの友達がいるかもしれないとは考えなかったの？」

「そ、それは……」

ドロシーの顔色が青くなりました。自分が悪い事をしたという自覚はあるようで何よりです。

ポールは優しくドロシーに声をかけました。

「僕は姉さんに幸せになって欲しいんだ。今のままじゃ、ドロシー姉さんとケネス様は婚約者の妹に手を出したとんでもない浮気男と、姉の婚約者に色目を使う泥棒猫だよ」

「そ、そんな……」

「エリザベス姉さんと、ケネス様は婚約者として何度も夜会に出てる。婚約者を変えた理由が要《い》るんだよ」

「そんなの！　姉さんがわたくしを虐《いじ》めた事にすれば……」

言いかけて、ドロシーは慌てて口を塞《ふさ》ぎました。あらあら、本音が漏れていますよ。

お義母《かあ》様は扇子《せんす》で口を隠し、ポールは手から更に血が出ております。

ケネス様は、呆然と立ち尽くしておられます。もしかして、ようやくドロシーの本性に気が付いたのでしょうか？　今更ですね。婚約者のわたくしではなくて、ドロシーの言葉を信じたのはケネス様です。彼の悲しそうな顔を見ても、もうなんの感情も湧きません。

「ドロシー姉さん、なんて言った？」

ポールは、優しい声でドロシーに笑いかけています。

「わたくしも聞こえなかったわ。ドロシー様、もう一度教えて下さいな」

ああ、お義母《かあ》様の扇子《せんす》がまた曲がっています。やっぱり、怒っておられますよね。

「し、失礼致しました。エリザベス姉さんがわたくしを虐《いじ》めなければケネス様がエリザベス姉さんに愛想を尽かすこともなかったのです。ですから、エリザベス姉さんが悪いんです‼」

無茶苦茶な言い訳です。

ポールはため息を吐いて、ドロシーに優しく微笑みました。

「はぁ……ドロシー姉さん、それを証明出来る？」

「え？　証明？」

「そう。姉の婚約者を横取りしたから、姉を悪人にしようとしている腹黒い妹。ドロシー姉さんは世間ではそう評価されるよ？　だって劇場で堂々と浮気してるんだもん。二人で観劇しただけなら言い訳出来たかもしれない。けどさ、口付けを目撃されてるのは、言い訳できないよ。ケネス様が、ドロシー姉さんとそういう関係なんだってバレバレだよ」

「そっか……。どうしよう。どうしたら良いの。教えて」

わたくしを見ても駄目よ。

答えてあげる事は出来ないわ。

「姉さんに聞いても駄目だよ。ドロシー姉さん、知ってる？　エリザベス姉さんの評判はすごく良いんだよ。僕、家庭教師の先生からいつもエリザベス姉さんみたいになれって言われるもん。……ああでも、やっぱりドロシー姉さんの方が可愛いね。ケネス様がドロシー姉さんを選ぶのも分かるよ」

流石ポール。わたくしを褒めた後、息をするようにドロシーも褒めて、ドロシーが癇癪《かんしゃく》を起すのを防ぎましたね。

「そうでしょ！　わたくしは、お姉様より可愛いの！」

「そうだね。ドロシー姉さんは可愛いよ。けどさ、ドロシー姉さんは成人したばかりでまだ社交をしてないでしょう？　エリザベス姉さんのお友達に、ちゃんと今回の事を説明出来る？　婚約者が変わる前に劇場でキスなんて、きっとすごく怒るよ。姉さんのお友達には侯爵令嬢もいるんだよ？」

「侯爵家……嘘でしょ……」

「本当だよ。エリザベス姉さんを凄く慕っているらしいよ。彼女にどうやって説明する？　僕も会った事はないけど、先生から聞いてる。とっても仲が良いんだって。エリザベス姉さんを修道院になんて入れたら、きっとすっごく怒るだろうなぁ。姉さんを連れ戻して、養女とかにしちゃうかも。そしたら、エリザベス姉さんは侯爵令嬢だね」

養女は流石に言い過ぎですが、『あの子』が今回の騒動を知ったら、確かに怒って多少の職権乱用はしかねませんね。落ち着いたら会いに行きませんと。

「それは駄目！　わたくしより偉くなってしまうじゃない!!」

「だったら、どうするの？　少しは被害者であるエリザベス姉さんに誠意を見せないと世間は納得しないよ」

「……後見人は、ポールが成人するまでよね？」

「うん。でも、後見人は一年間毎に選定し直す。当主である僕の意見が最優先だ。一年はエリザベス姉さんに後見人になって貰って、一年後はまた考えよう。後見人は身内じゃなくても良いのだから、どれだけでもやりようはあるよ」

「一年……それなら……」

「ドロシー姉さんとケネス様が惹《ひ》かれあっている事に気が付いたエリザベス姉さんが身を引いた。エリザベス姉さんが可哀想だと思った父上が僕に爵位を譲りエリザベス姉さんが後見人になって家にいられるようにした。これなら、世間は優しい姉と愛を貫いた妹になるよ。どちらも評判が落ちたりしない」

「素敵！　わたくしは愛を貫いた主人公ね！」

「そう、ドロシー姉さんはこれからケネス様と結婚するんでしょう？　ちゃんと婚約者を盗《と》ったエリザベス姉さんにお詫びすれば、みんな祝福してくれるよ。優しいドロシー姉さんなら、エリザベス姉さんが僕の後見人になるのを賛成してくれるよね。一年だけなんだから」

ポールが悪い顔してドロシーに耳打ちをしました。

ドロシーがニタァと笑ってわたくしを見ます。

そんな顔、ケネス様に見せてよろしいのでしょうか？

「ポールはわたくしの幸せを願っているのよね？」

「僕は、姉さんが大好きだよ。姉さんが幸せになるなら、何でもする」

「嬉しい！　ありがとうポール!!」

我が家では、ドロシーの発言力がとても強いです。

ドロシーが賛成してくれたので、ポールへ爵位を譲りわたくしが後見人になる事で話がつきました。

「御当主になられたポール様からサインを頂きたいので、後日伺《うかが》います」

そう言って、リンゼイ子爵は帰り支度を始めました。

「かしこまりました。結婚式が近いので、急いで手続きをします。式はそのまま予定通り行いますよね？　花嫁が変わるだけですし」

ポールは、淡々と話を進めてくれます。早く結婚式をしてドロシーを追い出したいみたいです。ドロシーには、早くドロシー姉さんの花嫁姿が見たいなと微笑んでいますが、手は強く握りしめたままです。ポールの手から、血が滲《にじ》んでいるのが見えます。

ポールを守りたくて、両親やドロシーに気に入られるようにと教えてきました。ですが、わたくしがそんな事を教えたせいで、ポールはずっと苦しかったのかもしれません。もっとポールの気持ちに寄り添うべきでした。そんなことに今更気づきましたが、どうすることも出来ません。

今も、わたくしの為に無理をする弟を見守る事しか出来ないのです。

「招待客は、ほとんどそのままですからそうしましょう。そちらが費用を負担するなら延期しますけど、どうします？」

「延期しても良いと思いますが、ドロシー姉さんは早く幸せになりたいでしょう？　父上、どうしますか？」

「費用負担……ドロシー、式は来週だ。幸せにおなり」

「え！　なんでよ！　ドレスとかあるでしょう!?」

「ドロシー様、エリザベス様のドレスは最高級品ですわ。見たところ背格好も似ておられますし、大丈夫ですよ」

「ドロシーはわたくしのドレスをよく着ているじゃない。今回もそれと同じでしょう？」

「負け犬は黙ってなさいよ！　ふん！　まあ良いわ。姉さんはセンスだけは良いから、変なものじゃないでしょうし」

「「……負け犬？」」

あああ！　ポールとお義母《かあ》様の声がハモっております！

もう！　猫を被るなら最後まで被って下さいまし!!

さすがに父もまずいと思ったらしく、急いで誤魔化そうと口を開きました。

「ドロシー！　負け犬と言うのは、素晴らしく優しい人という意味だよな!?　申し訳ない！　使用人が悪口を聞かれて誤魔化した言葉をドロシーが信じてしまって！」

「えっ！　ええそうよ！　本当は違う意味なの？」

ドロシーは、慌てて誤魔化していますけど目が泳いでいます。もう、嘘が下手ですね。

「はぁ……。ドロシー姉さん。負け犬っていうのは、蔑《さげす》みの言葉なんだよ。ケネス様と結婚するのなら、今後は使っちゃ駄目だよ。そんなこと言ったら、ケネス様の評判に関わるよ」

「そうなのね……。姉さん、ごめんなさい。わたくし、知らなくて」

「良いのよ。頑張って勉強してケネス様と幸せになって。お二人の事を知った日は泣いたけど、今は心から祝福しているわ。おめでとう」

「……泣いた……ごめんなさい姉さん!!」

ドロシーはわたくしに抱きつきながら、きっと笑っています。

抱きしめるフリをして腕をつねるのはやめて下さいまし！

「結婚前に分かって本当に良かったわ。わたくし、劇場でケネス様とドロシーの口付けを見たの。あんなに情熱的なケネス様は見た事がなかった……わたくしはきっと、ケネス様と結婚してもうまくいかずに、そのうち離縁されていたでしょうね。だからこれで良かったの。ドロシー、頑張ってね」

そのまま、ケネス様に向き直ります。

「ケネス様、婚約の証に頂いたブローチをお返ししますわ。花と菓子はもうありませんが……その他の頂いた物は全てこちらの箱に入っております。妹をよろしくお願いします。今までありがとうございました」

本当は花も、ドライフラワーや押し花にして大事に保存してありました。

だけど、それも昨日までの話です。花に罪はないと分かっていたのですが、視界に入るだけで不快なので、庭師に頼んで燃やして肥料にして頂きました。事情は話せなかったのですが、何かを察してくれて燃えた植物は肥料になるのだと教えてくれました。植物は循環している。だから、また花が咲くから大丈夫だと言ってくれたのです。

花はまた咲きます。でも、もうケネス様と一緒に花を見る事はありません。

ケネス様は、泣きそうな顔でわたくしを見ておられます。ずっと大切に付けていたブローチを外して箱の上に乗せ、ケネス様に頂いた物を全てお返ししました。礼をしてすぐに離れましたが、ケネス様はなにか言いたそうなお顔をなさっています。どうしてケネス様はそんなに切なそうにわたくしを見るのでしょうか。あんなお顔、初めて拝見しましたわ。でも……彼が愛しているのはドロシーです。気にしても仕方ありませんね。

もうケネス様とお会いする事はありませんもの。

わたくしが担《にな》う筈だったお仕事は全てドロシーがやるでしょう。それがリンゼイ子爵から与えられた最後のチャンスです。妹の行く末が少し心配でしたが、わたくしには関係ないと断ち切りました。

冷め切った心は、泣きそうなケネス様を見てもなんとも思わなくなっていました。

婚約が解消され、今後の我が家に関することもまとまったかと思いきや、翌日また一波乱が待っておりました。ポールに爵位を譲る手続きはすぐに終わりました。だけど、後見人の欄にわたくしがサインをしようとすると父が止めたのです。

「まだ文句を言うの？　そんなにドロシー姉さんが結婚するのが嫌なの？」

ポールの一言に、ドロシーは泣き出しました。

「え!?　そうなの!?　ひどいわ、お父様！」

「そんな事ない！　無いぞ！　ドロシー！」

走り去って行ったドロシーを、両親が追いかけて行きました。

去って行った両親とドロシーを無視して、ポールは父が放り投げた書類を拾い、わたくしに渡してくれました。そのまま、爵位の継承見届けのために王家から派遣された、『見届け人』と呼ばれる方と向き合います。

「はぁ……こんな感じですので、私が爵位を継ぐのは認められますよね。あんなのに任せていたら、弱小男爵家は潰れちゃいますから。後見人は上の姉です。他に適任者はいないと、ご理解下さい。汚い字ですが父のサインは済んでおりますし、書類にシワがありますけどなんとかこれで受理して頂けませんか？」

見届け人の方は、爵位が正しく継承されるか、確認してくれます。

正当な後継者、つまり血の繋がっている血縁者に継承する場合はすんなり爵位を継承出来ます。正当な後継者が未成年であっても、後見人が血縁者である場合は同じくです。でも、血が繋がっていない人に継承する場合は、厳しい審査があります。その場合、何ヶ月もかかるそうです。また、血縁者でも当主や後見人になる資格がないと判断されれば却下される事もあります。爵位を継げる者がいないと判断されれば取り潰される事もあります。爵位はあくまでも国から与えられているものですから、正しく運営出来ない貴族は取り潰されます。

今回は、ポールの家庭教師の先生からの推薦もあり、未成年であっても問題ないと爵位はポールに譲られました。爵位が譲られてから後見人を決めます。審査の結果、わたくしは問題なく後見人と認められました。

それなのに、サインをしようとしたら父が書類を奪い取ったのです。わたくしが後見人になり権力を持つ事を恐れたのでしょう。修道院が駄目なら家に軟禁すれば良いと騒ぎ出しました。だけど、既に爵位はポールに譲られていましたので、父の言葉に強制力はありません。後見人は、当主が幼過ぎるなどの明確な理由がない限り当主の意思が最優先されます。ポールは未成年ですが、この国の価値観では幼過ぎるという年齢ではありません。だから、どれだけ父が騒いでもわたくしを後見人にしたいと言ってくれるポールの意見が優先されます。見届け人の方は、笑顔でポールの言葉を肯定して下さいました。

今回見届け人を務めているのは、ブロンテ侯爵家の当主であるイアン様です。友人のリリアン……昨日ポールが話題に出した侯爵令嬢です……のお兄様なので、何度かご挨拶をした事がありますわ。

あまりお話しした事はありませんが、リリアンを大事にしているお優しい方です。

「受理します。あの方は監視する価値もない。後見人とは認めません」

「監視ですか?」

ポールが、イアン様に問いかけました。

「爵位を引き継いだ時に後見人が付いた場合は、好き勝手しないようにしばらく国から監視されるのです」

「ああ、そういえば先月そんな法律が施行されましたね」

うちに関係ある事柄だから覚えておかないといけないと思っておりましたのに、衝撃的な出来事が多すぎてすっかり忘れておりました。

「知らない者も多いのですが、ご存知でしたか。エリザベス様は博識ですね。以前、後見人が不正を行った事があったのですよ。それから法が見直されて、後見人の査定方法が変わり、爵位を引き継がれ後見人が決定した後も、念のためしばらく後見人の監視をする事になったのです。期間は最短で一カ月です。エリザベス様は問題ないでしょうから、最短で済むと思いますよ」

「かしこまりました。監視を受け入れますわ。よろしくお願い致します」

イアン様は、丁寧にわたくしに頭を下げて下さいました。

「あまり不自由のないように配慮しますのでよろしくお願いします。それから、先程逃げてしまわれた前当主の所業は王家に報告します。当主のポール様からのご依頼があれば、永久に後見人になれませんし、男爵家の運営に関わらないように出来ますよ」

「これですよね？」

ポールが一枚の書類を取り出しました。

「絶縁届ですか。離籍届でも良いのですよ？」

この国では、離籍届は単に家を分ける、つまり新しく家を興《おこ》すなどのポジティブな届け出にも使われますが、絶縁届となると、完全に一族としての縁を切って関わり合いを断つ、という意味になります。問題を起こした一族を切り捨てる場合も、最初は離籍届を使うことが多いです。反省すれば元の籍に戻すことが出来ますからね。絶縁届は、もう二度と貴族籍に戻れません。受理されれば、両親もドロシーも平民になります。

「あの三人を、そんな生温《なまぬる》い処遇で済ませる訳ないでしょう。姉さん、良いよね。駄目って言っても、もう用意しているから出すつもりだけど」

「良いわ。わたくしの家族はポールだけ」

「僕の家族も、姉さんだけだよ。じゃあ遠慮なくいかせてもらうね。放り出したりはしないから安心して。他所《よそ》で迷惑かけても困るしね」

その場でポールはサインをして、手早く受け継いだばかりの当主印を押しました。ポールから書類を受け取ると、イアン様の表情が和らぎました。

「お若いのにずいぶん優秀ですね。素晴らしい」

「ありがとうございます。この書類も受理をお願いします。公表は少しだけ待って貰えますか？ドロシーを結婚させますので。これで我が家の膿《うみ》は全て出しました。今後はしっかりと国の為に精進致します」

「期待しています。さ、エリザベス様どうぞ後見人にサインを。見届け人である私、イアン・ル・ブロンテは、エリザベス・ド・バルタチャ様をポール・ド・バルタチャ男爵の後見人に相応《ふさわ》しいお方と認めます」

「かしこまりました。ポール、最後の確認よ。わたくしが後見人で良いのね？　サインしたらもう変えられないわよ」

「もちろんだよ。姉さんの為に、早めに当主になったんだから。もうあいつらに好き勝手させない。結婚式が済んだら、すぐ別荘に閉じ込めるから安心してね」

「閉じ込める必要は無いのよ……？」

「え？　元々当主になったら追い出すか、閉じ込める予定だったんだけど？」

そんな可愛く言われても困ります！　小首を傾《かし》げる姿はまだ幼さが残り可愛らしいのに、発言は冷静で冷酷な当主です。

可愛い弟がすっかり成長してしまいました。嬉しいような、寂しいような複雑な気持ちです。

ポールの発言を聞いて、イアン様は大笑いしておられます。

もう！　さっさとサインしてしまいましょう！

先程ポールが出した書類にも後見人の欄にサインをしました。これで、わたくしはポールの後見人です。堂々と家で暮らせます。

「ははっ、ポール様はまだ十歳だよね？　将来が楽しみだ。さ、仕事を終わらせましょう。これでバルタチャ男爵家の当主はポール様に、後見人はエリザベス様になりました。前当主と、夫人、ドロシー様は今後一切バルタチャ男爵家の資産及び領地、領民に手出しは出来ません。書類はすぐに王宮に届け受理しますので、明日には正式な届けをお持ち致します。公表は、来週にしましょうか。公表しないわけにいきませんが、少しくらいならお待ちできます。王家で写しを管理しておりますので、万が一紛失したり破壊されたりしても大丈夫です。これにて、手続きは完了です。バルタチャ男爵家の今後に期待致します」

「「ありがとうございました」」

書類を正式な箱に入れて封をすると、イアン様が気さくに話しかけてこられました。

「エリザベス様、今回は災難だったね。けど、あんな浮気男は貴女には相応《ふさわ》しくないから、きっと別れて良かったと思う日が来るよ。あの男、劇場でキスまでしたんだって？　信じられないよ」

「イアン様のお耳に入っているなら……まさか……」

「ああ、リリアンは昨日から噂を聞いて怒っている。だから、また我が家に遊びに来てよ。出来れば、近日中に」

「ありがとうございます。これが済んだら報告に行こうと思っておりましたの」

「じゃあ、城に戻る前に立ち寄るから一緒にどう？　馬車は広いし、他にも何人も乗っているから俺と二人きりにもならない。この箱は大事だから複数人で見張るからね。用事があるから家に寄るのは予定通りだし、ひとり増えても問題ないよ」

「でも、大事なお仕事中ですし……」

逡巡していると、ポールが話に割って入ってきました。

「姉さん、お言葉に甘えた方が良いよ。そろそろ邪魔者達が戻って来て文句を言う。今日くらいは姉さんの心労を減らしたいんだ。僕もそろそろ勉強の時間だし、姉さんは部屋に篭《こも》っている事にするから帰って来る前に連絡を頂戴。明日になっても良いよ。もう、姉さんに守ってもらわなくても僕が対処出来る力を手に入れたから」

「それなら今夜は泊まったら？　明日以降はまた相談すれば良いし、俺は今夜、仕事で泊まりだから、リリアンの話し相手になって貰えると助かるよ。昨日からリリアンの機嫌がとっても悪いんだ」

「それって、わたくしが心配をかけているからですわよね？」

「いや、そんな事は無いよ。けど、妹が心配だから良かったらぜひ泊まって行ってくれ。俺は不在だから、変な噂も立たないよ」

「婚約者に裏切られて傷ついた姉さんは、友人に相談に行った。どこにも問題は見当たらないよ。たまにはゆっくりしてきなよ。家じゃ姉さんの部屋以外はずっと気を張ってないといけないんだから」

「そんなにか……ご苦労なさったんだね。リリアンも心配しているし、貴女を姉のように慕っているんだ。良かったら顔を見せに来ておくれ」

「ご厚意に甘えて、気晴らししてきなよ」

「そうね。お言葉に甘えますわ。ふたりとも、ありがとうございます」

久しぶりに会う少し歳の離れた友人は、きっと頬を膨らませて怒っています。早く会って、もう大丈夫だと安心させたいです。


イアン様は、馬車に乗っている間ずっとわたくしに気を遣って下さいました。

「エリザベス様、お手をどうぞ」

馬車から降りる時も、エスコートして下さいます。

「ありがとうございます。イアン様はお優しいですね」

「これくらい、貴族なら当然です」

当然なのですね。ケネス様はいつもさっさと馬車を降りてしまい、追いかけるのが大変だったのですけれど。っと、いけない。もうあの人の事は考えないようにしましょう。

イアン様のエスコートで馬車を降りると、大好きな友人が駆け寄って来てくれました。

「エリザベス!!　大丈夫？　ほんとに……大変だったわね。あの浮気男！　クズ！　女の敵！　絶対許さないわ！」

リリアンに抱きしめられました。嬉しいけど、ちょっと苦しいです……。わたくしの苦しみを分かって頂けたのか、イアン様がリリアンを引き剥《は》がして下さいました。

「こら、落ち着け。俺は仕事に戻るからリリアンはエリザベス様をもてなしてくれ。今夜は泊まって行かれるからな。頼んだぞ」

後半は使用人の方々への言葉です。イアン様が声をかけると、メイド頭のマリアナさんが頭を下げておられます。彼女は長年ブロンテ侯爵家に仕えている優秀な方です。リリアンもマリアナさんが大好きだといつも言っておりますわ。何度か、リリアンの教育の相談を受けたこともあります。ブロンテ侯爵家の事を常に考えておられる優しい方です。

「かしこまりました。いってらっしゃいませ。旦那様」

「行ってくる。リリアン、きちんとエリザベス様の話を聞くんだよ。暴走したら、宿題を二倍にするからね」

「やだあ！　それだけはやめてお兄様！」

「なら、少しは落ち着きなさい。まだ言えないけれど、エリザベス様は大丈夫だから」

「ホント？　あのビッチのせいで修道院行きになんてならない？　ってか、なんでお兄様がエリザベスを連れてくるのよ！　まさか、あの家の人達はエリザベスを亡《な》き者にしようとしてるの⁉　だからお兄様が助けてくれたとか⁉」

「落ち着きなさい。明日には教えてあげるから。エリザベス様、賢明な御当主は分かっておられるご様子でしたけど、正式に決まるまでは口外してはなりませんよ。マリアナ、エリザベス様に護衛を付けるのも忘れるな」

「かしこまりました。どの程度の危険が予想されますか？」

「ここにエリザベス様がいる事を知っているのは信用出来る人だけだから危険性は少ない。だが、万が一という事もある」

「では、エリザベス様は出来るだけリリアン様とお過ごし下さいませ。リリアン様の護衛を増やして対応します」

わたくしはまだ正式にポールの後見人として認められた訳ではありません。イアン様はお認め下さいましたけど、これから国の審査が待っております。わたくしはイアン様に認められてすっかり安心しておりましたけど、ポールはちゃんと分かっていたのですね。

「かしこまりました。イアン様のお心遣いに感謝致しますわ。リリアン、心配してくれてありがとう。きっと明日には事情を話せるから、今はゆっくり貴女と楽しい話がしたいわ。マリアナさん、お世話になりますわ」

「分かったわ！　後でちゃんと教えてね！」

イアン様がリリアンの頭を撫でて馬車に戻ろうとされています。素早いです。

リリアンからイアン様はとても仕事が早いと聞いております。リリアンの言う通り、イアン様はとても仕事が出来る方のようですね。

「じゃ、俺は戻るから。エリザベス様、ごゆっくり」

「お部屋にご案内致します。使用人にまでお言葉掛け頂きありがとうございます。全力でお守り致しますので安心しておくつろぎ下さいませ」

「ありがとう、皆さん。ところでリリアン、ひとつ教えて欲しい事があるの」

「なぁに？　エリザベスが知らなくてわたくしが知っている事なんてあるかしら？」

「その……わたくし知らなくて……ポールもリリアンも知っているのに知らなくて恥ずかしいのだけど……」

でも、誰に聞いても教えてくれませんし、調べても分かりませんし、とても気になっておりました。ポールは十歳、リリアンは十一歳です。わたくしはもう十八歳なのに、リリアンに聞くのはとても恥ずかしいです。でも、知らないままでいるのは嫌です。

リリアンなら、きっと教えてくれると思うので思い切って聞いてみました。

「大丈夫よ！　エリザベスはいつもわたくしが知らない事を教えてくれるじゃない。知らない事をちゃんと聞けるのは素晴らしいっていつも褒めてくれるでしょ？」

優しい友人は、予想通り教えてくれようとしています。

「ポールは知らなくて良いって言うの」

「何だろう？　俺も気になるな。ポール様が知っているなら、そのうちエリザベス様も知る機会があるだろう。気になるなら今聞けば良いだろ。リリアンは知っているのだから」

イアン様の後押しを受けて、勇気を出して質問してみました。

「えっと、じゃあ伺《うかが》いますね。その、ビッチって何かしら？」

水を打ったように静まり返ったのは、わたくしの発言のせいですよね？

知っていて当たり前の言葉だったのでしょうか。後見人に相応《ふさわ》しくないと思われないか不安になってきた頃にイアン様が口を開かれました。

「……リリアン、思い返してみると確かにさっき言っていたな」

「ごめんなさい。お兄様。睨《にら》まないで！」

「宿題は三倍だ」

「ううう……そんなぁ……」

「お嬢様、どこでそんな言葉をお知りになりましたか？」

「……仮面舞踏会で」

「あれは危険だから行くなとあれほど!!　大体、お前は未成年だ!!　どうやって行った！」

「お友達の家に泊まった時に……」

「だからマリアナを連れて行けと言っただろう！」

「だって！　もう子どもじゃないのだからひとりでお泊まり出来るわよねって言われたんだもの！」

「今後は、リリアンをひとりで外泊させない。必ず誰かを連れて行け！　いいな！」

「分かったわ。あのね、あの人、お兄様狙いだったの！　ちょっと嫌な感じもしたけど優しいから大丈夫だと思っていたけど、騙《だま》されたわ！　お兄様は、わたくしがもう少し大きくなるまでは婚約しないっていつも言っていたでしょ？　だからわたくしにお相手が出来れば、お兄様が婚約してくれるって」

「あんな女と婚約する訳ないだろ！　何もされなかったか⁉」

「嫌な感じがしたから、途中で逃げたの。だから大丈夫」

「深夜に屋敷を抜け出して帰ってきたとリックから聞いて、おかしいとは思っていたんだ。喧嘩したから帰って来たんだって泣いていたよな？　どうしてきちんと説明してくれなかったんだ。何かあったらどうする！」

「だって、お兄様は忙しいと思って……」

リックさんは、リリアンの専属護衛です。一人で外泊したリリアンを心配して外で護衛しておられたのでしょう。わたくしは行った事がありませんが、仮面舞踏会は成人した貴族が行う秘密の遊びです。まだ十歳のリリアンをそんな所に連れて行こうとするなんて信じられません。イアン様が、ものすごく怒っておられます。だけど、優しくリリアンを抱きしめています。口調は厳しいですけど、リリアンの事を心配しておられるのです。

「今後はちゃんと教えてくれ。成人するまでは外泊する時は誰かを付ける。俺の指示だと言えばうるさい令嬢達も断れないだろう」

「分かったわ。心配かけてごめんなさい。お兄様」

イアン様は、リリアンの頭を撫でると厳しい顔でマリアナさんに指示を出しておられます。

「マリアナ、すぐにリラック伯爵家に抗議して、絶縁しろ！　それから、リリアンに早急に婚約者を選定するぞ。婚約者がいればこんな事にはならないだろ！　今すぐ誠実な令息を探す！」

婚約者を決める。そう聞くとリリアンの顔色が変わりました。

リリアンくらいの年齢で婚約者がいる貴族令嬢もいらっしゃいますけど、ほとんどの貴族は成人してから婚約者を決めます。幼い頃から婚約者が決まっている方は、家同士の結びつきが強い方が多いです。

「お兄様だってお仕事が忙しいとかわたくしの為だとか言って婚約者の選定すらしていないじゃない！　まずはお兄様が結婚なさいよ！」

どうしましょう。

わたくしのせいで兄妹《きょうだい》喧嘩が始まってしまいました。どうしていいか分からずオロオロしていると、マリアナさんが助けて下さいました。

「お客様の前ですよ。旦那様、落ち着いて下さいませ。今後はリリアン様が外出する時は、必ず人を付けます。このような事は、二度とないように致します」

「ああ、頼む。リリアンも、あまり我儘《わがまま》を言うな」

マリアナさんは、あっという間にイアン様とリリアンの仲裁をして下さいました。

「エリザベス様、先ほどのお言葉の意味をお教えします。ですが、淑女が使う言葉ではありません。絶対に使わないようになさって下さい。お約束できるならお教えします」

マリアナさんの真剣な様子から良くない言葉だと分かります。わたくしが頷くと、マリアナさんが教えてくれました。

「ビッチとは、女性に対する罵《のの》りとして使われます。男性に媚《こ》びたり、誰とでも簡単に関係を持ったりする女性……その、男女の営《いとな》みを誰とでもすぐ行う女性という意味で、主に使われます。品位を疑われますのでご利用はお控え下さいませ」

「……な、なんて事……」

だ、男女の関係⁉

そそそ、そんな。ドロシーとケネス様は……

混乱していると、マリアナさんがにっこり笑って言葉を続けました。

「必ずしも男女の関係があるとは限りません。姉の婚約者に口付けをする女性は、ビッチと罵《のの》られる事もあるでしょう」

「そ、そうですよね。口付けはしておりましたけど、その程度ですわよね」

「分かりません。ですが、そう言って罵《のの》られている女性が必ずしも本当にビッチであるとは限りません。振られた腹いせにそのような噂を流す殿方もおられますし、令嬢がライバルを蹴落とすために噂を流す事もあります」

「そうなのですか？」

「はい。噂を鵜呑みにしないようにして下さい。あまりいい言葉ではありませんのでご利用はお控えくださいませ。いいですね？　リリアン様」

「はぁい。ごめんなさい」

「リリアン、変なことを聞いてごめんなさい……」

「真っ赤な顔をしているじゃない！　大丈夫？」

は、恥ずかしいです。道理で辞書に載ってないし、誰に聞いても教えてくれない筈ですわ。リリアンなら聞いても良いかなと思ったけど、イアン様にも聞かれてしまいました！

恥ずかし過ぎます……。穴があったら入りたいです……

「貴族女性が使う言葉じゃない！　知らないエリザベス様が普通だ！　二度とそんな言葉を使うなよ！」

「はぁい……ごめんなさい。お兄様」

「俺はもう行く。妹がすまない。どうか、ゆっくりしてくれ」

「あ、ありがとうございます。イアン様」

心なしか、イアン様のお顔も赤いです。

うう……なんて事を聞いたのでしょうか。恥ずかしいです……

「ごめんなさい。エリザベス。中に入って、いっぱいお話をしましょ」

その後はリリアンがフォローしてくれたので、恥ずかしさを忘れて楽しい時間を過ごせました。

マリアナさんが、美味しいお菓子を、リリアンが、珍しいゲームを持って来てくれました。使用人の方も一緒に、何度も遊びました。リリアンが宿題に四苦八苦していたので、一緒にお勉強もしましたわ。

夜は、真夜中まで同じベッドでおしゃべりをしました。下らない事ばかり喋っていたけど、とっても楽しくて嫌な事を忘れられました。

ケネス様の事を思い出すとまだ胸が痛みますけど、結婚する前で良かったと思えるようになりました。深夜までリリアンとおしゃべりをしていたので、マリアナさんに注意されてしまいましたが、それすらも楽しかったです。リリアンと友人で本当に良かったと思いました。


翌日、お昼頃にイアン様が帰って来られました。

ポールに会った帰りだそうです。徹夜なのに、とてもピシッとされておられて驚きました。

「ただいま。エリザベス様、朗報ですよ。正式にポール様が当主と認められました。昨日の夜決まって、先程ポール様に報告して来ました。もちろん、エリザベス様が後見人ですよ。おめでとうございます。エリザベス様に全てを押し付けていた怠《なま》け者達は、後日調査されます。ポール様やエリザベス様に問題はありませんでしたが、未成年に爵位が譲られる場合には普段よりも厳しい審査があるのです。我が家もそうでしたから。ポール様は前当主を訴える準備をされていたそうですね」

ポールとセバスチャンが両親を追い出そうとしていたのは知っていました。まさか、父を訴える準備をしていたなんて……

「そうなのですね。父の罪状はなんでしょうか?」

「前当主は、仕事をせずに領民のお金を食い潰そうとしたそうですね。あまりに酷い。必ず罪状を確定させて捕まえます。エリザベス様がいなければ領民は飢えていた。貴族の特権は義務を果たすから得られるのに、特権だけ得ようとするなんて許せません。今回はポール様にすんなり爵位を譲られたので証拠を使う事はなかったそうですが、ポール様は不正の証拠を集めて代替わりを迫《せま》るおつもりだったそうです。ポール様の将来が楽しみですね。ああ、それからエリザベス様は明後日の結婚式が終わるまでは家に帰らないようにして欲しいそうですよ。ポール様から姉を頼みますと言われました。どうか、我が家でくつろいで下さい」

「イアン様にそんなお願いをするなんて、申し訳ありません！」

「良いのですよ。俺も助かるから」

「え……？」

「俺がエリザベス様の監視をします。今から一ヶ月、よろしくお願いしますね」

え……。監視って……ずっと見られるのですよね？

覚悟はしておりましたが監視するのが異性の方だとは思いませんでした。しかも、イアン様だなんて。入浴や着替えはどうすれば良いのでしょうか。

「あの、監視はどの程度されるのですか？　その……着替え等もありますし……」

「寝る時や身だしなみを整える時は席を外しますよ。それに、エリザベス様の人柄は分かっていますから形式だけのものです。疑わしい場合は数人で使用人までしっかり見張るのですけどね。今回は、少しでも気疲れなさらないように面識のある俺が担当します。別の者と交代する事もありますけど、メインは俺です。お嫌ですか？」

「い、いいえ！　嫌なんてとんでもない！」

イアン様はいつも紳士的で、格下の男爵家であるわたくしにも敬意を払って下さいます。

今までリリアンの家に遊びに行く時くらいしかお会いしていませんし、ご挨拶程度しかお話しした事はないのに、昨日はずっとわたくしを気遣って下さいました。ポールの事も子ども扱いせずにちゃんと当主として話を聞いて下さいますし、リリアンに対しては厳しくも優しいお兄様ですし、初めてお仕事をする姿を拝見しましたけれど、とってもテキパキとされていて素敵でした。……嫌な要素は、全く見当たりませんね。

「そう、良かった」

そう言ってイアン様がニッコリお笑いになると、なんだか目が離せなくなってしまいます。どうしてでしょうか。

「エリザベス様？　どうしたの？　やっぱり俺じゃ駄目かな？」

イアン様がわたくしの耳元で優しく囁きました。こんな事、された事がありません。どうして良いか分かりません。思考が止まって、イアン様から目が離せません。

わたくしがキャパシティオーバーになっている事を察して、リリアンとマリアナさんがソファに座らせて下さいました。マリアナさんはお茶まで出して下さいます。

リリアンが、イアン様を睨《にら》みつけてお話をしています。反対にイアン様はニコニコしておられます。あんな笑顔初めて拝見しましたわ。

兄妹《きょうだい》で大事な話でもあるのでしょうか。マリアナさんが色々と世話を焼いて下さいますし、聞き耳を立てるなんてはしたないので、マリアナさんとお茶やお菓子の話をする事に致しました。

＊＊＊

「お兄様、お顔が近いですわ。エリザベスは初心《うぶ》なんだから、やめて下さいまし」

お兄様は、とても嬉しそうに笑っている。

女性の扱いなんて慣れてない筈なのに、なんでエリザベスにあんな事をするのかしら。

「あの反応からして、あの男はエリザベス様に手出しをしなかったみたいだな」

「そうね。いつもお茶して話すくらいだったみたいよ。最近は三十分くらいしか話せないと悩んでいたわ。その影で妹に夢中だったなんて失礼な話よね。エリザベスは、結婚してからでも仲は深められるって言って愛する努力をしていたの。最近は、なんだかんだと好きになっていたようだったけど、あの男が優しくしている様子はなかったわ。一応、取り繕ってはいたみたいだけどね。別れた方が良いって何度か言ったのだけど、エリザベスはリンゼイ子爵が良くしてくれるから大丈夫だって言っていたわ」

「ふぅん……そうか……」

「お兄様、何を企《たくら》んでいるの？」

「もう我慢しなくて良いかなと思ってね」

お兄様が笑った。

わたくしでも分かる。真面目な兄は、エリザベスが好きなんだわ。

「……はぁ……だから仕事を言い訳にして婚約しなかったのね。今回の事がなかったらどうするおつもりでしたの？　エリザベスは明後日には人妻だったのよ？」

「特に何もするつもりはなかったよ。諦めも肝心だからね。けど、あんな愚かな男が相手だとは思わないじゃないか」

「そうよね。酷すぎるわ。ねぇ、お兄様はエリザベスを口説こうと思ってる？」

「勿論《もちろん》。さっきも言ったけど、もう我慢する必要はないからな」

「応援するわ。それにしても、上手く隠しましたわね。全く気が付かなかったわ」

「そんなヘマをする訳がないだろう。婚約者のいる女性に懸想するなんて愚かだからな。エリザベス様に出会った時にはあの男が婚約者だったし、結婚式が済んだらスッパリ諦めるつもりだったんだ。誰にも言うつもりは無かったし、本当はそろそろ諦めて婚約者を選定しようと思っていた。けど、どうしても出来なくて。リリアンから結婚式の話を聞いたら諦められると思っていた」

真面目過ぎるお兄様らしいわ。

お兄様は、ずっと苦しかったのだろう。エリザベスが訪問している時によく顔を出してくれていたお兄様が、いつしか、一切顔を出さなくなった。

忙しいのだろうと思っていたけど、エリザベスの顔を見るのが苦しかったのね。

「婚約者の選定をしてなくて良かったですわね」

お兄様を狙っている令嬢は多い。

婚約者探しをしていると分かれば、大量の釣書が家に届くし、家に押しかけてくる令嬢も増えるだろう。

今でもたくさんの令嬢が家を訪ねて来るのだもの。

こうやってたくさんの令嬢がお兄様を訪ねて来るようになったのは、お兄様が爵位を継いで成人してから。

だけど、お兄様はその頃からお仕事で不在の事が多かった。

だから、わたくしが失礼のないように対応していた。でも、お兄様目当ての令嬢達はわたくしが邪魔みたいで、子どもは黙っていろと罵倒されるか、猫なで声で懐柔してこようとするばかりだった。彼女達にとって、わたくしはお兄様のオマケ。

けど、エリザベスは違う。エリザベスは、お兄様の事なんて気にしない。昔、わたくしを助けてくれた時だって、お兄様の顔を見ても挨拶をしただけでずっとわたくしの事を心配してくれた。いつもわたくしの話を一生懸命聞いてくれるし、とっても優しい。優しいだけじゃない。駄目な事をしたら、お兄様みたいにちゃんと叱ってくれる。

最近はマリアナ達も叱ってくれるけど、ちょっと前まではわたくしが何を言っても頷くだけで少しだけ寂しかった。明らかに駄目な事をしているのに、みんなわたくしを叱らない。わたくしなんていてもいなくても変わらない。いや、いない方がお兄様の邪魔にならない。そう思っていた。けど、エリザベスと会ってからはそんな事を思わなくなった。

エリザベスはいつもわたくしと話すと楽しいと笑ってくれる。嘘っぽい目をしている令嬢達とは大違いだわ。

エリザベスは、わたくしの大事な友人。だからこそ分かる。エリザベスはお兄様の事をなんとも思っていない。だって、彼女はあの浮気男と違って婚約者がいるのに他の人に惹かれたりしないもの。万が一そんな事になっても、ちゃんと別れてから次にいく。結婚式の一週間前に婚約者の妹と口付けを交わしたりしないわ。

でも……嬉しそうなお兄様には言えないわね。

それに、エリザベスの反応から察するにお兄様に嫌悪感は持っていない。

だから、これからよ。

「……そうだな。諦めが肝心だと言ったが、どうやら俺は諦めが悪いらしい」

「ふふっ、応援致しますわよ。あんな素敵なお姉様がいるなら嫁ぎたくなくなりそうね」

「勘弁してくれ」

くしゃりと笑うお兄様は本当に嬉しそうだ。

お兄様は真面目で優しい。あの男みたいに浮気なんて絶対にしないわ。

エリザベスがどう思うか分からないけれど、お兄様を好きになって欲しい。

そうすれば、エリザベスはわたくしのお姉様になる。大好きなエリザベスが、大好きなお兄様と結婚したら嬉しい。まずは、エリザベスとお兄様がゆっくり話す時間を作りましょう。

わたくしは、大好きなお兄様の恋をサポートすると決めた。

＊　＊　＊

「エリザベス、ごめんなさい。宿題が終わらないからしばらく部屋で勉強するわ。お兄様とゆっくりしていて」

「なら、わたくしもリリアンと一緒にお勉強するわ」

「えっと……ごめんなさい。今日は一人で集中したいの！」

リリアンはそう言って部屋に戻って行きました。いつもはわたくしも一緒にお勉強するのにどうしたのでしょう？

「エリザベス様、よろしければリリアンが戻るまで図書室に行きませんか？」

「図書室ですか？　ぜひ拝見させて下さいませ」

ここに遊びに来た時はいつもリリアンのお部屋でおしゃべりをするかお勉強をするだけですから、図書室があるなんて知りませんでした。

さすが侯爵家です。本は高価なので、うちにはあまりありません。祖父は本好きでしたが、両親はお金の為に本を売ってしまうのです。

わたくしは本が好きなので、王立図書館で読んでいます。わたくしの部屋に本を置いていると売られてしまいますので、記憶するかポールに写本を預けています。

イアン様に案内されて到着した図書室は、壁一面に大量の本があり、ゆっくりくつろげる椅子やテーブルも設置されていました。

「エリザベス様はどんな本がお好きですか？」

「わたくしは歴史や経済の本をよく読みますわ」

読んだ本のタイトルをいくつか挙げると、イアン様が頷いておられます。だけど、話した後に失敗したと気が付きました。歴史や経済は男が読むものだと父もケネス様も言っていました。ドロシーはいつも恋愛小説の話をしていましたし、両親やケネス様は嬉しそうにドロシーの話を聞いておりました。

ケネス様に経済の本を読んだとお伝えした時は不機嫌なお顔をされていました。あの後、ドロシーを虐めた癖に偉そうにと殴られたのでしたわね。それでも、少しでも領民の為になる知識を求めるとなると、歴史や経済の本を読むしかないのです。だから、最近は読んだ本を内緒にしておりました。

今更ながらに自分の失敗に気が付いて身構えましたが、イアン様は全く気にしておられません。

あれ？　嫌がられないのですか？

「そうか。ならロンドの歴史書は読まれた事があるかい？」

イアン様が挙げられたのは、この国で長く人気を誇る歴史家の名前です。

「ありますわ！　王立図書館で半年待って、先月ようやく読めました。お待ちの方が多いので何度も読み返す事が出来ず残念でしたが、とても面白かったですわ」

「なら、ここで読むと良い」

「え、これって……」

「ロンドの歴史書。王立図書館にあるものと同じだよ」

本物ですわ⁉　この本はあまり流通していなくてとっても貴重なのです。

「貴重な本を読んでもよろしいのですか？」

「ああ、構わないよ。貸し出しはご遠慮頂きたいけどね」

「借りるなんてとんでもない！　王立図書館でも持ち出し禁止の本ですのに！　こんなに綺麗な状態ですし、とても大事にされていたのでしょうね」

「うちは昔から本が好きな者が多くてね。これは祖父が発売と同時に購入したものなんだ」

「そうなのですね。お祖父様に感謝致します。大事に読ませて頂きますわ」

「今から読むかい？」

「読みたい気持ちはありますが、その前にイアン様の本日のご予定は？」

「俺かい？　エリザベス様の監視と、少し書類仕事があるよ。書類は夜にエリザベス様がお休みになってから行う予定だよ。貴方から目を離す訳にはいかないから。俺の事は気にしないで、自由に過ごしてくれ」

「それなら、イアン様が書類仕事をなさっているお部屋で、この本を読ませて下さいまし」

やはりイアン様はお忙しいのですね。わたくしの監視もお仕事ですが、出来るだけ負担にならないように致しましょう。

昨日は徹夜だったと伺《うかが》っています。早く休んで頂きたいです。

「それは、俺の仕事を気にしてくれているのかい？」

「昨日は徹夜だったのでしょう？　せめて今夜は早く寝て身体を休めて下さいまし。わたくしも、早く寝て部屋から出ないように致します。それなら監視の必要はないのでしょう？」

「貴女は……本当に……」

イアン様が顔を背《そむ》けてしまわれました。何か失礼な事を言ってしまったでしょうか？

その時、ケネス様に殴られた時の事を思い出しました。そうか、お仕事のやり方に口出しをしたので気を悪くなさったのね。以前にケネス様にも罵倒されたのにどうして忘れていたのでしょうか。謝罪しないといけません。わたくしは急いでイアン様に頭を下げました。

「お仕事に口出しするような事を言って申し訳ありません！」

「どうして謝るの？　貴方は俺の体調を心配してくれたんでしょう？」

「大事なお仕事のやり方に、意見するべきではありませんでした。以前殴られてまで教え込まれたのに、成長していなくて申し訳ないですわ」

そう言った途端、イアン様の表情がとっても冷たくなりました。やっぱり、わたくしの行動は良くなかったのですね。冷たいイアン様の声が部屋に響き渡ります。

「誰だ？」

「え？」

「貴女を殴ったのは誰だ」

え？　わたくしに怒っているのではないのですか？

「えっと……これは誰だったかしら。お仕事の話だから、ケネス様だったかしら……。ごめんなさい、よく覚えてなくて」

「覚えてないほど色んな奴に殴られたのか。全員の名を教えてくれ」

イアン様の目が据わっています。

もしかして、怒っていらっしゃるのでしょうか？

「その、最近はあまり殴られないのです。ポールが上手く取りなしてくれますから」

「ふむ、つまりポール様に詳しく聞けば良いんだな」

「どうしてそうなりますの！　大きな怪我になるような事はありませんでしたわ。大抵は、数日で治ります。わたくしがお金を稼ぐようになったので暴力をふるわれる事はなくなりました。罵倒はされますけど、わたくしが怪我をして仕事が出来ないとお金が稼げないと言って、ポールが両親を止めてくれましたの」

「先程から話を聞いていると、ご両親とケネスは日常的にエリザベス様に暴力を振るっていた時期があったようだな。ポール様が無理にでも代替わりを迫《せま》ろうとする訳だ」

どうしましょう。イアン様の真っ直《す》ぐな目を見ているとどんどん喋ってしまいます。心の中を見透かされてしまっているようです。

「わたくしは、可愛げがないのですって。いつもドロシーを虐めたと殴られておりましたわ」

知られてしまったならもう全部言ってしまっても構わないと、つい心の内を晒《さら》してしまいました。

イアン様は、優しくわたくしに笑いかけて下さいます。

「……エリザベス様。貴女はとても美しく可愛らしい。それに、お優しい。読書量からもずいぶん努力していると分かる。それに、こんなに長い間リリアンと仲良くしてくれている時点で虐《いじ》めなど出来る人ではないのは分かるんだ。あの子は人の悪意に敏感だから、意地悪をする人に自ら話しかける事も、仲良くなる事もない。悪意を感じればすぐに付き合わなくなる。けど、リリアンはエリザベス様の話ばかりするんだ。エリザベス様を信用している。それに、監視なんて嫌な顔をされる事が殆《ほとん》どなのに、俺の仕事まで気にしてくれる優しい心をお持ちだ。可愛げがないなんてありえない。エリザベス様はとても可愛い。貴女が否定しても俺が何度でも言おう。エリザベス様は優しく、可愛く、美しいよ」

……恥ずかしいですがとっても嬉しいです。

やっぱり、イアン様はとてもお優しいです。きっと結婚式の寸前に振られてしまったわたくしを哀れに思って慰《なぐさ》めて下さるのでしょう。

「お気遣いありがとうございます。嬉しいですわ」

「気遣いではないのだが……まぁ、焦りは禁物だな。エリザベス様のお言葉に甘えて執務室に行こう。そこで読書で良いかい？　もちろん、使用人も今のように控えさせるから」

「承知しました。ゆっくり本を読ませて頂きます」

その後は、じっくり本を読む有意義な時間を過ごしました。

ところが、勉強が終わったリリアンが何故か怒っており、イアン様に詰め寄っておりました。イアン様はニコニコとリリアンを宥めていました。わたくしもポールと仲が良いですが、ここまで気安く話す仲ではありません。ちょっとだけ、羨ましかったですわ。

この日はイアン様がお休み出来るように早めに就寝しました。リリアンも夜更かしして眠いと言っていたので別々に休みました。

次の日、穏やかな朝食の時間を過ごしているとポールが訪ねて来ました。

「早朝から先触れもなく訪ねて申し訳ありません。姉と話をさせて頂けませんか？」

「その顔は何かあったみたいですね。私はエリザベス様の監視を行なっていますので、席を外す訳にはいきませんよ」

「分かっております。今後は、後見人だけでなく当主や前当主にもしばらく監視をつける事をお勧めしますよ。まだ権力が残っていると勘違いする愚か者も多いので」

「ふむ……検討しておきましょう。急ぎのようだから朝食を食べやすいように加工して応接室へ持って来てくれ。ポール様の分も頼む。リリアンは席を外した方が良いですか？」

合間に使用人に指示を出しながら、イアン様はポールと会話を続けます。

「お怒りにならないとお約束頂けるなら一緒に聞いて頂けますか」

「つまり、わたくしが怒るような内容という事ですわよね？」

「その通りです」

「お兄様、わたくしも同席する事をお許し下さいませ」

「許可するが、暴れたりするのは無しだぞ」

「承知しておりますわ」

不安で無言になっていたわたくしを、リリアンとイアン様が支えて下さいました。なんだか暖かい気持ちになり嬉しかったです。

一体、何があったのでしょうか。応接室に入ると、ポールが話を始めました。

「昨日、ドロシーとケネス様は結婚しました。僕の説得で、結婚式の前に婚姻届を提出してもらえる事になったのです。ドロシーが大事だから、離婚は許さない契約にして下さいとお願いしました。両親は賛成しましたし、リンゼイ子爵も賛同して下さいました。本人達が理解しているかは分かりませんが、直筆で婚姻届を書いて貰いました。僕が自らの手で書類を出しましたのでドロシーとケネス様はもう夫婦です。ドロシーは大喜びで式の準備をしていました。ところが、ドレスが嫌だと駄々を捏《こ》ね始めたのです」

「……なんだと？」

「ドロシーはドレスが似合わないから嫌だと騒ぎました。その時はなんとか宥《なだ》めたのですが、深夜にケネス様がお一人で当主の僕にだけ話があると訪問して来たのです。両親やドロシーは来るなと言うので、仕方なく僕がお話を聞きました」

「あの男、そんなに礼儀知らずなんですか？」

リリアンが呆れた様子でため息を吐きました。ポールも呆れた顔をしています。

「そのようですね。リンゼイ子爵には内密で頼むと何度も言われましたから、礼儀知らずも、常識外れも承知の上のようですよ。エリザベス姉さんに会わせろと言われました」

「はぁ!?　自分が浮気して婚約者が変わった事を理解しているの!?」

リリアンが暴れそうになりましたが、イアン様がひと睨《にら》みするとおとなしくなりました。

「もちろん断りましたよ。深夜に捨てた婚約者を訪ねるなんて何を考えているんだと言いました。しかし彼は、子どもは黙っていろと姉の部屋の鍵を壊そうとしました」

「なんで今更わたくしを訪ねようとするのよ……」

イアン様は、物凄く嫌そうな顔をしておられます。

「ポール様がバルタチャ男爵になった事を理解していないな。子爵家の嫡男だがおそらく廃嫡される男と、男爵になったポール様ならポール様の方が立場は上だ。恐らく、ドロシー様の本性を知りエリザベス様の方が良かったと後悔しているのだろう。今更遅いのに」

「大正解ですよ。やっぱりエリザベス姉さんが良いと騒いでいました。他の者が起きると面倒なので、少し手荒ですが眠って頂き、お帰り頂きました。リンゼイ子爵にきっちり報告しましたので、結婚式まで部屋に閉じ込めて下さるそうです。結婚式が済んだらどこかの別荘に住まわせるので安心してくれとの事です」

「あら、リンゼイ子爵は話が分かるわね。お兄様、何かやったの？」

「昨日城でお会いしたから、少しだけお話をしたけど、俺は何もしていない。ドロシー様を鍛えるおつもりだったようだけど、ポール様から教えて頂いた人達の話を聞いて、気が変わったそうだ。跡継ぎは次男にすると言っていたよ。何があってもケネス様に爵位がいかないように手続きをしていたから、エリザベス様とよりを戻しても彼が子爵になる未来はない」

「当然、ドロシー様は知らないのよね？　ポール様、リンゼイ子爵に何を言ったの？」

「僕の姉は一人だけだと思っている事と、その理由を証拠と共にお渡ししただけです。姉もどきは僕より年上なのに知識は全くなく、男と両親に媚《こ》びる事しか考えない恋愛脳だとね。既に婚姻届を頂いていましたので、安心してお帰りの際に書類をお渡ししました。家庭教師の先生を数名記載しておきましたので、話を聞きに行ったのではないでしょうか？」

「そんな事を言っていたよ。息子を信じず、ちゃんと調査すればよかったと言っていた」

「人のせいにするなんて、凄腕と言われたリンゼイ子爵の名が泣きますね。深夜に浮気者を届けた際に、もっと早く姉もどきの正体を知りたかったと言われましたが、浮気者は大事な姉に相応《ふさわ》しくありませんとお伝えしたらご納得頂けました。姉もどきはケネス様が廃嫡される事は知りません。知っていたら結婚式を逃げ出してしまうので、絶対話しませんよ。子爵夫人になる気満々です」

姉もどき……。ポールが淡々と辛辣な事を言うのに、ブロンテ家の方々は頷くばかりです。

リリアンは、悪戯《いたずら》を思いついた顔をして笑いました。

「お兄様、もう少し後押ししましょう」

「何をする気だ」

「ドレスが気に入らないなら、気に入るドレスを用意すれば良いのよ。気持ちよく嫁いで頂きましょう。そのかわり、周りは呆れるわよ。リンゼイ子爵も嫌がるかも。それでも良い？　もどきなら、情はないわよね？　わたくし、あの女に恥をかかせたいの」

「情なんてありません。僕の家族はエリザベス姉さんだけです。リンゼイ子爵には恩がありますが、あんな男を姉に紹介した時点で信用していません。受けた恩は今後の取引で利益をもたらして返しますよ。姉もどきが喜んで嫁ぐ方法があるならとても嬉しいですが、そちらのメリットは何ですか？　姉の友人だとしてもやりすぎでは？」

「当然、見返りは要求するわ」

そう言って、リリアンがポールに耳打ちをしました。

「本気ですか？　うちは男爵家ですよ？　ご友人ならともかく……」

「あら、自分の姉を信用出来ないの？」

「してますよ！　姉さんなら出来ます！」

「なら問題ないじゃない」

「う……」

「男爵家に利益をもたらすし、大事な姉も守れる。何か問題がある？」

「家の繁栄も大事ですが、姉の幸せが最優先です」

「あの男より良いわ」

「そんな事分かっていますよ！　けど、急すぎます。姉は婚約が解消されたばかりですよ!?」

「そうね。だからしばらくは何もしないわ」

ポールが、イアン様に向かって行きました。後ろ姿だから表情は分からないけど、怒っているように見えます。

あら？　リリアンが急にわたくしの耳を塞ぎました。どうしたのでしょうか。ポールとイアン様がなにか話をしておられますけれど、全く聞こえませんわ。

「リリアン様の独断ですか？　それとも侯爵家の総意ですか？」

「侯爵家の総意だ」

「いつからですか」

「言えない」

「言えない時からという事ですか。確認ですが、今回の姉の婚約解消にブロンテ侯爵家は関わっていますか？」

「それはない！　俺は諦めるつもりだったんだ！」

「そうですね。でないとこんなギリギリに事が起きる訳ありません。侯爵家ならもっと上手くやったでしょうしね。疑って申し訳ありません。僕からの条件は二つです。ひとつ、本人の同意を得る事。無理矢理や誘導は許しません。ふたつ、少なくとも半年は待って下さい。世間体もありますから」

「承知した。それを守れば良いのか？」

「はい、半年あれば膿《うみ》を出し切れます。それから、来年の後見人は頼みますよ」

「分かった。任せてくれ。当主の了承が得られれば手加減は無用だな」

「少しは遠慮して下さい！　きちんと決まるまでに指一本でも触れたら無しにしますよ！」

「そうか。ではバルタチャ男爵の意思を尊重しよう」

あ、ようやくリリアンが耳を塞ぐのを止めてくれました。

ポールが急にニコニコ笑って、イアン様に笑いかけました。

「僕は未成年ですけど、男爵になったから夜会に行けますよね。必ず毎回、姉をエスコートします。

夜会で姉に良い人が見つかるのもすぐかもしれませんね」

「おい！　予約は有効だよな⁉」

「さぁ？　どうでしょうね？」

ポールとリリアン、イアン様が楽しそうに笑い合っています。ポールがこんなに楽しそうにしている姿は珍しいです。

嬉しくて、わたくしも思わず笑いました。ポールはニコニコ微笑んで、リリアンにドロシーの好みを伝えています。リリアンは、あっという間にドロシー好みのドレスを用意してくれました。

こんなに穏やかな時を過ごしたのはいつぶりでしょうか。

ブロンテ侯爵家に来てから、とても穏やかな時間を過ごしています。


次の日、またポールが訪ねて来ました。

今度はちゃんと約束をしてからの訪問です。

「姉もどきは、大喜びして明日の式を楽しみにしています。宝石も本物と思っておりますよ。お気遣い頂き、ありがとうございます」

イアン様とリリアンが、ドロシーに似合うドレスを大急ぎで用意して下さいました。お抱えの商会のサンプル品だそうです。サイズも、お針子さんを総動員して整えてくれたのでドロシーにピッタリです。

豪華にすれば気に入るからと、リリアンの提案で宝石を縫い込んでくれました。ここまでしなくて良いと言ったのですが、宝石は全て偽物だから気にするなとリリアンは笑いました。侯爵家で開発したイミテーションだそうです。ものすごい数をドレスに付けました。

わたくしは、煌《きら》びやか過ぎるドレスは好みではありませんけれど、ドロシーは派手好きなので喜ぶでしょう。いや……でもこれはやり過ぎかもしれません。偽物の宝石は、美しく輝いています。よく見ると分かりますが、注意深く見ないと分かりませんので、両親やドロシーは気が付かない可能性が高いです。

どちらにしても、キラキラし過ぎていて、なんだか下品です。リンゼイ子爵は間違いなく宝石が偽物だと気が付きますから、不機嫌になるかもしれません。結婚式で偽物を身に付けるのは、恥になりますもの。

リリアンはノリノリでしたが、さすがにキラキラし過ぎています。品のないドレスを無理矢理押し付ける気にはなれないと、ポールはドロシーにドレスを選ばせたそうです。

ドロシーも両親も大喜びでリリアンが用意したドレスを選んだそうですわ。

ポールの最後の優しさは家族に伝わりませんでした。

明日の式にキラキラのドレスを着ると楽しみにしているそうです。母は、リリアンみたいに綺麗なドレスを用意しろとポールに指示したそうですわ。予想していたリリアンが用意してくれたドレスを渡して話は済んだそうです。

結婚式が終わったら、リリアンとイアン様にお礼をしないといけませんね。

それにしても、花嫁と花嫁の母親が偽物の宝石を身に付ける結婚式ですか。とんでもない結婚式になりますね。以前なら心が痛みましたが、今はなんとも思いません。ドロシーも両親も、どうでもいいです。わたくしの家族は、ポールだけですもの。

わたくしが着る予定だったドレスは、入れ替わりでドロシーのドレスを売ってくれた商会のサンプル品になりました。そろそろ新しいデザインにするつもりだったからちょうど良かったと喜ばれました。

リリアンは、ポールがお礼に持ってきた菓子を受け取り、優雅に微笑みました。

「良いのよ。エリザベスのドレスの方が高級だから先方も喜んでいたわ。それにしても、宝石が偽物だと気が付かないなんて見る目がないわね」

「姉さんならともかく、あいつらに審美眼はありませんからね。僕の力ではあんなドレスは用意出来ませんでした。ありがとうございます」

「我が家の為にやった事だから礼は要《い》らないわ」

「今後の侯爵家の為になるとよろしいですね」

あら？　リリアンとポールの間に火花が散っているように見えますわ。

「ポール、リリアンは侯爵令嬢よ。ちゃんと弁《わきま》えて」

「そうよ！　弁《わきま》えて！」

「分かりました。リリアン様、失礼しました」

「ふふん！　分かれば良いのよ！　エリザベス、うちでずっと遊びましょうよ」

「駄目です。姉は家に帰って来て頂きます」

「何よ、まだ膿《うみ》を出してないじゃない。エリザベスをそんな所に帰すつもりなの？」

「ちゃんとしますよ！　アイツらは来月には追い出します！」

「なら、来月までエリザベスはわたくしと過ごしましょうよ」

「数日ならともかく、そんなに長居するなんて駄目です！　姉は僕の後見人なんですよ‼」

「もぅ、姉離れ出来ないなんて恥ずかしいわよ？　あ、未成年ですものね」

「兄離れしていない方に言われたくありません！　リリアン様だって未成年でしょう⁉」

「そうよ！　でも、わたくしは十一歳だから貴方より年上よ！　敬いなさいな」

「敬って欲しいならそれなりの態度をして下さいよ！　リリアン様の兄上は、僕を子ども扱いせずに当主として扱って下さいましたよ！」

「さすがお兄様ね！　ね、うちのお兄様は素敵でしょう？」

「確かに、ブロンテ侯爵は素晴らしい方ですよ！　分かっていますよ！　そんなの！」

「リリアン、そこまでだ。ポール様、高級食材をお土産にしましたから、晩餐にお使い下さい。明日まではご機嫌でいて頂かないといけませんから」

「はぁ……ありがとうございます。僕だって姉さんと一緒にいたいのに……」

「わたくしも帰りましょうか？」

「「それは駄目」」

びっくりして固まったら、ポールやリリアンが可笑《おか》しそうに笑いました。なんだかわたくしも楽しくなって、イアン様と一緒に笑いました。使用人の皆様は、微笑ましそうに眺めています。ブロンテ侯爵家は、とっても暖かいです。

ケネス様とドロシーの逢瀬を見てから、一週間が経ちました。

本日はケネス様とドロシーの結婚式です。

本当は、わたくしがケネス様と結婚する筈でした。だけど、結婚するのはケネス様とドロシーです。今はもう悲しくありません。ポールが守ってくれるし、リリアンが笑いかけてくれるし、イアン様もお優しいのですから。

「そろそろ式が始まるかな？」

イアン様がわたくしに声を掛けて下さいました。

気遣って下さっているのが分かります。本当に、優しい人ですわ。

「そうですね。そろそろ時間です。両親がわたくしも参列しろと騒いでいると聞いた時は焦りましたわ。わたくしが式に出たら、来賓の方はお困りになるでしょうに」

花嫁の交代なんて前代未聞です。

更に本来結婚する筈だったわたくしが参列してしまえば、大騒ぎになり式が滞《とどこお》ってしまうでしょう。

「ポール様が怒っていたね」

「ええ、上手く誤魔化してくれたようですけどポールにばかり負担をかけるのは申し訳ないので、今のうちに家に戻りますわ」

「監視は信頼出来る人を手配しておいた。馬車も用意したから一緒に行ってくれ。俺は一旦離れるけど、すぐ行くから」

「かしこまりました」

どうしたのでしょう。なんだか変な気持ちです。

「エリザベス！　お兄様と離れるの、寂しいでしょ？」

「えっ……ええ、そうね」

そうか。わたくし、寂しかったのですね。

「そう。俺も寂しいよ」

そう言ってイアン様がわたくしの耳元で囁くと、ドキドキしてしまいます。

「おっと、あまり近寄ると怒られてしまうね。またね。エリザベス様」

なんだか名残惜しいです。なんでしょう。この気持ちは……


伯爵家のソフィア様と馬車に乗り込んだのですが、気持ちが落ち着きません。

「こんにちは。ソフィアと申します。息苦しいと思いますけどしばらく我慢して下さいね」

「は、はい。エリザベスと申します。よろしくお願いします」

「ふふっ、可愛らしい方ね。イアンが大事にするのも分かるわぁ」

「え……イアン様が……？」

「今回は事情が事情だし、エリザベス様は評判も良かったから監視は必要ないって話も出たの。それより、不正の摘発を優先した方が良いとね。けど、何が起きるか分からないから、監視は要《い》るって強く主張したのがイアンよ。人手が足りないなら自分がやるってね。たくさん仕事を抱えているくせに無理しちゃって。余程エリザベス様が心配だったのねぇ」

「どうしてそこまで……わたくしが、リリアンの友人だから……？」

「わたくしもリリアンと仲が良いけど、わたくしがエリザベス様と同じ立場でも、イアンはこんな事はしないわ。あの仕事人間は、友人だろうと妹のお気に入りだろうと淡々と処理するだけよぉ」

それなら尚更、どうしてなのでしょう……？

ソフィア様は伯爵令嬢で、わたくしは男爵令嬢であるということが、何か関係しているのでしょうか？

「言っておくけど爵位は関係ないわよぉ」

ソフィア様は、人の気持ちを読み取れるのですか⁉

「仕事柄、人の本音を読み取るのは得意なの。エリザベス様は聡明だけど、恋愛関係は鈍いわねぇ」

「恋愛……関係……？」

それでは、イアン様がわたくしを……？

いやいや、あり得ません。あんな素敵な方、もっと良い方がいらっしゃるでしょうし。

「イアンは、なかなか婚約しないのよね。上手く隠しているけど、誰かをずっと想っているみたい。婚約者を探そうと色んな人に言われても断っているし」

やっぱりそうですよね。

あんな素敵な方ですもの。きっと素敵な恋人がいらっしゃるのでしょう。年齢か爵位か、お相手側にすぐには仲を公表できない事情がおありなのでしょうね。

……恥ずかしい勘違いをするところでしたわ。少しだけ残念です……

「エリザベス様、また勘違いしているわねぇ」

「え？」

「イアンは、恋人も婚約者もいないわよ。探そうともしてないわぁ」

「でも……誰かを想っているって……」

「イアンは、モテるわ。わたくしは興味ないけど、何人もアプローチしては玉砕している。表向きは、リリアンが大きくなるまでその気にならないとか、仕事が忙しいとか言っていたけど、一度だけしつこい女がいてね。何度もアタックするものだから、好きな人がいるって断ったみたいなの。その女は誰だって大騒ぎしてね。仲の良いわたくしまで疑われたわ。結局、大騒ぎした女はクビになった。イアンはしつこいから嘘の断り文句を言ったと誤魔化していたけど、その誤魔化しが嘘っぽかったのよねぇ」

「じゃ、じゃあイアン様はやっぱり好きな方がいらっしゃるのでは……？」

ソフィア様は、穏やかに微笑んでおられます。

「好きになった方に婚約者がいたら、エリザベス様ならどうする？」

「え……節度を持ってお付き合い致しますわ。近寄り過ぎると苦しいし誤解されたら困りますから、挨拶程度のお付き合いにするでしょうか。結婚されたら、さすがに諦めますわ」

「そうよね。好きだと誰かに言う？」

「いいえ、決して誰にも言いませんわ」

「イアンも同じよ。エリザベス様は、婚約者がいらっしゃったでしょう？」

「はい。もう解消致しましたが、確かにおりましたわ」

「だから、イアンは想い人を誰にも言わなかったのよぉ」

「え……、それ……は」

「鈍いエリザベス様も気が付いた？　イアンは侯爵様よ。王女や公爵令嬢でもない限り、大抵の女性は彼に求められれば応じるわ。けど、お相手がいれば別よ。どんなに爵位が上でも恥ずかしい行いとして批判される。あの堅物がそんな事出来る訳ないわぁ」

そう言って、ソフィア様は妖艶に微笑まれました。


あれから、どうやって家に戻って来たか覚えていません。

ポール達はまだ結婚式から帰って来ていなかったので、リアにお茶とお菓子を出して貰いソフィア様をおもてなしします。だけど、頭が混乱して上手くおもてなし出来ません。

ソフィア様は、ぼんやりとしているわたくしに、言い過ぎたと謝罪して下さり、本を読むから何も話さなくて良いと言って下さいました。ソフィア様のお気遣いがありがたいですわ。

ソフィア様のお言葉に甘えて、ゆっくり思考を巡らせます。ソフィア様のお話から推測すると、

もしかしたらイアン様は……わたくしを……いや、でも……好きになるにはキッカケがあった筈ですよね⁉

わたくしには、そんな記憶が全くありません。リリアンと知り合ったのは、二年前です。何度かイアン様ともお話をしました。けど、そんなに大した話をした覚えがありません。

イアン様と初めて会ったのは、ケネス様といちばんうまくいっていた時期です。お義母《かあ》様に教えて頂いて商会を開いて、なかなかうまくいかなくていつも叱られていたけど、ケネス様は優しく慰《なぐさ》めてくれました。

『女の子なのだから、無理しなくて良いんだよ。母上には僕がとりなしてあげるから』

そう言って下さいました。商会が軌道に乗ったのは、もう少し後でした。今思うと、それくらいからすれ違いが増えていましたわ。

私が商会で成功を重ねるたび、ケネス様はどんどん冷たくなっていきました。

『そんなに稼いでどうするんだ。結婚したらきっちり家の事もして貰うぞ』

連鎖するように過去にケネス様に言われた言葉を思い出しました。あれ……？　わたくし、どうしてケネス様が好きだったんでしょうか⁉　こんな事を言うなんて、酷いですよね⁉

色々と思い返してみましたが、ケネス様の発言はクズなものが多いです。

ドロシーありがとう！　あんな男と結婚しなくて済んだのはドロシーのおかげです‼

「ただいま。お客様？」

「ポール、おかえり。こちらはソフィア様よ。わたくしの監視をして下さっているの」

「形式だけのものだから、置物とでも思って下さいませ」

「そういう訳にはいきません。歓迎します。姉をよろしくお願いします」

「変わったお方ねぇ。監視なんて嫌がられるのに」

「僕はソフィア様を歓迎しますよ。ところで、姉さんは何か良い事があったの？　なんだか嬉しそうだね」

「わたくし、ドロシーに心から感謝していたところよ。式はどうだった？」

「あんな奴に感謝なんかしなくて良いよ。式は無事済んだよ。周りは冷め切っていたけどね。噂も回っていたし、下品なドレスをご機嫌で着ていたしね。リリアン様は凄いよね。本人は満足しているのに、周りは呆れる絶妙なドレスを用意するんだからさ」

ポールに詳しく聞こうとすると、ゴテゴテと着飾った母と、ふんぞり返った父が部屋に入って来ました。わたくしの姿を見て、罵声を浴びせてきます。

「ふん！　ようやく部屋から出てきたか。妹の門出を祝福出来ないとは心の狭い奴め！　すぐに修道院に押し込んでやるから覚悟しておけ！」

「父上、それは無理ですよ」

「何故だ！　あの偉そうな女子爵との契約は果たされた。ポールが当主なら取引は続く。あの女もわざわざ家まで調べに来ないだろ」

「はぁ……父上は、どうしてそんなに姉さんに冷たいのですか？」

「ポール……？　どうした……？　ああ、お前はエリザベスから教育を受けていたから情があるのか！　そんなもの捨ててしまえ。家族の情など当主に不要だ」

「そうですか。では遠慮なく」

「そうだ！　後見人でもどこかに閉じ込めておけば良い！」

「そうよ！　いつもお金お金って煩《うるさ》いし。領民のお金なんて要《い》らないわ。全てわたくし達が使うわよ。分かっているわよね？　ポール」

ポールがにっこりと笑いました。ああ、とても綺麗な笑みなのに、目がとても冷たいですね。

「それは出来ません。当主は僕だ。追放するのはお前らだよ」

「馬鹿を言うな！　誰のおかげで育ったと思っている！」

「姉さんと使用人達のおかげですよ。あんた達を家族と思った事なんてない。僕は何度もあんた達に抗議しようとした。それを全部姉さんが代わりに言ってくれたんだ。そのせいで、姉さんはいつもあんた達に殴られていた。僕は何も出来なかった。何もするなって姉さんは言った。自分はいつか家を出るけど、僕は家を継ぐから当主になるまでは我慢しろ、出来るだけあんた達に気に入られろって。僕には大好きな姉さんを助ける力が無かったから、ずっと我慢してた。けどもう、我慢しない。知ってる？　王国法では貴族が義務を果たさないのは大罪なんだよ。証拠はもうブロンテ侯爵に渡してあるからそのうち捕まるよ。あんた達、領民の事を考えた事ある？　姉さんが幼い時から、必死でボロボロだった領地を立て直したんだよ？　領地がボロボロになったのはお前らの怠慢だろ！　何なんだよいつもドロシー！　ドロシーって！」

「なっ……姉を呼び捨てなんて何を考えているんだ！」

「あんな女、姉だと思った事ない！」

「何を言っているの！　ドロシーは大事な家族でしょう？」

「僕の家族はエリザベス姉さんだけだ！　お前らは親でも家族でもない！」

「ふざけるな！　領民も、エリザベスも私達の為に存在しているんだ！　ポール！　お前もだ！　俺の言うことを聞かないなら爵位を返せ！」

父が、ポールを殴ろうとしましたがポールは怯《ひる》みません。いつの間にか、わたくしが助けなくても良いくらい、強くなっていたのですね。

父は暴れる事は出来ませんでした。ポールが回し蹴りをして父の体勢を崩させ、ソフィア様が素早く手錠をかけたのです。

「今のお言葉、しかと聞きましたわ。わたくしは、王家から遣《つか》わされた監査員です。バルタチャ男爵への暴行未遂で現行犯逮捕します」

「な、なんだお前は!!　何故うちにいるんだ!!」

「この小娘！　夫を離しなさい!!」

母が、ソフィア様に掴みかかろうとします。父も暴れ始めました。止めないと！

そう思った次の瞬間、父はポールが、母はソフィア様が取り押さえました。

「うふふっ、わたくしは伯爵令嬢。貴方達は現在平民です。身分社会ですから、伯爵令嬢であるわたくしへの暴行未遂はどのくらいの罪になるかしらぁ？」

「投獄ですね。あまりに無礼なら、その場で切り捨てても罪にはなりませんよ」

「あら？　そんなこと仰《おっしゃ》ってよろしいのぉ？」

「言ったでしょ？　コイツらは親じゃないって。法的にも縁は切れてる」

「な、何だと!?」

「どういう事!?　ポール！」

「当主になってすぐに国にあんた達とドロシーの絶縁届を出した。僕の家族はエリザベス姉さんだけだ。お前達は、もうなんの権力もない平民だよ」

「ふざけるな！　今すぐ戻せ！　私が当主だ!!」

「無理。離籍届は元に戻せるけど絶縁届は無理。タチの悪い身内が悪さをしない為に公表もされるから。結婚式が終わるまで公表を待って貰ったんだ。でないと、ドロシーがケネス様と結婚できないからね。結婚しちゃえば、実家から絶縁されても問題ない。アンタらの友達なんて、みんな見栄っ張りじゃないか。誰も助けてくれないよ」

「そんな……これからどうすれば……」

「おとなしく別荘に軟禁されるなら面倒みてやるよ」

「ふざけるな！　そ、そうだ！　ドロシーがいる！」

「そうね！　あの子は子爵夫人だもの！　助けてもらいましょ！　あれだけ可愛がったんだから、ドロシーだけはわたくし達を見捨てないわ！」

「ふん、偉そうに。あの女が子爵夫人なんて出来る訳ないだろ」

「そんな訳ない！　騙そうとしても無駄だぞ!!」

取り押さえられた父が暴れようとしましたが、ポールが軽々と取り押さえました。騒いでいると、ノックがありました。ポールが入室を許可すると、セバスチャンが入って来ます。

「失礼します。お客様で……おや？　どうされました？」

「セバスチャン！　早く助けろ！　命令だ！」

父の命令に、セバスチャンは当然動きません。

「おかしな事を言いますね。貴方は私のご主人様ではありませんよ」

「セバスチャン、この男と女を捕らえろ。大切な客人の伯爵令嬢に狼藉を働いた平民だ」

「かしこまりました。ご主人様。すぐに縄を持って参ります。それから、ブロンテ侯爵がいらっしゃいました」

「ちょうどいい。連行してもらえ。姉さんに危険が迫《せま》っていると言えば動いて下さるだろう」

「あらぁ、弟さんは勘がよろしいのね？」

「姉はそんな事を考える余裕が無い暮らしをしていたのですよ。これからは幸せになって頂かないと」

「大丈夫よぉ。執着心のつよーい男が狙ってるからぁ」

「分かってますよ！」

「執着心が強いとは失礼な。これは、どうなっている。説明しろソフィア」

イアン様が入って来られました。

どうしましょう。まともにお顔が見られませんわ。

「説明……ねぇ。えっと、どれからすれば良いかしらぁ？」

「何故この二人は取り押さえられているんだ？」

「ポール様が現実を突き付けたらぁ、暴れたのぉ。わたくしも怪我をしそうになったから取り押さえた。以上よぉ」

「……なるほど。連行する理由が増えたな」

「もう罪状が確定したのぉ？　仕事が早いわねぇ。それとも、特別に頑張ったのかしらぁ？」

「うるさい。とにかく、そこの二人をすぐ連行してくれ。取り調べも頼む」

「もう交代なのぉ？　つまんないわ。わたくしもっとエリザベス様と一緒にいたいわぁ」

「俺が戻るまでの予定だったはずだ。それに、取り調べはソフィアの専門分野だろ。多少乱暴にしても構わん。許可は取った」

「あらぁ、そんな許可まで取るなんて珍しいわねぇ」

「少しは痛みを知るべきだからな。ただし、傷はつけるな。ダメージが残らず痛みだけは強い方法、知っているだろ？　調べたらずいぶん違法な事もしていたらしい。堪《こら》え性はなさそうだから、色々吐いてくれると思うぞ」

「ええ、久しぶりに使って良いなら嬉しいわぁ」

　ソフィア様が凶悪な笑みを浮かべました。

　両親は青褪《ざ》めましたが、ポールは涼しい顔をしています。そして、懐《ふところ》から取り出した紙をイアン様に手渡しました。

「こいつら、調べたら違法賭博に出入りしていました。こちらが証拠です。この男の友人もたくさん引っ張れるんじゃないですか？　仲の良かった貴族もリストにしてありますから。姉さんが必死で稼いだお金をなんだと思っている。うちに無駄なお金なんて無い」

ポールが紙を見せると、父の顔は真っ青になり、母は気絶しました。

「うふふっ、良いわぁ、ポール様もうちで働かない？　あの身のこなし、この情報収集能力、そしてその冷酷さ、確実に即戦力よぉ」

「僕は未成年ですよ？　働けるんですか？」

「わたくしもそうよぉ」

「え!?　ソフィア様は未成年なのですか!?」

見た目は、わたくしと同じくらいに見えます。

「ええ、わたくしは十歳よぉ。ポール様と同い年。身長は靴で誤魔化して、顔はメイクで大人に見せているの。普段は子どもの情報収集や、尋問が専門よ。だからエリザベス様、安心してね。わたくし、歳上はタイプじゃないの。イアンの想い人に間違われて大迷惑よぉ」

「おい！　ソフィア!!　何を言った!!」

「さぁねぇ。自分で確認しなさいよぉ。ねぇ、ポール様は力が欲しいでしょお？　活躍すれば、爵位が上がる事もあるわよぉ。うちも、お父様は男爵だったの。でも、今は伯爵よ。少しでもお姉様が安心して嫁げると、良いわよねぇ」

普通は男爵家が子爵家にあがるだけでも数十年はかかる功績が必要です。それを、おそらく数年

で、男爵家が伯爵家に……⁉

「嫌になるくらい優秀ですね。そちらで働けば僕もソフィア様のようになれますか？」

「努力次第ね。素質はあると思うわよぉ。だから推薦したのだし」

「領地を疎《おろそ》かには出来ません。可能かどうか検討してお返事致します」

「うふふ、期待しているわぁ。仕事をするなら、領地を運営する代官を派遣して貰えるから安心してねぇ。不正なんか絶対しない、イアンみたいな人ばかりだから」

「……それは、とっても安心ですね。分かりました。働きます」

「おい！　即決するな！　汚い事もたくさんする仕事だぞ！」

イアン様が、焦ってポールを止めています。

そんなに危険なら、わたくしも止めないといけません。

「ポール、きちんと話を聞いてからにして」

「汚い事をするのも、危険があるのも、彼女を見ていれば分かりますよ。それでも、やると決めました。姉さん、当主は僕だ。いくら姉さんが後見人でも、僕の決定がおかしなものでないなら覆《くつがえ》せない」

「……それは、その通りだけど……」

「うふふ、やっぱりポール様は向いてるわぁ」

「姉さんには大事な仕事を頼みたいんだ。いくら信用出来る人でも、すぐ領地を任せるのは悪手でしょ？　監視と仕事の引き継ぎ、よろしくね」

「え、ええ。分かったわ」

それじゃあ、しばらくは領地に籠《こも》らないといけませんね。イアン様が、ものすごく嫌そうな顔をなさっています。

「ポール様は強《したた》かですね。確かにこの仕事に向いていますよ」

「頑張ります。よろしくお願いします」

「あーあ、ポール様は厳しそうねぇ。頑張ってね。イアン」

「ソフィア、もう良いから罪人を連行しろ」

「上司の命令には逆らえないわぁ。ポール様、エリザベス様、またお会いしましょうねぇ」

「ソフィア様、色々ありがとうございました」

「はぁい。またねぇ」

そう言って、ソフィア様は両親を連行して行きました。

「あの、これからどうなりますか？」

「今まで通り領地の発展に努力なさればなんのお咎《とが》めもありませんよ。お仕事の件はまた後日。ポール様が絶縁届を出した後で良かったですね。でないと、当主のポール様も、エリザベス様も取り調べが必要でした。今回は、不正を知ったポール様が姉の婚約解消をきっかけに鮮やかに当主を引き継ぎ、膿《うみ》を出したと認識されています」

イアン様の言葉に、ポールが補足します。

「ブロンテ侯爵がそうして下さったのでしょう？」

「私は仕事をしただけですよ」

「そうですか。ところで、僕はいつから働けますか？」

「準備もあるから、一ヶ月くらいかかります。本当に良いのですか？」

「僕をスカウトするくらいだから、人手は足りていないのでしょう？」

「足りていませんね。ソフィアが推薦するのなら間違いないでしょうから歓迎されますよ。ただ、厳しい仕事ですよ」

「努力しますよ。今度は生きる為じゃなく、僕と姉が幸せになる為に」

「分かりました。歓迎します」


イアン様に頭を下げると、ポールはさっさと部屋を出てしまい、部屋にはイアン様とわたくしだけが残されました。リアが遠くに控えているけど、声は聞こえません。

ソフィア様のお話を聞いてからイアン様のお顔がまともに見られません。

「エリザベス様、ソフィアが何か言ったのでしょう？　どうしてそんなに下を向いてしまわれるのですか？　俺は、嫌われてしまいましたか？」

「い、いえ！　そんな事はありません!!」

顔を上げると、イアン様のお顔が目の前にありました。頬が熱くなるのが分かります。きっと、わたくしは真っ赤な顔をしているのでしょう。

「そんな反応を頂けるのなら、少なくとも嫌われてはいないようですね。ソフィアから何を聞きました？」

イアン様の真っ直《す》ぐな目を見ていると、隠し事が出来ません。

「その……イアン様は人気があると……ですが……想い人がおられるようだと……」

「なるほど。それで？」

「想い人には、婚約者がいるので……だから、誰にも言わないのではないかと……」

「うまく隠したつもりでしたが、ソフィアにはバレていましたか。そうです。俺は好きな人がいます。その方は、つい最近まで婚約者がおられた。本当なら、本日結婚する予定だった。だけど、予定が変わって婚約は解消された」

「……」

「俺は、エリザベス様が好きです。だけど婚約者のいる貴女に近付く事なんて出来ません。貴女が幸せなら諦めよう。そう思っていました。なのに、エリザベス様の婚約者はとんでもない男でした。リリアンは怒っていましたけど、俺はチャンスだと思ってしまいました。彼がエリザベス様をいらないと言うのなら、俺が狙っても構わないだろうと思いましたよ。ああそうだ。既に御当主から貴女を口説く許可は頂いておりますよ。エリザベス様が俺を好きになってくれるなら、歓迎して下さるそうです。無理強《じ》いをしたら許さないと凄まれましたけどね。エリザベス様、俺はエリザベス様が好きです。俺の気持ちは、ご迷惑ですか？」

「い、いえ……そんな事ありません。イアン様は、素敵な方だと思います。ポールの事も子ども扱いせずに接して下さるし、とてもお優しいです。何より……わたくしを好きと言って下さったのはとっても嬉しいのです。わたくし、婚約者に好きと言われた事はありませんでしたので。でも、分からなくて。イアン様は、わたくしの何を気に入って頂けたのですか？」

そんなにたくさんお話をした事はありません。

会ったのも数える程度です。

こんなに素敵な方が、ずっとわたくしを想ってくれていたなんて信じられません。

「エリザベス様がリリアンを助けてくれた時、仰《おっしゃ》ったでしょう？　こんなに心配してくれる素敵なお兄様がいらっしゃるのだから、自分を大事にしろと」

「ご、ごめんなさい！　覚えていませんわ」

リリアンとの出会いは、夜会に紛《まぎ》れ込んでいた彼女を助けた事でした。

たくさんの女性に囲まれてお兄様の邪魔をするなと言われていたリリアンを偶然見つけたので、咄嗟《とっさ》に、『お兄様が探しておられますよ。あ、お姿が見えました！　もうすぐいらっしゃいますよ』と叫んだのです。

すると、リリアンを取り囲んでいた令嬢達は、蜘蛛の子を散らすように逃げて行きました。その後、イアン様と会ったのでご挨拶はしました。イアン様は、丁寧にお礼を言って下さいました。ですが、拗《す》ねているリリアンを慰《なぐさ》めるのに必死で、何を話したかあまり覚えていません。

……そんな事、言ったでしょうか？

イアン様は、クスリと笑いました。美しいグレーの瞳で見つめられると目が離せません。

「エリザベス様にとっては、覚えていないくらい当たり前の言葉だったのでしょう。だけど、リリアンの事をお荷物だと言う奴らばかりと接していた俺には、とても嬉しい言葉だったのです。リリアンも酷い言葉をたくさん聞いてきた。だから、自分なんてどうでも良いと無茶ばかりしていました。エリザベス様のおかげで、リリアンは自分を大事にしてくれるようになりました。俺は、ポール様と同じく未成年で爵位を継ぎました。十三歳の時です。リリアンはまだ五歳でした。両親を事故で亡くし、何も分かっていなかった俺は優しい仮面を被った大人達に、タチの悪い後見人を付けられて領地を食いつぶされそうになりました。だから、今の仕事に就《つ》いた。後見人や裏で糸を引いていた奴らはすぐに捕まり、立派な後見人を国から紹介して頂きました」

　そんな過去があったのですね。イアン様が未成年で爵位を継いだ事は有名でした。理由もご両親の事故だと知っていました。だけど、そんなご苦労があったなんて知りませんでした。

「ご苦労……なさったのですね」

「エリザベス様やポール様の苦労とは違いますが、苦労はしましたね。リリアンだけが支えでした。俺はリリアンがとても大事なんです。けど、それを分かってくれる人はあまりいなかった。でも、エリザベス様は初対面で俺の気持ちをリリアンに伝えてくれた。だから、貴女に惹かれました。けど、エリザベス様には婚約者がいましたので、むやみに話しかけたりはしませんでしたし、意識しないように気を付けていました。だけど、貴女の事がずっと気になっていました。そんな時、リンゼイ子爵から罵倒されている貴女を街で見かけました。酷く罵倒されていたのに、貴女は泣きもせず凛としていた。失敗をどう挽回するか、理路整然とリンゼイ子爵に説明していた。あの時のエリザベス様は、とても美しかった。その時、俺はエリザベス様が好きなのだと思いました。リンゼイ子爵は、見込んだ人に厳しくして試すそうですよ。認めた人には優しくなるそうです。婚約解消の時、リンゼイ子爵の口添えがあったとポール様から聞きました。エリザベス様は彼女に認められたのですよ」

「婚約者とはうまくいきませんでしたが、リンゼイ子爵とは確かな信頼が芽生えておりました。わたくしはいつしか彼女を母のように慕っておりましたわ」

「知っています。リンゼイ子爵はいつもエリザベス様の事を自慢していましたからね。そんな話を聞いたり、夜会で婚約者と話しているお姿を見たりするうちに、愛しくてたまらなくなっていました。だから、姿を見ないようにしていたのです。もうすぐ式だとリリアンから聞いて、もう諦めよう。そう思っていました。だけど……」

イアン様が口ごもるので、お言葉を引き継ぎました。きっと、言いにくいのでしょう。相変わらず、お優しい方だと思います。

「わたくしは、ケネス様に嫌われていました。ドロシーとは口付けを交わすのに、わたくしは手すら握って頂けませんでした」

「噂を聞いて、チャンスだと思いました。ポール様が爵位を継いでエリザベス様を後見人に指名すると聞いて、俺は仕事を引き受けました。下心満載で申し訳ありません。監視の名目で貴女と接していて、ますますエリザベス様が好きになりました。ですが、俺はエリザベス様の邪魔をした事は一度もありません。本当に、あの男が愚かだっただけなのです。エリザベス様が幸せなら、俺はこの気持ちを封印するつもりだった」

「分かっておりますわ。イアン様は卑怯な事をなさる方ではありませんもの。ドロシーに感謝しないといけませんわね。ケネス様と結婚しなくて済みましたもの。わたくし、確かにケネス様を愛しておりましたわ。でも、思い返してみるとケネス様のどこが好きだったか分かりませんの。貴族は政略結婚が多いですし、婚約者なら愛さないといけないと思い込んでいたのかも知れません。ケネス様の良い所は思い出せませんが、イアン様の良い所はたくさん見つかりました。リリアンを大事にしていらっしゃる所や、お仕事で書類を捌《さば》いている姿も素敵でしたし、ポールを子ども扱いせず当主として話してくれる公正な所も素敵です。ご苦労なさったのにそれを感じさせない所も尊敬出来ます。わたくしの好きな本の話を否定せず聞いて下さるし、わたくしを好きだと仰《おっしゃ》ってくれます。確かにわたくし、イアン様をとても好ましく思っておりますわ。お気持ちはとても嬉しいです。だけど、わたくしとイアン様では身分が離れ過ぎています」

わたくしは男爵家、イアン様は侯爵家。さすがに爵位が離れ過ぎています。

そう言うと、気さくな口調に戻ったイアン様は笑いました。

「そんなの、ポール様がどうにかするに決まっているだろう？」

「わたくしの為に危険な仕事をするという事ですか？　そんなの、嫌ですわ」

「いや、ポール様自身の為だよ。それに、子どもの捜査員は貴重なんだ。大事にされるよ。ポール様にはああ言ったけど、ちゃんと力量を見極めて仕事を振る。俺もそうだったけど、子どもの頃は不正を調べたりするのがメインの仕事だよ。子どもと仲良くなって情報を集めたりするから、未成年の捜査員も必要なんだ。だけど、未成年でソフィアやポール様のように聡明な人はなかなかいない。だから、大事にされるよ、安心して」

「そうなのですね。少し安心致しました」

「俺はリリアンの為に頑張った訳じゃない。リリアンの笑顔が見たい自分の為に頑張ったんだ。ポール様もそうだと思うよ。エリザベス様は、ポール様の為だけに頑張ったの？」

「いえ、違います。ポールを守りたかったのは本当ですけれど、自分が殴られるより、ポールが殴られる方が嫌だったのです。あの子がわたくしの為に心を痛めていたなんて気が付いていませんでした」

「俺もそう。守るのに必死でリリアンの心の傷に気が付かなかった。それを、エリザベス様が救ってくれたんだ。俺は優しいエリザベス様と結婚したい。貴女でないと駄目なんだ。我々はお互い貴族だから、身分は問題にならない。ポール様の努力次第で爵位はすぐ上がるよ。今回の功績で子爵にする話も出たからね。幼い子どもが、領民の為に努力したってね。あんな身勝手な人達から領地を守ったのは、ポール様とエリザベス様でしょう？」

「使用人や、リンゼイ子爵のお力添えが無いと無理でしたわ」

「そう。ならそれも報告しておくね。身分の他に、俺との婚約をためらう理由がある？」

「ありませんわ」

「なら、俺と婚約してくれるよね？」

「はい。よろしくお願いします。ブロンテ侯爵家は、とても暖かくて、居心地が良いです。わたくし、イアン様の事を心から好きになれそうですわ」

「嬉しいね。半年後に正式に婚約を交わすから、よろしくね。触れ合いたいけど、ポール様から釘を刺されているから今日は我慢するよ。だけど、お願いがあるんだ」

「なんでしょうか？」

「俺の事はイアンと呼び捨てにしてくれ。俺も、エリザベスと呼んでも良いかい？」

「嬉しいです。ぜひエリザベスとお呼び下さいませ」

「エリザベス、愛してる」

イアンがわたくしの耳元で囁きます。真っ赤な顔をしたわたくしの反応を見て、リアがこちらに来ようとしています。わたくしは、急いでイアンに耳打ちをしました。

「わたくしも、イアンが好きですわ。これからきっと、イアンを愛する事でしょう」

「エリザベスのその正直なところ、凄く良いね。すぐにでも愛していると言わせてみせるよ。指一本触れずにね」

わたくしの怒涛の一週間は、これでおしまいです。

これからの未来は分かりませんが、きっと幸せな日々を送れる事でしょう。

＊　＊　＊

あの怒涛の一週間からしばらく時が経ちました。

わたくしは、もうすぐ領地に旅立ちます。一ヵ月はわたくしの監視があり、イアンとずっと一緒でした。イアンは、いつも一輪の花を持って来て下さいます。最初は高価な宝石を頂いていました。でも、申し訳ないからやめて欲しいとお願いしたのです。

すると、イアンは会う度に一輪の花を持って来て下さるようになりました。わたくしは、花が大好きです。何か贈りたいけど、わたくしの負担にはなりたくない。イアンの気遣いが嬉しくて、頂いた花は全て押し花にして取ってあります。

イアンは、わたくしの話を聞いて下さるし、わたくしがどうしたいか常に気にしてくれます。プレゼントは記念日だけにして欲しいと言えば、嫌な顔をするかもしれないと思っていたのですが、『確かにそうだね。リリアンにも叱られたよ』と笑って下さいました。それから贈り物はなくなりましたが、花は必ず持参してくれます。

「毎日屋敷に花を飾るから、その中から俺がエリザベスに贈りたいものを一本だけ持って来ているんだ。これなら負担はないだろう？　菓子もいいかなと思ったけど、エリザベスは俺の贈り物を取っておきたいんじゃないかと思ってね。自惚れだったかな？」

「その通りですわ。今まで頂いたお花もドライフラワーや押し花にしておりますの。お菓子も好きですが、イアンから頂いたお菓子は勿体無《もったいな》くてなかなか食べられません」

「じゃあ、菓子は俺と一緒に食べる分だけ贈る事にするよ」

「贈り物をやめるという選択肢はありませんの？」

「エリザベスと一緒に暮らしたらやめようかな。いや、やっぱり花は贈ろうかな。贈り物が苦手ならやめるけど、負担がないものなら嬉しいんじゃないかと思ったけど、違うかな？」

そう、耳元で囁くのです。その度にドキドキしてしまい、どうして良いか分からなくなってしまうのです。

最近は、わたくしの監視の仕事が終わってしまったので、イアンと会えていません。

ケネス様とは月に一回しか会わなくても平気でしたのに、毎日会っていたせいかイアンの顔が見られないと元気が出なくて寂しいです。

「姉さん、言えばイアン様は来てくれると思うよ。仕事も終わったし、訪ねてみたら？」

「先触れはしていないし、昨日お会いしなかっただけなのにそんな我儘《わがまま》言えないわ」

「やっぱり寂しいんじゃないか。領地に戻るの、やめる？」

「当主として答えて。わたくしは領地にいる方が良い？　それとも戻らない方が良い？」

「領地にいて欲しいかな。姉さんには悪いけど、当主としてはそう判断するしかない。代官を信頼するには数ヶ月はかかる。イアン様が紹介してくれる方なら間違いないだろうしそのままお任せしても良いんだけど、無条件で信用する訳にはいかない。姉さんが領地に行かないならセバスチャン達に任せる手もあるけど、姉さんの方が領民に慕われているし、セバスチャン達はあくまで僕らの使用人だから、人任せにしている印象になる。姉さんが領地に行けば、そんな印象は持たれないで済む」

当主としての意見を尋ねればこうして公平に答えてくれるポールはやっぱり身内の贔屓《ひいき》目抜きで優秀です。つい先日、我が家に子爵への繰り上がりのお話があったのは、こういうところが認められたのも大いにあるのでしょう。ポールは子爵になり、わたくしは子爵家の未婚の女性なので子爵令嬢となりました。領地は変わらず、爵位だけが上がった形になります。

「そうよね。わたくしが信頼している方だと分かれば統治はスムーズだと思うわ」

「でも、イアン様と気軽に会えないよ。引継ぎには数ヶ月はかかるでしょ？」

「寂しいけど、仕方ないわ。それにわたくしはポールの後見人よ。ちゃんとお仕事をするわ」

「……分かった。明日代官の方が来られたらそのまま一緒に領地に移動してくれる？　多分イアン様が連れて来るから明日は会えると思うよ」

「分かったわ」


次の日にイアンが代官の方を連れて来てくれました。イアンは仕事だからとすぐにいなくなってしまったけれど、いつものように花を下さいました。イアンに頂いた花は押し花にしていつも読む本に挟んであります。領地までは馬車で五日。馬を飛ばしても三～四日はかかるので、イアンとはしばらく会えません。寂しいけど、お仕事を頑張りましょう。

紹介された代官の方は本当に優秀で、あっという間に仕事を覚えてくれました。領民も最初は戸惑っていましたが、わたくしが信頼していると分かると打ち解けてくれました。セバスチャンもリアもポールを支える為に王都にいますので、これだけ仕事のできる方が代官なら安心です。使用人に監視して貰っていますけど、怪しいそぶりはありません。疑うのは申し訳なかったのですが、領地を任せるには念には念を入れないといけませんので、ポールと話し合って監視すると決めました。

代官は、三十代くらいの男性でリアム様と言います。なぜか、領民からわたくしの次の婚約者だと思われています。何度も違うと否定しているのですが、リアム様の評判が良いのでなかなか誤解が解けません。ケネス様は領地に来たことなど一度もありませんから、今度の婚約者は安心だと奥様達にからかわれます。

幼いころから領地運営をしていたわたくしは、領民のみんなからとても可愛がって貰っています。だから今現在、ケネス様、いえ、リンゼイ子爵家の評判は最悪です。領地ではケネス様はわたくしを捨てたクズだと子どもからも嫌われております。商人の方がリンゼイ子爵家の産物は扱わないと怒っていたので、リンゼイ子爵とは今でもお付き合いがあるし、うちの妹も悪かったのだから普通に取引をして下さいとお願いしました。

だけど、領民の皆さんはあまり納得しておられないようです。

「リンゼイ子爵は、わたくしがケネス様のお気持ちを繋ぎ留められなかったせいだと責める事も出来たのに、ポールが当主になれるよう口添えをしてくれました。それに、飢饉《ききん》の時に援助して下さったのもリンゼイ子爵です。わたくしは今でも感謝しております」

そうやってリンゼイ子爵をかばうと、リアム様が嫌そうな顔をなさいました。

「エリザベス様はリンゼイ子爵と商会をして、かなりのお金を稼いだではありませんか。リンゼイ子爵にも利益がありましたよね？」

リアム様は、様々な領地で代官をしてきたから情報通です。

確かに商会はうまくいって、援助のお金は利息を付けて返金しております。だけど、リンゼイ子爵が援助してくれなければ、食料が足りなくなり死者が大量に出ていました。

「援助しようとしてくれたのはリンゼイ子爵だけでしたわ。他に方法があったのかもしれませんが、感謝しています。領民のみんなにもその恩は忘れないでほしいのです」

「確かにそうですね。リンゼイ子爵は、エリザベス様が領地を立て直したと聞いて息子の婚約者に望んだ。天候からして飢饉《ききん》になる可能性に気が付いていたでしょう。いつもなら貴金属を仕入れる時期に食料を集め、飢饉《ききん》になった時に食料を援助し、感謝したエリザベス様を働かせて利益を得る……素晴らしい慧眼ですね」

「リンゼイ子爵は飢饉《ききん》になる事に気が付いていたという事ですか？」

「私も気が付いていましたからね。リンゼイ子爵がいなくても領地を救う手立てはあったでしょう。真っ先に手を挙げて恩を売る。多少知識のある貴族ならよくやる手ですよ。彼女は情報通だ。その後、貴女は彼女を慕い、彼女の言うとおりに商売をしてお金を返したのでしょう？　恩があるから無茶を言われても無理をしてリンゼイ子爵の要求に応《こた》えていたのではありませんか？」

「無茶は言われていませんわ。リンゼイ子爵はお優しい方ですもの」

「……お優しい、ねぇ」

「リアム様はリンゼイ子爵をご存知なのですか？」

「会った事はありませんよ。それより、私がここへ来て二か月ですから、そろそろイアンが恋しいのではありませんか？」

「なっ……！」

真っ赤になったわたくしを見て、領民のみなさんがますます誤解しました。

だけど、リアム様が誤解を解いてくださいました。

「エリザベス様は、素晴らしい男性から求婚されていますから、ご安心ください。そのうち、発表されると思いますから領地でお祝いをしましょうね」

わたくしの行く末を心配していたみんなは喜んでくれましたが、顔が熱くてどうしようもありません。

そんな風に穏やかな日々を送っていたら、ある日の夕方、突然イアンが訪ねて来ました。

「エリザベス、会いたかった！」

「イアン！　どうしてここにいますの⁉」

「仕事の話があってね。エリザベスにも会いたいし休みを取ったんだ」

「お忙しいのに……でも、わたくしも会いたかったから嬉しいですわ」

「本当は花束を持って行こうと思ったんだけど、リリアンに止められたから今日だけはアクセサリーを受け取って。婚約の証のブローチはまだあげられないから、ネックレスを用意したよ。そんなに高価な物じゃないから、領地にいる間は毎日つけてくれると嬉しいな」

「分かりました。ありがとうございます」

受け取ったネックレスを早速つけました。本当はイアンに付けて頂きたかったのですが、彼はポールとの約束だからとわたくしに指一本触れません。手ぐらい繋ぎたいなと思うのですが、はしたないでしょうか。ネックレスをお見せすると、嬉しそうにイアンが笑ってくれました。久しぶりに会えたイアンの笑顔は眩しいです。

「仕事はどうだい？」

「リアム様が優秀なので、問題なく進んでおりますわ。これなら予定通り帰れそうです。素晴らしい方をご紹介頂き、ありがとうございます」

「役に立ったみたいで良かった。ところで、ここに来る前に妙な話を聞いたのだけど？」

「妙な話ですか？」

どうしたのでしょう？　イアンが難しい顔をしています。何かあったのでしょうか？

「エリザベスとリアムがお似合いだって領民が言ってたよ」

え……!?

待って下さいまし！　どうしてですの！　誤解は解きましたよね!?

「待って！　誤解ですわ！」

「そうだよね？　エリザベスは俺の事が好きだよね？」

「はい！」

面と向かってそんな事を言ったのは初めてですが、誤解されるなんて嫌です！

「……ごめん、ちょっと待って……嬉しくて……」

イアンは真っ赤なお顔で後ろを向いてしまわれました。なんだか可愛らしくて、愛しく思えてなりません。ちょっとだけ、意地悪な気持ちが出てきたので拗《す》ねてみることにしました。

「疑われて、悲しかったですわ。リアム様とはお仕事をしているだけです。リアム様を連れて来たのはイアンでしょう？」

つい先程こちらに近づいてきたリアム様も加勢してくださいます。

「そうそう、若い男は駄目だって私を推薦したのはイアンだろう。ちゃんと領民の誤解は解いたから安心してくれ。ポール様とエリザベス様は随分慕われているよ。様々な領地で働いていたけど、こんなに貴族が慕われている領地は珍しいね。ポール様の話を聞くと領民達はまるで自分の子どもを自慢するみたいに色々教えてくれたよ。おふたりは随分信頼されているみたいだね」

イアンは、ムスッとした顔をしながら迎えに来てくれたリアム様に返事をします。

「リアム……邪魔をしに来たのか？」

「その通りだよ。こんな所で痴話《ちわ》喧嘩をしないでくれ。そろそろ夜は冷える。君はともかく大事な婚約者様に風邪など引かせたくないだろう？」

「まだ婚約はしていない」

「逃す気などないくせに」

「当然だ。どうしてあんな噂が立つんだ。リアムなら大丈夫だと思ったのに……」

「だったら代官を女性にするしかないな」

「空いている者がいなかったんだ」

「だろうな。けど、女性にしなくて正解だぜ。イアンに憧れている子に当たったらエリザベス様が可哀想だ」

リアム様の言葉に、身体が強ばりました。

「余計な事を言うな。俺はエリザベス一筋だ」

「知っているよ。いつから一筋かは知らないけどな」

「うっ……！　うるさい！」

「エリザベス様の前で仮面が剥《は》がれているぞ」

お二人は、仲がよろしいのですね。戯れ合うようなやりとりに思わずクスリと笑ってしまいました。

確かに寒いので、部屋に入って暖かいお茶をお出ししました。イアンとリアム様はお茶の準備をする間、ずっと一緒に話しておられました。

「おふたりは仲がよろしいのですね」

「いつもはこうじゃないんだ！」

リアム様に気さくに話しかけるイアンは、とてもリラックスしているように見えます。リアム様も、いつもの真面目なご様子ではなく楽しそうです。

口調も敬語ではありません。なんだか急にリリアンに会いたくなりました。

「私にはいつもこうだろう。散々エリザベス様に手を出すなと脅していたじゃないか」

「それは……その」

「ふふっ、仲が良いおふたりが羨ましいですわ。わたくしもお話に混ぜて下さいまし」

「大歓迎だよ。なんなら長旅で疲れた侯爵様は別室で休んで頂きましょうか？」

「ふざけるな！　リアムが席を外せ！」

「そんな駄々っ子みたいな姿を見せて良いのか？　先程もエリザベス様を疑って悲しませていたじゃないか。私はエリザベス様と二人きりになった事すらないから安心しろ。私は常に使用人に見張られているからな」

バレていたのですね。仕方ありません。監視はわたくしの独断ということに致しましょう。

「申し訳ありません。わたくしの独断です。ポールは一切関与しておりませんわ」

「いやー……それは無理があるでしょ。ポール様を庇《かば》いたいのだろうけど、貴女は独断で私を監視したりしないよ。僅か二ヵ月の付き合いでもそれくらい分かる」

「も、申し訳ありません！」

「甘いなぁ、最初から監視なんてしてないって知らん顔すれば良いんだよ。監視した証拠なんてないんだから」

「おい！　エリザベスをからかうのもいい加減にしろ!!」

「悪い悪い、素直ないい子だよねエリザベス様って。あのリンゼイ子爵に鍛えられたって言うから、もっと強《したた》かな女性だと思っていたのに拍子抜けだよ」

「あの、先日も仰《おっしゃ》っていましたけど、リアム様はリンゼイ子爵と関わりがあるのですか？」

「昨日も言いましたよね。彼女とは会った事すらありませんよ」

何か含みがある言い方ですが、詮索はやめておきましょう。わたくしが黙ると、リアム様が満足そうに微笑みました。

「詮索してこないのも優秀だね。さすがイアンが見初《みそ》めた女性だ」

「……手を出すなよ」

「出さないよ。イアンを敵に回す勇気はないね。未成年で爵位を継いで、欲に塗《まみ》れた大人に騙されても領地を発展させて、仕事も優秀。ポール様もその片鱗があるけど、未成年で当主になるのはそんな人ばかりなのかな」

「俺はやむを得ず未成年で爵位を継いだ。鮮やかに当主になったポールの方が優秀だ」

「へぇー、イアンがそこまで言うなんてね。未来の弟への贔屓目《ひいき》でもなさそうだ。そんな人の代官を出来るなんて光栄だね」

「ポールの情報収集能力はソフィア並だ」

「うわぁ！　怖っ！　ソフィアが推薦するだけあるね」

「ソフィアは人を見る目があるが、ポールは人に気に入られて警戒心を解く力があるな。二人を組ませたら一ヶ月かかる調査が一週間で済んだ。証拠も完璧だったぞ」

「え、二人ともまだ十歳だよね？」

「ああ」

「凄いな。どう育ったらそうなる訳？」

「ソフィアは親の指導だな。ポールはエリザベスのおかげだと言っていたぞ」

「わたくしですか？」

　完全に話を聞く体勢になっていたので、突然わたくしの名前が出て驚きました。

「あの両親に気に入られるように振る舞わせていたのだろう？　プライドが高い者ほどポールを気

に入る傾向が強い」

「その分エリザベス様が嫌われ役をやっていたんだって？　大好きな姉が責められる様子を見ていれば、両親のご機嫌を取る手段を考えるようになる。そりゃ、優秀になる筈だ」

「でも、わたくしはポールが悲しんでいた事に気がつけませんでした」

「ポールは、エリザベスに隠していたんだよ」

「そこはポール様のプライドだよね。大好きな姉に心配をかけたくなかったんでしょ。気にしなくて良いよ。エリザベス様だって、ポール様の知らない所で嫌な事がいっぱいあったんじゃない？　そんなのいちいちポール様に言ったりしなかったでしょ？」

「そうですね。ポールに心配をかけたくありませんもの」

「本当、君らはお似合いだよね。ソフィアがそっくりだって言ってた理由が分かるよ」

「なっ……！」

「いつも冷静なイアンが動揺する姿を見られたのは貴重だね。さ、そろそろお邪魔虫は退散しようかな。エリザベス様、今日の仕事は私がやっておきますので、ゆっくりなさって下さい。分かっていると思いますけど、私はそれなりに優秀ですし、イアンとも懇意ですからバルタチャ家の不利になるような事はしませんよ」

「疑って申し訳ありません」

「私を最初から信頼するのは無能だけです。貴女は正しいですよ。気にしないで下さい。代官をしていて監視されなかったのは数回だけです。全て不正が見つかって取り潰されました。私は調査員も兼ねていますからね」

「おい！　それを伝えるのは早いだろ！」

なるほど。我々も調査されていたのですね。

「イアンが来たのなら、問題ないと判断されたんじゃないのか？　報告はしていただろ。それとも、清廉潔白過ぎて怪しいとでも思ったか？」

「……上はそう判断した」

「それでイアンを派遣するって事はイアンの気持ちはバレていないな。上手く隠しているじゃないか。これ、まだ途中だけど送るのはまずいから帰ったら渡そうと思っていた報告書だ。イアンなら預けられる。しっかり報告しといてくれ。この領地は正しく運営されている。領民も元気だし、エリザベス様もポール様もとても慕われている。出来るなら、ずっとここにいたいくらいだ」

「分かった。リアムがそう言っていたと伝える」

「ついでに、今のタイミングでエリザベス様に惚れた事にしとけ。辻褄は合わせないとな」

「……本当に、リアムは嫌になるくらい優秀だな」

「まぁな。それじゃ私は仕事に戻るよ。エリザベス様、失礼します。またな、イアン」

リアム様は、笑顔で部屋を出て行きました。

イアンは、すぐにわたくしに謝罪してくれました。

「黙っていてごめん。リアムの報告が正しいか確かめろと言われたから、俺がここに来たんだ。最初はソフィアが行く予定だったのだけど、ポールとソフィアはしばらくペアで仕事をする事になってね」

いつの間にか、イアンがポールのことを呼び捨てにしていました。上司になったからとのことです。真面目なイアンらしいですわ。そんなところも素敵です。ポールの様子が気になりましたので、聞いてみることに致しました。ソフィア様はしっかりされている印象でしたので、うまくいっていると良いのですが。

「そうなのですね。ポールは元気ですか？　ソフィア様とうまくいっていますか？」

「とても元気だよ。ソフィアとも仲良くやっている。ポールは身体能力がかなりあるから、ソフィアの護衛にちょうど良いんだ。大人の入れない所にソフィアが行く時も安全性が高まって助かっているよ。ソフィアも多少は心得があるけど、ポールの方が身体能力は上だね。仕事はまだまだだけど、優秀だってみんな褒めていたよ。そうそう、リリアンとも仲良くやっているよ。リリアンはポールと話すのが楽しいみたいで、お茶会の練習に付き合ってくれと言ってよくポールを呼び出している。迷惑じゃないかな？」

「リリアンはいい子だから、ポールとも仲良くやれると思います。ポールは嫌なら格上の方でも断りますもの。断らないなら、嫌がってなどおりませんわ」

「そうか、リリアンも楽しそうだから助かるよ。ありがとう」

「ポールもきっと楽しんでおりますわ。帰ったらリリアンの話を聞いてみますね」

「そうだね。ポールはいつもエリザベスの話をしているから、エリザベスに会えるだけで元気になるだろう。本当に君達は仲が良いね」

「なんだか恥ずかしいですわ」

「リリアンは俺の話ばかりだし……兄妹《きょうだい》はそんなものなのかな」

「リリアンはお話上手ですからね。ポールが話しやすいようにイアンの話をたくさんしてくれているのかもしれませんわ。イアンみたいに素敵なお兄様なら自慢したくなるのも分かりますわ」

「リリアンが楽しそうに話すのは、エリザベスとソフィア、ポールの事位だよ。俺目当ての無礼な令嬢はもう来ない。リリアンを仮面舞踏会に連れて行った令嬢の家は、不正をしていたよ。今調査中で、罪状が確認されたら然るべき処罰を受ける。そんな事があったから、他の家の令嬢も怯えて来なくなったよ」

「不正まで行っていたのですね」

「ああ、そうみたいだ。ベタベタするからあの令嬢は苦手だよ」

なんだか胸がモヤモヤします。身体の中から不快感が湧き上がってきます。いけません、こんな態度を取るなんて、せっかく来てくれたイアンに失礼ですわ。

「エリザベス……もしかして嫉妬してくれているの？」

「……そうみたいです」

ドロシーとケネス様がキスをしていた姿を見た時もこんな気持ちは起きませんでした。

まだ婚約もしていないのに、なんて心が狭いのでしょうか。こんな事では、イアンに呆れられてしまうのではないか。愛想を尽かされるのではないかと不安です。

「エリザベス……君は本当にもう……」

「やっぱり、呆れましたか？」

「いや、嬉しいよ。俺はずっとエリザベスが好きだったけど、今日更に好きになったよ」

イアンがわたくしの顔をじっと見ると、ドキドキしてしまいます。

「早く婚約したいよ。ポールにはもう良いだろって言われたけど、約束は守らないとね」

あと、三ヶ月。

本当は、会えない日々が不安でした。だけど、イアンの真っ直《す》ぐな目を見ていると大丈夫だと思えます。頂いたネックレスにそっと触れると、力が湧いてきます。

「婚約できる日を楽しみにしております」

「ねぇ、エリザベス？」

「なんでしょうか？」

「さっきネックレスを握りしめていたけど、俺と結婚するのは、不安？」

不安……考えてもいませんでした。身分差はあるので批判される可能性はあるでしょう。でも、イアンがわたくしを求めて下さる限りは頑張るつもりです。

以前は、リンゼイ子爵から期待されて頑張れました。ポールや、領民の為に努力しました。以前のわたくしは、あまり自分がありませんでした。

領民の為、ポールの為、ケネス様の為、リンゼイ子爵の為。

わたくしの行動理由は、いつもそうでした。自分がどうしたいのかなんて、考える暇がありませんでした。

そんな所が、ケネス様と上手くいかなかった理由かもしれません。

でも、今は違います。

守らないといけないと思っていたポールは、立派に成長しました。領民も、きっと大丈夫。

安心したら、自分の欲が出てきました。

「身分差がありますからイアンと婚約したら批判が起きるかもしれません。イアンは人気者ですものね。きっと、リリアンを責めたご令嬢達から色々言われるでしょう。でも、わたくしはイアンが好きなのです。イアンが嫌だと言わない限り、イアンの側にいたいのです」

「嫌なんてありえない。そんな事を言って貰えるなんて夢みたいだよ。エリザベス……大好きだ。愛しているよ。今すぐ抱きしめたい」

「……その、それくらいならよろしいのでは……」

蚊の鳴くような小さな声で言うと、イアンの顔が真っ赤に染まりました。

「……いや、ポールに悪いから約束は守るよ。今日は泊まるけど、明日は朝すぐ戻らないといけないんだ」

ずいぶん長い時間考えた後、イアンは苦虫を噛み潰したような顔で言いました。少しだけ残念ですが、そんなイアンだからこそ好きになったのでしょう。

「分かりましたわ。そんな所も素敵です。では夕食をご一緒致しましょう。準備を指示して参りますわ」

「待って、エリザベス」

イアンから呼び止められて、振り向くと耳元でイアンが囁きました。

「まだ触れない。けど、もう絶対逃がさないから」

イアンの声が色っぽくて、頭がクラクラしてしまいました。


楽しい時間はあっという間に過ぎてしまいます。次の日、イアンは帰り支度《じたく》を始めました。

「エリザベス、ごめんね。バタバタしていて。またすぐ来るから」

「あと少しで引き継ぎが終わりますから、わたくしがそちらに戻る方が早いと思いますわ」

そう言って笑い合っていると、リアム様が現れました。

イアンに書類を渡しておられます。

「仲が良いみたいで良かったよ。なんなら、後は私に任せてエリザベス様も帰るかい？」

「リアム様は優秀ですが、まだお伝えしていない事もございますから残ります。資料も残っておりますし、使用人も多少は存じておりますからリアム様なら問題なく運営出来るでしょうが……やはりわたくしの口から、きちんとお伝えさせて頂きたいですもの」

「……本当に、イアンは良い子を選んだね」

「そうだろう。手を出すなよ」

「出さないって。こんなに余裕がないイアンを見たのは初めてだよ」

そう言ってまたお二人は戯れあっています。相変わらずの仲の良さで羨ましいですわ。

「……すまん、確かに余裕はない。不安で仕方ないんだ」

イアンが、しょんぼりとしています。

な、なんでしょう。まるで仔犬のようで、とっても可愛いです。

「だから代官を私にしたのだろう？」

「そうだ。リアムならあれだけ言えばエリザベスに手を出さないし、余計な者からも守ってくれると思って」

「さすがに領地にまで訪ねてくる人はいないよ。ねぇ、エリザベス様」

「そ、そうですわね」

いけません、イアンに見惚れておりましたわ。

「エリザベス、どうした？」

「な、なんでもありませんわっ！」

「エリザベス様は、イアンに見惚れていただけだよ。多分だけど、しょぼくれたイアンの姿も愛しいとでも思ったんじゃないの」

なんで分かりますの！

ソフィア様といいリアム様といい勘が良すぎますわ!!

リアム様は、またわたくしの考えが読めたらしく頭を掻きながら悪戯《いたずら》っぽく笑っていらっしゃいます。昨日からイアンと共に夕食を食べて打ち解けたせいか、以前より気さくに話して下さるようになりました。

「あのね、これでもあちこちの代官を渡り歩いているんだよ。良い人も悪い人も見てきた。ソフィアには劣るけど、それなりに人を見る目はあるんだよ」

「ソフィアは天性の才能と努力の賜物だ。あの域に達するのは幼い頃からの訓練が必要。才能を見抜いて訓練した父親も凄いが、ソフィア自身も相当努力したと思うぞ」

「そうだね。けど、私もなかなかのものだと思うけど？」

「もちろんリアムも優秀だ。おかげで安心して任せられる。そうだ、昨夜の話だがここに長くいたいなら進言しておくぞ」

「それは嬉しいね。ここは領民も優しいし、任されている使用人達も優秀だからやりやすい。何より、統治しているバルタチャ家の二人が慕われていて良いね」

「そんな事言うなんてずいぶん気に入ったんだな。今までは領地が安定したらすぐ異動願いを出していて、残りたいなんて言った事はないだろう？」

「ないねぇ。それなりに良かった所はあるけど、残りたいとまでは思わなかったな」

「良かったね。エリザベス。リアムが代官なら安心だよ」

「嬉しいです。今後もよろしくお願いします。リアム様」

「お任せ下さい。なぁ、イアン。そんな顔するなよ。あと少しの辛抱だろう？」

「分かっているよ。エリザベス、また会おう。それ、ずっと付けておいて」

常に同じアクセサリーを付けるのは婚約者の証であるブローチくらいです。このネックレスは、ブローチの代わりという事でしょう。

「分かりました。大事にしますわね」

そう言ってネックレスに触れると、イアンが嬉しそうに笑いました。

「早くブローチを渡したいね」

「帰ったらすぐエリザベス様に惚れた事にして婚約を申し込めば良いんじゃない？」

「それは駄目だ」

「お固いねぇ。ま、そんな所も良いんだろうけど。ねぇ、エリザベス様」

「は、はい！　そうですわね！」

「……やっぱり帰りたくない。リアムが心底羨ましい……」

「はいはい、早くしないと間に合わなくなるよ。諦めて出発しなよ」

しょんぼりしているイアンが愛しくて仕方ありません。でも、やっぱり寂しいです。そうだわ、用意していた物をお渡しししないと。

「あ、あの！　イアン！」

「なんだい？　エリザベス」

イアンは先程までしょんぼりしていたのに、わたくしが話しかけると蕩《とろ》けるような笑顔を見せてくれます。

「これ、お弁当ですわ。食べやすいようにサンドイッチになっておりますの。それから……良かったらわたくしが刺繍したハンカチもお持ち下さいませ」

「これ、エリザベスが？」

「はい。イアンから頂くばかりで申し訳ないので、用意していたのです。本当は、領地にいる間に刺した物で一番出来の良い物をお渡ししようと思ったのですが……これは、今のところ一番よく出来ているものです。受け取って頂けませんか？」

「ありがとう、嬉しいよ！　俺の名前も入っているね。とても上手だ。婚約したら家紋も刺してくれると嬉しいな」

家紋は、家の者か家に入る予定の者、つまりは婚約者のみが刺す事を許されている意匠です。ですからわたくしはイアンの名前のみを刺しました。それでは寂しいので、イアンから頂いた花を意匠にして刺しております。男性が持っても甘くなりすぎないようにするのが難しくて、ようやく満足いく形になったものです。わたくし、刺繍は得意なのです。

ケネス様へのハンカチを燃やしてから、ずっと刺繍をする気になれなかったのですが、イアンが花をくれるたびに嬉しくて、お返しをしたくなりましたの。以前よりも上手に出来るようになりましたわ。今も特訓中です。

「はい！　喜んで。早く家紋を刺繍出来るようになりたいですわ」

「エリザベス……それは反則だよ……」

「イアン？」

話しかけても俯いたままのイアンに、リアム様が肩を叩いておられます。イアンの顔は真っ赤で、リアム様はニコニコ笑っていらっしゃいます。

「イアン、頑張れ」

「……悪いけど頼む」

「任せろ。イアンの宝物は守ってやるよ」

＊　＊　＊

「はい！　喜んで。早く家紋を刺繍出来るようになりたいですわ」

エリザベスの言葉が頭から離れない。

強引にエリザベスに婚約を了承させた自覚はあった。だから、ついつい贈り物をしてしまっていた。高価で美しい物なら間違いないと思ったのに、いつもエリザベスは困ったように笑っていた。趣味じゃないのかと思い、他の物を贈っても同じ。三回目にアクセサリーを贈った時、彼女が申し訳なさそうに毎回高価な物を貰うのは心苦しいと言った。

よくよく考えると、エリザベスが普段使っているアクセサリーよりも、だいぶ高価な物を贈ってしまっていた。それでも彼女は付けてくれていたが、外出する時には付け替えていた。

そうか、そうだ。

元々男爵令嬢で、子爵令嬢になったばかりのエリザベスがあんな高価なアクセサリーを普段使い出来る訳無い。夜会につけるのだって、変な噂になるだろう。

なんで気が付かなかったんだ。

俺は、外で付けられない高価な品を贈ってしまったのか。一体何をやっているんだ。

気にしない令嬢なら高価なアクセサリーを嬉々として付けるだろう。それを自慢するのも当たり前だ。だが、彼女は違う。身の丈に合っているかを気にするし、明らかに身分と合っていないアクセサリーなんて外で付けてくれる訳ないじゃないか。そんな彼女に魅力を感じたのに、俺は浮かれて宝石を渡していた。


「イアン、意中の令嬢でも出来たのか？　噂になっているぞ」

リアムにそう言われて、慌ててリリアンの為に購入した事にした。

最近、仕事で泊まりが多くてお詫びに買ったと言えば俺がリリアンを大事にしていると分かっている同僚や、うるさい令嬢は納得した。

普段からリリアンに贈り物をしていたから疑われる事もなかった。だが、またリリアンが批判されるかもしれない。最近は購入を控えていたのに俺は何をやっているんだ。

急いでリリアンに謝罪したら、エリザベスが姉になってくれるなら構わないと笑顔で言った。自分への批判など今更だし、そんな雑音はもう気にしないと言って大人びた笑みを浮かべて俺を労《ねぎら》ってくれた。

リリアンは、こんなにしっかりしていただろうか。

「お兄様も、案外普通の人なんですね。慌てるお兄様を見たのは初めてですわ」

「今まで、そんなに普通じゃなかったのか？」

「いつも眉間に皺が寄っておられましたわよ。お優しいし、完璧ですけど無理をなさっておられましたし。……でも、無理をしないと、お家やわたくしを守れなかったのですよね。お兄様には感謝しかありませんわ。だから、お幸せになって頂きたいのです」

リリアンは、こんなに大人だっただろうか。

子どもだと思っていたのに、いつの間にか淑女になっていた。そういえば、マリアナがエリザベスと仲良くなってからリリアンの所作が美しくなったと言っていたな。きっと、所作以外にもエリザベスから学んだ事が多くあるのだろう。ますます彼女が愛しくなった。

「リリアン、ありがとう」

「それはさておき……お兄様？」

先程まで優しく俺を労ってくれたリリアンが、眉を吊り上げている。

「な、なんだろうか？」

「お兄様は、エリザベスを分かっておりませんわ！　婚約もしてないのに、高価な宝石なんて恐縮するに決まっています。特別な日でもないのに毎回持って行くなんて、エリザベスが自分とお兄様は釣り合わないなどと言って身を引いたらどうしますの！」

「そ、それは困る!!」

「だったらもっとエリザベスの喜ぶ物を考えて下さいまし！　そもそも毎回プレゼントなんて要《い》りませんわ！」

「しかし……贈り物をするのは基本だろう。触れ合う事も出来ないのだから、せめて物くらいは……」

「お兄様、エリザベスは子爵令嬢になりましたけど元々は男爵令嬢です。しかも、親はアレですから自分にお金をかける事はなかったのです。ドレスもアクセサリーも、彼女にとっては装備品であって楽しむ物ではないのです。商会をしていたから物を見る目はありますから、お兄様が贈った物の価値も分かっております。だから恐縮するのですわ。うちに来る令嬢は大きな宝石ならなんでも喜ぶでしょうけど、エリザベスは違います！　婚約や、結婚をすれば好きなだけ貢《みつ》げば宜しいですけど、今はまだ早すぎますわ！」

「そ、そうか……確かにそうだな……」

分かってはいたが、大事な妹からも言われるとダメージが大きい。リリアンは落ち込んだ俺に更に畳み掛けてきた。

「エリザベスは、お兄様を気に入って下さったみたいですけど、ポール様の不興を買ったらどうしますの？　身分違いだからと婚約を辞退する事も出来るのですよ」

「そ、そんな……」

エリザベスの幸せを第一に考える彼ならありえる。強引に婚約をまとめる事も出来るが、そんな事はしたくない。

「わたくしもリサーチしておきますけど、ソフィアがポール様をスカウトしたのですってね。ソフィアが認める人なら、優秀に決まっておりますわ。そのうち伯爵になりそうですし、そうすれば身分違いだからと言われたりはしませんけど、彼はエリザベスの害になると判断したら間違いなく婚約を辞退しますわよ」

「それは困る。ど、どうしたら良いんだ！」

「ポール様はエリザベスを大事にしておりますから、エリザベスがお兄様を愛していれば大丈夫です。けど、エリザベスはお兄様に好意は持っていても、愛してはいないのでは？」

「俺が好きだと言ってくれた。これからきっと、俺を愛するだろうと……」

「ほらぁ！　誠実なエリザベスらしいですけど、このままだと身を引く可能性だってありますわっ！　無理矢理婚約を迫《せま》るなんて嫌でしょう⁉」

「それは嫌だ！」

「ならもっと考えて下さいまし！　令嬢が喜ぶ物ではなく、エリザベスが喜ぶ物を！」

それから、考えに考えた。

そして、花を贈る事にしたのだ。エリザベスが気負わないように、家に飾る花から一輪だけ選んで持って行くようにした。冗談半分で俺の贈り物は取っておきたいのでは？　なんて言ったら、エリザベスは顔を赤らめながら今まで渡した花も保存してあると言った。

アクセサリーと一緒に渡した花まで彼女は大事にしてくれていたのだ。菓子も勿体無《もったいな》くて食べられないと……。なんて愛らしいんだ。俺はますますエリザベスが愛しくなった。

たった一輪の花なのに、全て押し花にしていると言うから見せてもらったら、本の栞《しおり》に加工されていた。花は確かに俺が贈った物で、栞《しおり》に日付まで書いてあり、大事にしてくれているのが分かる。本が好きなエリザベスは、栞《しおり》はいくつあっても困らないそうだ。そうか、本を贈るのも良いな。しかし、本も高価だから、婚約してからにしよう。

花を贈ると、エリザベスはアクセサリーより喜んでくれた。俺に近寄る令嬢は、アクセサリーは高価な方が良いと言うし、リリアンの付ける宝石を子どものくせに良い物を付けてと馬鹿にしてい

るのを知っていたから、アクセサリーなら女性は喜ぶと思い込んでいた。

思えば俺も高価な物を貰うと何か頼みたい事があるのかと考えたり、返礼品に悩んだりする。しかし貴族女性は、男性からの贈り物は貰ったら貰いっぱなしが当たり前だから失念していた。

そんなことを悩んでいたら、他の人は誤魔化せたが、リアムとソフィアにはあっさりバレた。

「相変わらずリリアンを溺愛しているとみんなは言っているが、最近は評判を気にしてアクセサリーを買ってなかったよな？　気になる人がいるなら仲介するぞ」

「イアン、上手く噂は消したけど、今の段階で宝石を贈っても喜ばないんじゃないの？　彼女は理由なく頂く高価な品を喜ぶタイプじゃないわよぉ？」

「……ん？　ソフィアはお相手を知っているのか」

「ええ、今なら三人しかいないから話しても良いけど、勝手に言うのは憚られるし、イアンから言いなさいよぉ」

バレたのなら構わないと相談したら、ソフィアには叱られるし、リアムには呆れられた。

「なんで仕事は出来るのに女心は分からないのよぉ」

「私はあまり女性の趣味に詳しくないが、それはやりすぎだ。煌《きら》びやかな物が好きな令嬢なら喜ぶかもしれんが、そんな令嬢はイアンの好みではないだろうに」

「アクセサリーは、特別な時だけにしなさいよぉ」

「そうだな。誕生日や記念日くらいが良いと思うぞ。いつも贈り物をしていたらありがたみがなくなるだろう」

「そうよぉ。高価な物をいつも貰うようになると、申し訳なくて距離を取るようになるか、貰うのが当たり前になって傲慢になるわ。良い事なんてないし、エリザベス様の場合は、確実に恐縮するタイプよね。彼女はリンゼイ子爵と商会をしていたのだから、欲しいものは自分で買えるわ。華美な装飾を好む女性でもないし、確実にやりすぎよぉ」

「リリアンにも叱られたばかりだ……。だからその、今は花を贈っている」

「花束を贈っているのぉ？」

「いや、一輪だけだ」

そう答えると、今度は反応が割れた。

「それは少なくないか？」

「ううん、正解よぉ。とっても喜んだんじゃない？」

「ああ、全て押し花にして栞《しおり》として使ってくれているよ」

「そんな貴族令嬢が存在するのか⁉」

「実際に栞《しおり》を見たから間違いない」

「そうね。エリザベス様ならありそうだわぁ」

「そうか、ソフィアが言うならそうなのだろうな」

リアムの少し棘のある言い方が気になったが、俺が頼むと代官を引き受けてくれた。

リアムなら安心だと分かっているのに、何度もエリザベスに手を出すなと言ってしまったが、優しいリアムは笑って受け流してくれた。

リアムが領地を気に入ってくれて良かった。これで安泰だろう。領民は穏やかで、町も綺麗だった。畑の手入れも行き届いており、領民に余裕があるのが分かる。

「街道も、綺麗に手入れされているな」

馬車がすれ違える程大きな道は、領民が空き時間にコツコツ整備したらしい。なんでも、エリザベス達が来る時に馬車が危なくないようにしたかったのだそうだ。

「……ん？　あの馬車は……？」

エリザベスの事ばかり考えていたら、リンゼイ子爵の馬車とすれ違った。そういえばリンゼイ子爵の領地とバルタチャ子爵の領地は隣だったな。

「まさか、エリザベスに会いに来たなんて事はないよな？」

＊　＊　＊

イアンが旅立って、寂しさを埋めるように仕事をしていたらお客様がいらっしゃいました。

「今日は、来客予定はなかったわよね？　どなた？」

「リンゼイ子爵です」

「予告なしの訪問ですか。無礼ですね」

「追い返す訳にはいかないわ。応接室の準備を。わたくしはお出迎えして来るわ」

「私も同席します」

「リアム様はお仕事をしていて下さいませ」

「今日の分は終わっています。私は、使用人になります。お声掛け頂かなくて構いません」

そう言って、リアム様は使用人に溶け込んでしまわれました。

「エリザベス、近くに寄ったから様子を見に来たの。ケネスとドロシーは、別荘で見張りも付けているから出られないわ。安心して頂戴」

「お……リンゼイ子爵、ありがとうございます」

以前はお義母《かあ》様と呼んでいたので思わず間違えそうになりました。ニコニコと笑っているリンゼイ子爵は、いつもと変わりありません。

だけど、リアム様のご様子が少しおかしいような気が致します。いつもの穏やかな様子ではなく、どこか冷たいような……。やはりリンゼイ子爵と何かあったのでしょうか？

リンゼイ子爵が気付かない位置で、冷たく睨《にら》んでおられます。いけません、気になりますが詮索する訳にいきませんもの。それなら気にしない方が宜しいですわ。

リンゼイ子爵とお茶をして色々な話をしました。主に商売の話で、有意義な時間を過ごしました。リアム様は使用人と一緒に控えています。ご紹介しようと思ってリアム様を見ると、黙って首を振られてしまいましたのでご紹介出来ませんでした。

リンゼイ子爵は、リアム様の顔を見ても反応なさいません。会った事がないというのは本当なのでしょう。リアム様はずっと険しい顔をなさっています。あまりリンゼイ子爵と長話すると、リアム様にご負担がかかるのではないでしょうか。なんとか早く話を進めて、早くリンゼイ子爵にお帰り頂こうとすると、リンゼイ子爵から思わぬ提案がありました。

「エリザベス、また一緒に商会をやりましょう」

わたくしは、彼女の提案に固まってしまいました。

確かにリンゼイ子爵とお仕事をするのは楽しかったのですが、ケネス様との事もあります。それに、わたくしはポールを支える大事な仕事があります。失礼にならないように、リンゼイ子爵に返事をしませんと。

「ポールと相談しないといけませんから、すぐにお返事は出来ません。申し訳ありません」

「あら、そうなの？　エリザベスが望めばポール様は賛成してくれるのではなくて？」

「ポールにはポールの考えがあります。ご提案の件は、ポールに決めて貰います」

「……そう、分かったわ。良い返事を期待しているわね」

「エリザベス様、そろそろ次の来客がいらっしゃるお時間です」

リアム様が、言葉をかけて下さいました。絶妙なタイミングです。

「あら、今日は来客予定だったの？　ごめんなさい、急に来てしまって」

「いえ、大丈夫ですわ」

「どなたがいらっしゃるの？」

ど、どうしましょう！　来客予定というのはリアム様の嘘ですよね。焦っていると、リアム様がまるで執事のようにペラペラと話し始めました。

「ショーテン伯爵の次女、ソフィア様です。お嬢様、内密なお話ですし、いくら仲がよろしくてもこれ以上は……」

「伯爵……分かったわ。失礼するわね。エリザベス」

そう言って、リンゼイ子爵は帰って行きました。


そして、現在わたくしはリアム様に叱られております。使用人達も思うところがあるのか、誰も助けてくれません。リアム様と使用人達に叱られるわたくしという状態です。

わたくしに非があったので、叱られるのは仕方ないと分かっております。黙ってリアム様の話を聞きます。

「エリザベス様、いくら以前は上下関係があっても、今は同じ子爵家です。必要以上に遜《へりくだ》ってはいけません。そもそも、あんな失礼な事をしておいて約束もせず訪ねて来るなど常識外れです。本来であれば、追い返さないといけなかったのですよ。この件は、全てポール様に報告させて頂きます。エリザベス様は後見人です。エリザベス様の発言や行動は、大事なご家族であるポール様を困らせる可能性もあるとご理解下さい」

使用人達も、激しく頷いています。

確かにその通りです。リンゼイ子爵は、わたくしを呼び捨てにしました。

ずっと呼び捨てでしたし、無意識だったのかもしれませんが……わざと呼び捨てにして咎《とが》められないか探っていた可能性もあります。それに、今までは予告なく訪問された事などありませんでした。先触れをする程の相手ではない。そう思われる事もあるから、緊急時以外は必ず先触れを出すようにと教えてくれたのはリンゼイ子爵です。分かっておられない筈ありません。

……油断しておりました。これでは、いけません。ポールを困らせるなんて、絶対に嫌です。リンゼイ子爵に恩はありますが、わたくしが大切にしないといけないのは彼女ではありません。ポールと、今目の前にいる人達です。

「申し訳ありません。リアム様の仰《おっしゃ》る通りです」

「商会をやると誘われて即答しなかったので良しとしましょう。ですが、次に呼び捨てにされたら必ず咎《とが》めて下さい。舐《な》められてはいけません」

「分かりました。教えて頂き、ありがとうございます」

「分かって頂けたなら構いません。それから、ずっと言おうと思っていたのですが、私に敬語を使わなくても大丈夫ですよ。私は平民ですから」

「リアム様は国から派遣されたお方です。礼を尽くすのは当然ですわ」

「では、せめてリンゼイ子爵がいらっしゃった時には敬語をおやめください。私はその時だけは代官ではなく使用人になります」

「どうしてですか？」

「リンゼイ子爵は、油断できないからですよ」

そう呟いたリアム様は、とても冷たい目をなさっておられました。

＊＊＊

慣れない仕事に疲れて帰って来たら、領地から手紙が届いていた。

姉さんからは毎日のように手紙が来るが、今回の手紙はわざわざ伝書鳩を使用して届いた。代官となったリアム様からだ。彼からの手紙も届くが、今までは伝書鳩で送られた事は一度もなかった。

急ぎなのは間違いない。僕は、急いで手紙を開いた。

手紙には、不快な内容が書かれていた。

「セバスチャン、リンゼイ家との取引を少しだけ減らせ」

「かしこまりました。ご主人様」

セバスチャンに指示を出し、手紙を書く。

姉さんとリアム様の分は急いで伝書鳩で届ける。もう一通は正式な便箋で丁寧に書き、セバスチャンとリアに添削して貰う。

「お断りの文面はまだお教えしておりませんでしたが、完璧です。家庭教師の先生に教わったのですか？」

「ソフィアが教えてくれたんだ。断る時こそ丁寧にしろって言っていた。あと、ちゃんと証拠を残せって」

「さすがですね。今回の場合は、同じ文面を作成して受け取りのサインを貰うと良いですよ」

普通は封筒に入れて封蝋をするけど、今回は届かなかった、知らなかったと言われては困る。だから、お金はかかるけど正式な使者を立てて、きっちり受け取りのサインを貰うように手配した。

あの女は領地にいるだろう。けど、いきなり領地を訪ねるのは失礼だ。あちらと同じになってはいけない。こちらは全て完璧に整えないと。手紙を四通作成して二枚ずつ封筒に入れて封をする。まずは王都の屋敷に届けて内容が同じか確認して貰い受け取りのサインを貰う。リンゼイ子爵がいれば良いけど、いなければ同じ物を領地まで直接届けさせる。

本当なら、王都の屋敷に届ければ充分だ。だけど、今回はそうはいかない。

あの女に直接サインを貰うまで逃さない。代理の者が受け取って知らなかったなんて言い出しかねないからな。

このやり方は、ものすごく大事な時しかやらない手法だ。例えば、婚約の申し出とか。

あの女が姉さんと息子を婚約させたいと言い出した時は、手紙が来ただけだった。このやり方をする下位貴族は少ない。ものすごく手間とお金がかかるんだ。

今の我が家ならこれくらいのお金は出せる。無駄遣いばかりする奴等がいなくなったから、余裕だ。さて、リンゼイ子爵は僕の怒りに気が付くかなぁ。

気が付かなくても構わない。僕より、もっと怒りそうな人がいるし、せっかくだから味方を増やそう。

「これを読んだら、イアン様は怒るだろうなぁ」

僕は怒りで握りつぶしてしまった手紙を広げて封筒に入れ、リリアンと約束した茶会に出かけた。

リリアンとは、一ヶ月でお互い呼び捨てにする程に仲良くなった。最初は打算で了承した茶会だったけど、リリアンと話すのは、とても楽しい。姉さんが、リリアンを褒める理由も分かる。年上なのに、可愛い妹みたいだったり、お姉さんぶっていたり、見ていて飽きない。

気兼ねなく姉さんの自慢を出来るし、リリアンもイアン様の自慢をしてくる。その度に、こんなに良い人なら姉さんは幸せになるだろうと思う。だけど、ちょっとだけ悔しい。

僕もイアン様みたいに家族を守れるようになりたい。だから、必死で仕事をしている。

覚悟はしていたけど、国の仕事は責任が重くて大変だ。毎日仕事に追われているうちに、リリアンとの茶会は癒しの場になっていた。

本来は侯爵令嬢にこんなに気さくに話してはいけないのだけど、ここだけだから敬語は無しでお願いとリリアンに言われて断れなかった。イアン様も、いつもリリアンと一緒にいる使用人のマリアナさんも問題ないって言うから甘えさせて貰っている。

今日の茶会も、とても楽しみにしている。

だけど、今日はリリアンと話す前にイアン様と話したい。

「リリアン、イアン様はお帰りになっている？」

「お兄様？　さっき帰って来られたわよ」

やっぱり。

手紙を読むとイアン様が帰ってすぐにあの女狐《めぎつね》が来たらしいから、手紙の速度から計算すると今日くらいにはイアン様が帰っていると思った。

「イアン様にご挨拶したいのだけど良いかな？」

「ポールなら良いと思うけど、聞いてみるわね」

あっさり許可が下りたのでイアン様に会いに行く。

当然のようにリリアンもついて来るけど、リリアンには聞かれたくないから、彼女に髪飾りをプレゼントした。

純粋なリリアンは、僕の思惑に気が付かない。無邪気に髪飾りを喜んでくれた。

「なにこれ！　素敵！」

「うちの商会で雇っている職人の最高傑作なんだ。もうすぐ誕生日でしょう？」

「どうして知っているの!?」

「姉さんに聞いたから。良かったら、今付けて欲しいな」

「そうね！　早速付けるわ！　あ、でも今のドレスの色と合わないわね」

「じゃあ、良ければ着替えておいでよ。僕はイアン様と話しているから」

「いいの？」

「うん、出来たらイアン様にも見せると良いよ」

「そうね！　じゃあ、マリアナお願い！」

「かしこまりました」

「ごめんね。ポール。すぐ行くから先にお兄様のところに行っていて！」

髪飾りは、二種類用意していた。

リリアンは沢山のドレスを持っているから、どんなドレスを着ているかは会わないと分からない。

わざと今着ているドレスに合わない髪飾りを渡して付けて欲しいと頼めば、センスの良いリリアンはドレスと合わない事を気にする。着替えるように誘導すれば、素直に着替えてくれた。

これで、イアン様と話す時間が出来る。

誕生日プレゼントを用意していて渡すつもりではあったんだ。どっちにするか迷って決められなくて、どちらも似合うからいっそ二つ渡すか……でもそれはやりすぎだよなって悩んでいた。ごめんね、リリアン。利用したみたいになって。もうひとつは、また今度プレゼントするから許して。

「イアン様、帰ったばかりでお疲れのところ申し訳ありません」

「問題ないよ。疲れてはいないからね。リリアンはどうしたんだい？」

「今、着替えています」

「着替え？　どうして？」

「その、僕が誕生日プレゼントで髪飾りを渡したので似合うドレスに着替えたいと……」

「ふむ、ポールと二人にしてくれるかい？」

そう言ってイアン様は人払いをしてくれた。

やっぱりこの人は頭が良いし、勘も良い。僕の小賢《こざか》しい小細工なんてお見通しだ。

「それで、リリアンを遠ざけてまで何を話したかったんだ」

「こちらをご覧ください」

ぐちゃぐちゃにしてしまったリアム様からの手紙を渡す。

「……なるほど、随分と舐《な》めているな」

「はい、正直すぐに縁を切りたい気分ではありますが、受けた恩をまだ返せておりませんのでしばらくは淡々と取引を続けるつもりです」

「それが良いだろう。こちらから切るには早すぎる。それに、エリザベスは望まないだろう」

「姉さんは、僕を尊重してくれてすぐには取引に応じませんでした。けど、恩人を無下《むげ》に出来る人ではありません」

「そうだな。とはいえエリザベスにそんな提案をするなんて舐《な》めすぎだ」

「僕を当主に推してくれた恩や、他にも助けられた恩はたくさんあります。でも、あの男の愚行でチャラだと思っています。僕は姉さんみたいに優しくありません。リンゼイ子爵と新規の取引は一切行わないように通達して、姉さんにも伝書鳩で手紙を届けました。当然、商会なんてさせません。リンゼイ子爵には急いで断りの手紙を届けさせました」

「仕事が早いな」

「本当はご相談しようかと思いましたが、一秒でも早い方が良いので」

「それで良い。後見人のエリザベスがいても、ポールの意思は優先される。それに、エリザベスも反対しないだろう」

僕の判断が間違っていなかったことが確信出来て、内心ほっと息をつく。

「姉さんは、リアム様にご指摘頂いて自覚して頂けたようです。姉さんは今でも女狐《めぎつね》を慕っていますけど、僕は信用しません。ドロシーの結婚式前から信用していませんでしたけど今回の事で警戒対象になりました。うちが男爵家でも姉さんを呼び捨てなんてあり得ません」

「女狐《めぎつね》か……言うようになったな。呼び捨てにしたのは、恐らくわざとだろうな」

「やっぱりそうですよね。僕の前では呼び捨てなんてしませんでしたから。領地にリアム様がいてくれて助かりました」

「リアムは優秀だし、リンゼイ子爵を毛嫌いしているからな」

「そうなんですか？　助かりましたけど、嫌いな人に会わせてしまって悪かったですね」

「仕事だから問題ない」

「相変わらず厳しい上司ですね」

「俺はリアムの上司じゃない。リアムは俺の先輩で、俺達の部署では一番仕事が出来る人だったんだ。けど、貴族じゃないから出世出来なくて代官専門になった。活躍していたから、男爵にする話も出たのだが本人が拒否したんだ。リアムは根っからの貴族嫌いだからな」

「貴族が嫌いなのに、よく代官なんて引き受けてくれましたね」

「リアムなりの考えがあるのだろう。大抵は半年程度で異動願いを出してしまうが、バルタチャ家の領地は気に入ったらしくて、長くいたいと申請を出していたぞ。少なくともポールが成人するまではいてくれるんじゃないか？　良かったな」

「気に入ってくれたのなら光栄です。期待外れと言われないよう頑張ります」

「今でも充分頑張っているから、あまり無理はするな。エリザベスが心配する。もちろん、俺もリアンも心配するぞ」

姉さんが、ブロンテ侯爵家は温かいと言っていた理由が分かる。

僕の心配をしてくれるのは姉さんと、使用人達だけだった。

両親ですら僕を道具扱いだったのに、リアム様もリリアンも本心から僕を心配してくれていると分かる。

「イアン様もリリアンも、信じられないくらい良い人ですね」

「リリアンはいい子だが、俺はそんなに良い人ではないぞ」

「それ、リリアンも同じ事を言っていました。似たもの兄妹《きょうだい》ですね。リリアンは姉さんが侯爵夫人になるのが見返りだなんて言っていましたけど、イアン様が姉さんを狙ってなくても同じように助けてくれたと思いますよ」

「そうだろう。リリアンはとてもいい子なんだ」

「そうですね。イアン様も仕事は厳しいですけど、優しい方だと思いますよ。打算だらけのあの女《め》狐《ぎつね》とは大違いです。領地が近いから警戒はしていましたけど、まさか予告なく訪ねてくるなんて思いませんでしたよ」

「リンゼイ子爵は認めた人には優しくなるが、認めた上で、格下と認識するのかも知れんな。今まで自分の息子の妻になると思っていたのだから多少は仕方ないが、度を超えている。実はリンゼイ子爵の馬車と街道ですれ違ったんだ。引き返せば良かったと後悔しているよ」

「引き返さなくて正解ですよ。今の時点でイアン様の存在を明かす訳にはいきません。特に、あの女狐《めぎつね》には」

「辛辣だな」

「僕は、姉さんやイアン様、リリアンみたいに優しくないんです」

「エリザベスは、ポールはとても優しい良い子だと言っていたぞ」

「だから、こんな姿を見せたくないんです」

「リリアンにもか」

「……そうですね。見られたくないと思います」

どうしてか分からないけど、リリアンにはこんな腹黒い自分を知られたくない。

「ポール！　お兄様！　見て‼」

「お嬢様、きちんとノックをして下さい」

「あっ！　ごめんなさい！　でも見て！　とっても素敵でしょう？」

僕が贈った髪飾りをつけたリリアンが、可愛らしく笑う。

それだけで心が温かくなった。

＊　＊　＊

リアム様に叱られてからマナーを見直して、丁寧な断り方を復習しました。

「そう、そんな風に断れば相手は悪い気はしません。きちんと断ったと分かるように証拠を残すのも忘れてはいけませんよ」

リアム様が、知らなかった事を色々と教えてくれます。とても勉強になりますわ。

「分かりました。ありがとうございます」

「エリザベス様は素直で覚えが良いですね」

「そんな事ありませんわ。覚えが悪く、リンゼイ子爵によく怒られましたし、リアにも叱られていましたわ」

「……エリザベス様、叱ると怒るは違います」

リアム様が不快そうな顔をなさっています。

しまった。

リンゼイ子爵の名前を出したのは失敗でしたわね。リアム様はリンゼイ子爵の事をよく思っていないのでした。

「そんなに焦らなくて大丈夫ですよ。私は個人的な感情を仕事に持ち込んだりしません。確かにあの人は嫌いですが、仕事は別です。エリザベス様は感情が表情に出やすいので気を付けた方が宜しいですね」

「申し訳ありません。いつもリアからも叱られていたのです。気を許した相手だとすぐ気持ちを読み取られるから気を付けろと。今後は気を抜かないように、注意致しますわ」

リアム様が、驚いたような表情をしました。何かおかしな事を言ってしまったでしょうか。

「確かに、表情が読みやすいと感じるようになったのは最近ですね。イアンが来てからはとても分かりやすくなりました。もしかして、私に気を許して下さったという事ですか？」

「リアム様は信頼出来る方だと感じましたので、確かに少し気を許してしまっていたかもしれませんわ」

「あははっ！　こりゃイアンが惚れる訳だ」

「ど、どういう意味ですの⁉」

「イアンの婚約者候補じゃなければ、私が立候補したいですね。私は平民ですけど、男爵になるかと打診が来た事もあります。貴族は大嫌いなので断っていましたけど、貴女の為なら貴族になっても良い。それなりに優秀な自覚はありますから、すぐ子爵になれるでしょう。侯爵家のイアンより、気楽ですよ。いかがですか？」

ちょ！　リアム様は何を仰《おつしや》ってますの⁉

困ります、困りますわ！　リアム様はイアンのご友人でしょう⁉

そんな不誠実な事をなさる方とは思えませんし、からかっておられるのでしょうか⁉

ど、どうしましょう。頭の中でイアンの笑顔が浮かびます。

きちんとお断りしませんと。

いや、待って！　そもそも本気とは思えませんわ！　からかっておられるのですわよね⁉　どう言えば宜しいのですか⁉

混乱していると、リアム様は急に真面目な顔でわたくしの目を真っ直《す》ぐに見つめました。

「エリザベス様、貴女は身内に甘過ぎます」

「身内……ですか？」

「はい。貴女はイアンが好きで、私が迫《せま》っても受け入れるつもりはない。そうですよね？」

「だったら、イアン以外の男に迫《せま》られたらすぐに断って下さい。私は信用出来るからとか、からかっているかもしれないからなんて考えなくて良い。隙を与えてはいけません」

「やっぱりからかっておられたんですの⁉」

「当然です。私がイアンの愛する人に横恋慕する男に見えますか？」

「見えませんわ」

「そう、私は絶対そんな事はしません。貴女もそう思っている。私を信頼していますよね？　けど、信頼していても今みたいに予想もしない事を言い出す事もあるのです。人は変わるのですから。身内というのは血縁者だけではありません。貴女は、自分が信用出来ると内に入れた人間に対する評価が甘くなる傾向があります。ポール様も、イアンも、使用人達も、領民も、私もそうです。そして、その中にリンゼイ子爵も入っておりますね」

確かに、言われてみるとそうかもしれません。

今リアム様が口にした人達は、みんなわたくしの大切な方達です。

「そう……ですね。おっしゃる通りです」

「人間は多かれ少なかれみんなそうです。けど、貴女はそれが強い。おそらく、ポール様以外の家族は信用出来ない過酷な環境で育ったせいでしょう。その分、自分を肯定してくれる存在に依存しています」

「依存……ですか？」

「ええ、貴女は身内の頼みをあまり断らない。いや、断るのが怖いのではありませんか？」

「それは……」

そんな事はない。そう即答出来ませんでした。

「ポール様がリンゼイ子爵にあまりいい感情を持っていないから、ポール様の為にリンゼイ子爵の申し出を保留にした。けど、ポール様がいなければ、リンゼイ子爵の申し出をすぐ受けたのではありませんか？」

確かに、ポールがリンゼイ子爵を嫌っている事には気が付いていました。

リンゼイ子爵から商会をしましょうとお誘い頂いた時にその事を思い出して、彼女の提案を保留にしたのです。

わたくしの一存で決めて良いなら、申し出をすぐにお受けしていました。

「イアンが嬉しそうに宝石を持って来るから、高価過ぎて困る宝石も受け取った。本来の貴女は、男から急に宝石を贈られても断る事が出来る方です。それがたとえ婚約者候補でも。でも、イアンにはそうしなかった。イアンの申し出を断れなかったのではありませんか？」

「……そうです。でも、贈り物は嫌ではありませんでした。嬉しかったのです」

「高価な宝石を何度も貰うのは気が引けたのでしょう？　断るのはとても勇気が必要だっただろうと推察しますが、違いますか？」

「確かに言いにくかったですわ」

「イアンに嫌われるのが怖かったのですか？」

怖かったです。

イアンが嬉しそうに宝石を持って来て下さるのは嬉しかったのですが、あまりに高価でした。申し訳なくて、でも言えなくて……やっと勇気を振り絞《しぼ》ったのです。

「……はい、そうですわ」

わたくしはイアンに嫌われるのが怖かったのですね。

「安心して下さい。イアンはそんな事で嫌がるような器《うつわ》の小さな男ではありませんよ」

「確かに……イアンは嫌がったりしませんでした」

「イアンはそのままの貴女が好きなんです。イアンに好かれようなんて思わなくて良い。貴女はもっと我儘《わがまま》を言って良いのです」

「我儘《わがまま》ですか？」

「嫌な事は、嫌と言いましょう。嬉しい事は、嬉しいと言いましょう。貴女とイアンは夫婦になるのですからお互いの事を知る努力をして下さい。イアンにもそう伝えました。言わなくても分かるなんて幻想です。気持ちは言葉にしないと伝わりません。嫌われるかもしれないなんて不安に思わなくて良い。イアンはエリザベス様を嫌ったりしません。何故なら、エリザベス様はイアンから渡された物なら、道端の石ころでも宝石箱に入れるような方だからです。贈られた一輪の花を全て押し花にしていると聞いて信じられなかったけど、今なら信じられる。貴女にとって、イアンはとても大事な男ですよね」

「そうです。わたくし、イアンがとても大事ですわ」

「なら、ちゃんと大事な人に優先順位をつけましょうね。イアンと私、どちらが大事と聞かれればイアンでしょう？」

「……そ、そうですわね」

思わず言い淀んでしまいました。

イアンも、リアム様も信頼できる方ですが、わたくしが男性として好きなのはイアンです。そ、そういう意味で宜しいのですよね⁉

「私は光栄ですけどそこは自信を持ってイアンと答えて下さい。イアンが悲しみますよ」

リアム様が楽しそうに笑ってらっしゃいます。

まるで子どもを宥《なだ》めているようですわ。

「わたくし、イアンがとても大事ですわっ！」

「知っています。今後は私がふざけた事を言ってもちゃんと断りましょうね。狼狽《うろた》えたら脈があると勘違いされます。さ、練習です。エリザベス様、私と結婚しませんか？」

リアム様がわたくしに跪き、手を取ろうとしました。

わたくしは手を引っ込めて一歩下がって言いました。

「申し訳ありません。お気持ちは光栄ですが、わたくしはイアンが好きなのですわ」

リアム様が、とても嬉しそうに笑いました。やっぱりリアム様はイアンの友人なのですね。

「はい、正解です。もしイアンの事を話せない男から求婚されたら、まだ考えられませんので、お断り致しますと言って下さい。ハッキリ断るのが大事ですよ。今のように手を触れず下がって、触れ合ってはなりませんよ」

「かしこまりました」

「断ったら、出来るだけ悲しそうに下を俯くのですよ。ポール様がエスコートしている夜会なら、ポール様の所へ行ってしまいましょう。それでもしつこく話しかけられたら、婚約者の事を思い出すと悲しいと言って馬車に乗って帰れば良いです。出来れば夜会はあまり行かない方が良いでしょう。イアンと婚約発表する前に、夜会でイアンと距離が縮まる様子を演出する方が良いですね。詳しくはイアンにアドバイスしておきました。相談してみて下さい」

「分かりました。色々お気遣い頂きありがとうございます。わたくし、身内に甘いなんて気が付いていませんでした。今後は自覚して気をつけて参ります。わたくしが身内と認識している方でも、無条件で受け入れないよう注意致しますわ。リアム様は凄いですわね。わたくし、自分の事なのに全く気が付いておりませんでしたわ」

「これくらい大した事はありません。ソフィアはもっと凄いので。エリザベス様、イアンは真面目過ぎますがとても優しい男です。どうか、イアンをよろしくお願いします」

リアム様とそんな話をしていたら、またもや来客が現れました。

今日は来客予定がありませんからゆっくりとリアム様の講義を受けていたので、予告なしの来客という事になります。

「またですか」

不快そうにリアム様が顔を歪《ゆが》めます。

「はい、またです。追い返して宜しいですか？」

メイドのカーラが冷たく報告に来ました。

いつも優しいカーラがここまで嫌がるという事は……間違いなくリンゼイ子爵でしょうね。この間、リアム様にお説教された時に使用人達もリンゼイ子爵を嫌っていると分かりました。わたくしを蔑《ないがし》ろにした男の母親なんて顔も見たくないそうです。リアム様のリンゼイ子爵への対応が素晴らしいと、使用人達のリアム様への信頼が厚くなりました。領地が飢饉《ききん》になった時に援助をして貰った恩があるからと、リンゼイ子爵を歓迎していたのはどうやらわたくしだけだったようです。

使用人達は、以前からリンゼイ子爵はわたくしを利用している、偉そうだと思っていたそうです。わたくしは知らなかったのですが、商人の皆様は援助した過去を盾に、いつもリンゼイ子爵家が有利になるような取引を求められていたそうです。商人の皆様は、恩はあるし、少ないが儲《もう》けはあるし、わたくしが嫁ぐ家だからと我慢してくれていたそうですわ。

だから、今回の事で一気に不満が噴出したのでしょう。

わたくしは、そんな事も知らずに商人の皆様にリンゼイ子爵の領地の産物を普通に扱ってくれなんて酷いお願いをしてしまいました。謝罪し、聞き取りをして今までの損害をカバーする方策を練っています。

今回の事で分かりました。

わたくしは、たくさんの方に大事にされていました。

それなのに、その事をきちんと理解しておりませんでした。家を出たい一心でリンゼイ子爵や、ケネス様のことばかり気にしていたのです。このままではいけません。

わたくしは今でもリンゼイ子爵を慕っています。でも、もう信頼は出来ません。ポールは、きっと怒っているでしょう。取引を切ると言い出しかねません。今すぐ切るような浅慮な事はしないでしょうが、リンゼイ子爵と今までのようなお付き合いをする事は出来ません。

わたくしが色々と考えている間に、リアム様がカーラを宥めてくれました。

「気持ちは分かりますが、エリザベス様の判断を仰ぎましょう。エリザベス様、どうしますか？　またソフィアが来る事にしますか？　一応、本人の了承は取れていますよ」

「いつの間に連絡してくださったのですか？」

「情報は鮮度が命ですから。毎日報告書を出しています。そのついでにソフィアへの手紙も出して許可を取っておきました。前回の反応からして、伯爵令嬢には弱いようなので」

「助かります。では、リンゼイ子爵とは会いません。二回も受け入れたら舐《な》められますもの。ソフィア様が来るから、着替え中だと伝えて。それから、次は先触れを出すようにと」

そう言って、小さなカードに直筆で伯爵令嬢との面会予定があり会えません。毎日来客があるので次に来る時は連絡を頂きたいと丁寧に書きました。

リンゼイ子爵の好きな菓子があったのでそれを付けてカーラに伝言を頼みます。

「カーラ、気持ちは分かるけど今回だけは丁寧に対応してちょうだい。わたくしが残念がっていたから、次は連絡が欲しいと言えば満足して帰られると思うわ」

「かしこまりました」

リンゼイ子爵は、最初は来客が終わるまで待つなどと言ったそうですが、菓子とカードを渡すと帰って行きました。

リアム様が、カーラにテキパキと指示を飛ばします。

「カーラさん、馬番のトムさんは今日出勤でしたよね？　リンゼイ子爵が領地を出るまで見張るように伝えて下さい。来客が本当に来るのかどこかで見張っているかもしれません。もし、どこかで馬車を止めていたら以前指示した通りに対応して出来るだけ早く領地から出て行って貰いましょう」

「かしこまりました」

「リアム様、指示とは？」

「ああ、馬番のトムさんは馬の扱いだけじゃなくて身を隠すのも上手なのです。変装術を教えたら才能が開花したので、ちょっとしたスパイとしても働いて貰おうかな、と思いまして」

「トムがスパイ⁉　馬番の補充が必要だと仰《おっしゃ》っていたのは、トムの代わりという事ですか」

「そうです。トムさんは馬も好きだけどもっとエリザベス様やポール様の役に立ちたいと言っていましたからね。今日は試験にちょうど良いですね。もし優秀なら、別途手当を支払ってスパイとして雇うと良いですよ」

「わたくし、全く知らなかったのですが……」

「すいません。まだはっきりしなかったのでちゃんと伝えていませんでしたね。でも、報告はしていましたよ。トムさんに別の仕事も任せて良いかと聞きましたよね？」

「言いましたわね。確かにトムがやりたいなら構わないとは言いましたわ。でも、スパイなんて危険ではありませんの？」

「馬番よりは危険ですね。だから、報酬は充分渡しましょうね」

「そ、そうですわね。でも、スパイ……ですか」

「エリザベス様、彼はバルタチャ家に忠実ですから適任です。それに、情報収集をする人がいない貴族の家は稀です。今までは良かったですけど、エリザベス様がイアンと婚約すれば、領地を探りに来る人も現れます。これは、ポール様のご意志でもあるのですよ」

「ポールが？」

「はい、さっきカーラさんから渡されました。ポール様の手紙です。エリザベス様の分もございます。ご覧下さい」

手紙を読むと、リンゼイ子爵とは現在の取引は続けるが新規の取引は一切行わない事、わたくしがリンゼイ子爵と商会をする事は認められないと書かれていました。

「ポールは既にリンゼイ子爵に断りを入れているそうですけど、リンゼイ子爵に見せる為の手紙も作ってくれていますから、次にお会いする時に出しますわ」

「すぐ出さずにまずは普通に断りましょう。それで食い下がったら私が出します」

「リアム様が？」

「私は新しい執事です。セバスチャンさんの息子という設定でお願いします」

我が家の執事はセバスチャンのみです。年齢的にも、リアム様がセバスチャンの息子と言われたらリンゼイ子爵は信じるでしょう。でも、セバスチャンとリアに子どもはいません。

「あの、どうしてそんなに使用人になりたがるのですか？」

「リンゼイ子爵は使用人を認識しないからです」

「認識……ですか？」

「ええ、私の存在こそがその証明です。私は、先代のリンゼイ子爵と、使用人であった母の間に生まれた子です。父は、私と母を閉じ込めてから、一度も会いに来ませんでした。来る教師もみんな、使用人は道具だから名前など覚えなくていいと言っていましたよ。父にとって、母は道具だったのでしょう。もちろん、私もそうです」

　衝撃的な言葉が飛び出しました。リアム様は、長くなりますが、と前置いて、そのままご自分の生い立ちを語ってくださいました。

「その頃は子爵夫人だったリンゼイ子爵は子がなかなか産まれませんでした。私を探したのは彼女の指示だったそうですよ。子が産まれなかった時の為に私に教育を施したのです。私は母と一緒に監視されて厳しい教育を受けさされられました。先代のリンゼイ子爵はずいぶん女好きだったようで、何人も愛人がいるのに使用人にもたびたび手を出していました。でも、子を産んだのは母だけでした。幼い頃は母と幸せに暮らしていましたが、ある日、私にそっくりな男が現れたのです。その日から、私たちの生活は一変しました。見知らぬ街に連れて行かれ、閉じ込められて厳しい大人が毎日私を教育しに来ました。母は働こうとしましたが、貴族のお手付きになったのだからと仕事に就《つ》けませんでした。お金がほとんどなく、その日暮らしで生きていました。助けてくれる人もいましたが生活は苦しくて、母は身体を壊して亡くなりました。母が死んだ直後に、ケネス様が産まれて私はお役御免となり、全てを奪われ放り出されました。正確には、逃げたのです。ケネス様が産まれたら私は邪魔者です。殺されかねませんからね。幸い、既に成人していたので食い扶持《ぶち》を稼ぐ事は出来ました。母が死んでも、父は一度も現れないままでしたし、いつの間にか死んでいましたよ。父が死んで、彼女はまだ子どもが幼いからと、子爵を継ぎました。それから、凄腕の商人としての顔を持つようになりました。エリザベス様の知っているリンゼイ子爵にはそんな過去があるのです。私は、子どもの頃から使用人の名前など覚えなくて良いと教育されてきました。そう教育するよう指示したのは現在のリンゼイ子爵です。だから私は、リンゼイ子爵は使用人を認識しないと思っています。使用人を装えば彼女から危険視される事はないと思うのです。けど、私が国から派遣された代官だと分かれば、コロッと態度を変えますよ。媚びてくるか、警戒して色々探ろうとしてくるか……どちらにせよ面倒なのです。私の正体がバレたら都合良く使おうとしてくるかもしれません。本音を言えば彼女と関わりたくないのですよ」

「そうでしたか……」

「向こうは私の事なんて覚えてないかもしれませんし、そこまで警戒しなくても良いのでしょうけどね。嫌な話をしてしまいましたね」

そう言って、リアム様は笑顔を見せて下さいました。

「わたくしはリンゼイ子爵を慕っていましたけど、わたくしのせいで領民だけでなくリアム様もご不快になっておられたのですね。申し訳ありません」

「エリザベス様が分かってくれたなら、救われます。ああそうだ、私がリンゼイ子爵と会った事がないというのは本当ですよ。彼女は教師の手配だけして顔を見せた事はありませんでしたからね。夫の不貞で出来た子なんて会いたくありませんよね。母は無理強《じ》いされて私を身籠《ごも》っただけなのに、ずいぶん後ろ指を指されましたよ」

「そんな……悪いのはリアム様のお母様ではないのに」

「そう言ってくれる人もいました。でも、表立って庇《かば》ってくれる人はいませんでした。貴族は怖いので。母は子爵様のお手付きになったのだからと仕事に就《つ》けませんでした。お金を得る手段がほとんど無かったのです。私の教育があるからと、住居だけは与えられましたが、それだけでした。食事を買うお金もなくて苦しい暮らしでした。食事マナーの勉強がある日だけは、私の食事がありましたので、マナー教師が帰ってから残りを母に渡していました。でも、到底足りません。こっそり近所の人が食料を分けてくれたり、内職を紹介してくれたから生き延びられました」

「ご苦労……されたのですね」

「エリザベス様もずいぶんご苦労なさったと聞いていますよ」

「わたくしには、ポールがおりましたから。それに、セバスチャン達もいました」

「私には母がいました。でも、私が産まれなければ母は遠くの街で幸せに暮らせたのではないかと考えてしまうのです。大人になってから様々な領地に行って知ったのですが、母と同じように貴族のお手付きになった使用人は沢山います。でも、子どもさえ生んでいなければ、逃げられるのです。結婚したり、普通に働いたり出来るのです。母も、私を産まなければそんな幸せがあったのかもしれない」

「お母様は、リアム様を大切に慈《いつく》しんだと思いますわ。だって、リアム様は使用人の顔など覚えなくて良いと教えられたのに、トムの才能を見抜いて下さいましたよね。リアム様はお母様から優しさを教えて頂いたのではありませんか？」

「そうですね。母はとても優しかった。それに賢かったんです。家庭教師の授業を影で聞いていて、おかしいと思った事は後で訂正してくれました。それに、私を連れて逃げる事も出来るから辛ければいつでも言えと言ってくれていました。でも、逃げれば母を危険に晒《さら》す事になるのは幼い頃から分かっていました。散々脅されましたので。だから、いつも母には大丈夫だと言っていたのです。私が跡継ぎになれば、母に恩返し出来ると思っていました」

「お母様の優しさは、リアム様に受け継がれたのですね」

「私は母みたいに優しくないですよ。今でもリンゼイ子爵に良い感情はありません」

「当然だと思います。わたくしはリアム様がお優しいと思いますわ。使用人も皆リアム様を優しいと言っておりました。イアンだってリアム様と話す時はとても楽しそうです。実は、ちょっとだけ羨ましいと思ってしまったのですわ」

「おや？　嫉妬ですか？」

「……そうなのかもしれません」

「良い傾向ですね。イアンに言ってみてください。きっと喜びますよ」

こんな事でイアンが喜ぶとは思えません。

「信じられないという顔ですね」

「はい」

「ちょっと試してみるくらいはよろしいのでは？　イアンはそんな事で怒りませんよ」

「それは、確かにそうだと思いますけど……」

「これ以上はやめておきましょう。イアンが嫉妬しそうだ」

「もう！　イアンはそんな事で嫉妬なんてしませんわ」

「イアンは嫉妬深いですよ。エリザベス様、お気を付けて下さいね」

そう言ったリアム様は、イアンと話す時のように悪戯《いたずら》っぽい顔をなさっておられました。

不意に、見慣れない少年がドアをノックして入って来ました。

「お嬢様、リアム様、ご報告に上がりました」

……見慣れない？『見たことがない』と認識しなかったということは、わたくしは彼を見たことはあるのです。ということは……

「貴方……トムなの？」

わたくしが少し考えてから尋ねると、リアム様とカーラが驚いています。

トムは嬉しそうに笑いました。その笑顔はトムですわ。

「さすがお嬢様ですね！　カーラも最初は気が付かなかったのに！」

「だって別人じゃない！　お嬢様、どうしてすぐにトムと分かったのですか？」

「リアム様から変装していると聞いていたからよ。屋敷にいる誰でもなかったけど、初対面でないのは分かるから、トムしかいないかなって。わたくしもリアム様から話を聞いていなかったら初めましてと言ってしまったと思うわ。凄いわね。ねぇ、でも危険ではなくて？」

「ご心配なく。リアム様が鍛えてくれましたし、戦闘なんてしませんから。危ない所にも近寄りません。僕は情報収集するだけです」

「分かったわ。話の腰を折ってしまったけど、何か報告があるのよね？」

「はい。リアム様の予想通り、リンゼイ子爵は馬車の往来がない事を不審に思っておいででした。ですから予定通り、街道に倒木があるので馬車が引き返した事にしました。リンゼイ子爵の馬車は通れるけど、もう少し大きな馬車は通れない。お嬢様は今から対応するから忙しくなると情報を流せば諦めて帰りました」

「どうやって情報を流したの？　一人で言ってもリンゼイ子爵が信じるとは思えないわ」

「領民に協力して貰いました。倒木も木を切って貰ったので本当です。もう撤去していますからお嬢様の手を煩わせる事はありませんよ」

「え……どういう事⁉」

「領民はリンゼイ子爵を嫌っていて、エリザベス様を慕っています。協力を取り付けるのは簡単でした。倒木は、人海戦術ですぐ撤去出来ますので領地に入って来て欲しくない人や、逆に領地に閉じ込める事も出来ますね」

「いつの間に……！」

「領民は皆優秀です。エリザベス様の為だと言えば、喜んで協力してくれましたよ」

「みんな快く協力してくれましたよ！」

「トムさんも、領民の皆様もお見事です。さぁ、今のうちに今後の対策を立てましょう」

リアム様の言葉に、みんなが頷きました。

彼なら大切な領地を任せられる。そう思いましたわ。


それから、しばらく屋敷中の者達で警戒していたのですが、リンゼイ子爵が領地を訪ねて来る事はありませんでした。

おそらく、ポールから断りの手紙が届いたからだと思います。ポールは予想通りかなり怒ったみたいで、わざわざ正式な使者を立ててお断りしたそうです。

お断りした事が記録に残っておりますので、リンゼイ子爵から商会をしようと誘われる事はもうないでしょう。

ポールは、リンゼイ子爵と新規の取引をする予定はないと領民に通達しました。既存の取引は続けるから、リンゼイ子爵と縁が切れる訳ではないし、領民がリンゼイ子爵と取引をしても領地の不利益になる事はない。けど、姉を大事にしない人とこれ以上仲良くなれない。領民は自由にしてくれて構わない。そう言っていました。わざわざ仕事の合間に領地を訪れ、領民の前でそう訴えました。

領民はポールの言葉を聞いて喜びました。ポールが立派になったと泣いている領民までいました。本当はずっと腹が立っていた。当主のポールがそう言うなら、うちも少しずつ取引を減らす。そう言って笑う商人の方も多かったです。

今まではリンゼイ子爵家と取引しないと困りました。だけど、リアム様とポールが新規の取引先をいくつか見つけて下さいました。領地の商人の皆様も、以前より条件が良いと喜んでおります。ポールが爵位を継いだ時は、主な取引先がリンゼイ子爵家でしたので、お父様も簡単にポールに爵位を譲りました。

それくらい、我が家にとってリンゼイ子爵家は大切な取引先でした。

でも、現在はリンゼイ子爵家との取引がなくても構いません。取引先が増えたのは、リアム様のお力も大きいですわ。彼は色んなところで代官をしていたので信頼されております。

リアム様がいるなら安心だと言って下さる方も多く、有利な条件で取引が出来ました。領民も使用人達も頑張って働いてくれています。

領地は以前より人々の笑顔が増えました。

バルタチャ家は、浪費する人が逮捕されたり、嫁入りしたりしていなくなったので使えるお金が増えて余裕が出来ました。だから、ポールやセバスチャンと手紙で相談して、リンゼイ子爵から厳しい取引を強《し》いられていた人達に得られた筈の利益を補償しようとしたのですが、誰一人受け取ってくれませんでした。納得して取引をしたのは自分だからお金は領地の為に使ってくれとみんなに言われました。

ですから、領地に学校を建設する事にしました。子ども達はこれからの領地を担う財産ですから、ずっと学校を作りたかったのです。

でも、今まではそんな余裕がありませんでした。今ならお金が出せます。そう思ってリアム様に相談すると、すぐにでも学校を始めた方が良いと仰《おっしゃ》いましたので、教会を間借りして学校を始めました。教会の隣の空き地を買い取って、学校の建設も進めています。神父様も協力的で、子どもたちの為に教師をやって下さる事になりました。

費用を出せる目処がついたので、学校は無料にして誰でも来られるようにしました。本当は子ども達を全員学校に通わせたいのです。ですが、子どもは貴重な働き手。全ての親の理解を得るのは難しいです。なんとか子ども達を集めたいと、領民から話を聞いて、リアム様やポールと相談しました。でも、なかなか良い方法が見つからなくて……悩んでいると、イアンから手紙が来ました。

〃ポールから悩んでいると聞いたよ。参考になるか分からないけれど、うちの領地も学校をしていてね。毎日来る子ども達の人数を数えているんだ。年に一度のお祭りの日だけたくさんの子ども達が学校に集まって来るんだよ。理由を調べたら、お祭りの日は学校で軽食を無料で配っていると分かった。だから、試しに先週から学校で毎日食事を出す事にしたんだ。そしたら机が足りなくなるくらいたくさんの子ども達が集まってくれるようになったよ。参考になるか分からないけど、頑張ってね〃

「私に宛てた手紙にしては優しい文ですね。これは、エリザベス様にお渡ししておきましょう。早く堂々と手紙をやり取り出来るようになると良いですね」

イアンは、万が一手紙が紛失しても問題ないようにリアム様に宛てた手紙としてわたくしへのアドバイスを書いてくれたのです。

嬉しくて、手紙を抱きしめました。

イアンからのアドバイスに従って、学校で食事を出す事にしました。授業が始まる前に朝食を、終わってから昼食を出します。すると、ご飯欲しさに子ども達が集まって来るようになりました。親も、子どもがご飯を食べて来てくれると食費が浮いて助かるので思ったより嫌がられず、歓迎されました。次第に学校に行く子どもは増えつつあります。

将来的には、全員通わせたいですわ。

だって、知識は財産ですもの。子どもが賢くなればより良い物が生み出せます。作物も工夫すれば効率よく育つかもしれません。子どもから教わる事で親もきっと変わります。識字率があまり高くないうちの領地は、みんな知識を得る事に興味がありません。だけど、学校を始めて二週間程度で神父様に文字を教えて欲しいと言う大人が増えたそうです。子どもから変えていけば、大人も変わります。

それに、学ぶ時はみんな生き生きしています。これからもずっと、領民の笑顔を守ります。その為に、知識は必要なのですわ。わたくしが幼い頃は、領民のみんなは自分が生きるのに精一杯で知識を得る暇なんてありませんでした。でも、少しずつ豊かになり余裕が出て来た今なら、変われます。領地は、領民達の笑顔が以前より増えました。

怒涛の日々でしたが、学校も安定しリアム様との引き継ぎも無事完了しました。わたくしは今日、領地を出ます。帰ったらすぐにイアンと婚約する手筈になっています。

「あとはお任せ下さい。報告は送りますからご安心を」

「リアム様、色々ありがとうございます。どうか、領地をよろしくお願いします」

「お任せ下さい」

「お嬢様！　お元気で！」

「また来て下さいね！」

「もちろん、ちゃんと来るわ。みんな、それまでよろしくね」

使用人達が、以前よりも生き生きと働いています。

リアム様はトムだけでなく何人もの才能を見抜いて下さいました。

料理のセンスがある従者。計算の早い庭師。護衛が出来るほど強いメイド。

それぞれに合った仕事や、やりたい仕事を割り振ってくれたおかげで楽しそうに仕事をする人達が増えました。

上司が自分を気にかけてくれるのが嬉しいというのもあるようです。リアム様は、みんなから受け入れられ、信頼されています。

わたくしでは、みんなの才能を見抜くなんて出来ませんでした。リアム様の仕事ぶりを拝見していると、とても勉強になります。

みんな、自分を認められるのは嬉しいのです。だけど、なかなか自分を見せてくれません。リアム様から面接という手段を教えて頂いたので、早速実践するつもりです。使用人と一対一で話す事で、普段は言えない本音や、問題点が聞き出せます。領地でやってみたところ、大きな効果がありました。ポールと相談して、王都の屋敷でも面接をします。領地は、三ヶ月に一回リアム様が実施して下さる事になりました。

「さ、お嬢様。参りましょう」

「ありがとう、カーラ」

カーラは、わたくしの護衛としてついて来てくれる事になりました。

カーラは幼い頃から父親に鍛えられていたそうです。だけど、男より強いなんて恥ずかしいと母親からメイドの仕事を斡旋されました。カーラの意思は、無視されたそうですわ。

それでも、カーラは密《ひそ》かに身体を鍛え続けていました。

メイドの仕事は好きだけど、物足りないと思っていたそうです。それをリアム様は見抜いて下さいました。

「お嬢様を頼むぞ！　カーラ！」

「任せて。命に代えても守ってみせるわ」

「ダメよ、カーラも無事でいてくれないと」

「エリザベス様がそんな人だから、ここには忠誠心が高く努力家な使用人が集まるのでしょうね。大丈夫、カーラさんは自分の身を守って、エリザベス様も守れますよ」

「もちろんです！」

暖かい人達に見守られて、わたくしは領地を出ました。

領民達は仕事の手を止めてまで見送ってくれました。子ども達は、覚えたての字で書いた手紙をたくさんくれました。

「わたくしは、幸せ者ね」

手紙を読みながら、涙が出てきました。

「お嬢様はこれからもっとお幸せになるのでしょう？　久しぶりにイアン様にお会いできるとそわそわしておられたじゃありませんか」

「……バレていたの？」

「はい、刺繍をなさる時は幸せそうなお顔をなさっていました」

「恥ずかしいわ」

「お幸せそうなお嬢様を見られるなら、私達も幸せです。エリザベスお嬢様、絶対幸せになって下さいね！」

「ありがとう、カーラ」

みんなのお陰で、穏やかに旅を続けられました。宿に泊まると時間が余るので、刺繍を仕上げるために根を詰めていると、カーラに叱られてしまいました。

「お嬢様がお疲れのご様子ですと、ポール様もイアン様も心配しますよ」

「そうね。今日はこれくらいにするわ。ねぇカーラ、この刺繍どうかしら？」

「とても美しいです。お嬢様の刺繍はいつ見ても繊細ですね」

「こっちはポールの分なの。喜ぶかしら？」

「もちろん喜びますわ。さすがです。家紋も綺麗に出来ておりますね」

家紋と言えば、わたくしイアンに早く家紋を刺繍したいなんて言ってしまいました。

婚約を急かしていると思われたらどうしましょう。不安になり、カーラに相談しました。

「好きな女性から家紋を刺繍したいなんて言われたら喜びますよ。嫌がったりしません。嫌がる男性は例え格上でもお嬢様に相応《ふさわ》しくありませんから、ポール様にご報告いたします」

「待って！　イアンは嫌がったりしてなかったわ！」

「存じております。お嬢様、もっと自信を持って下さいませ。私がイアン様にお会いしたのは僅かな時間でしたが、お嬢様を大事になさる方だと思いました。ケネス様とは大違いです。それに、リアム様のご友人なら間違いありませんわ！」

カーラも、すっかりリアム様を信頼しています。

これなら領地は問題ないでしょう。定期的に確認する必要はありますので、ポールと交代で領地に視察に行く事にすればうまく回るでしょう。

全面的に信頼するのは危険だと教えてくれたのもリアム様です。いくら頼れる人でも領地を任せきりには出来ません。屋敷に戻ると、ポールとイアンが待っていました。

「エリザベス、久しぶりだね。その、なんだか前より綺麗になったんじゃないか？」

久しぶりに会ったイアンは、いつものように一輪の花を持って来て下さいました。顔が赤いのは気のせいではないようです。

「姉さん、おかえり。イアン様、姉さんは元々綺麗ですよ」

久しぶりに会う弟は、なんだか少し大人になったように見えますわ。

「ただいま。イアン、いつもお花をありがとう。嬉しいわ。ポール、なんだか大人びたわね」

「そう？　仕事で上司に扱かれているからかなぁ？」

「ポールは優秀だからな。色々任せてしまうが出来ない事を任せた事はないぞ」

「分かっていますよ。フォローもしてくれますし理想の上司だと思いますよ」

ポールとイアンもずいぶん打ち解けたようですね。

「姉さん、引き継ぎは無事終わった？」

「ええ、終わったわ。リアム様のおかげでみんな楽しそうに働いているわよ。そうだ。カーラはしばらくわたくしに付けるわね」

「良いけど、なんで？」

「カーラは強いからわたくしの護衛を兼ねる事にするの。後で給与を見直しましょう。報告、いってなかったかしら？」

「あー……まだ手紙届いてないかも。やっぱり遠いと面倒だね」

「仕方ないわ。実際遠いもの」

「イアン様は五日で往復したけど、普通は往復で十日かかるし、手紙はもうちょっと遅いもんね。伝書鳩なら早いけどそれでも数日はかかるし」

「……え？　五日で往復!?」

「休みが五日しか取れなかったのに、姉さんに会いたいからって無理矢理行ったんだよ」

「ポール、余計な事を言うな！」

ソフィア様の代わりではなかったのですか⁉

五日で往復なんて、馬を乗り換えて寝ないで走らないと厳しいと思います。大丈夫なのでしょうか？

「もうあんな無茶されると困るんですよ。リアム様への確認は本当なら書面で充分だったのになんだかんだと理由を付けて行っちゃったじゃないですか。平気な顔をしてましたけど、しばらく疲れていましたよね？　リリアンもソフィアも心配していたんですからね」

「仕事は問題なくこなしていた筈だ」

「そうですね。いつも通り完璧でしたよ。でも、ソフィアはイアン様が無理をしている事に気が付いていました。悔しいけど僕は分からなくて、イアン様は凄いと思っただけでした。リリアンに伝えたのは僕です。せめて家では休んで欲しかったので」

「それでやたらとリリアンが休めと言っていたのか。わざわざ俺の仕事を使用人と分担して処理していたから、ポールに影響されたのかと思っていたが、俺を心配してくれていたんだな。ありがとう。おかげで疲れはすぐに取れたよ。だが、いつもの事だから心配する程ではなかったんだぞ。ソフィアはなんでも気が付くが、気付いた事を人に言うなんて珍しいな。ポールはソフィアと仲良くなったみたいだな」

「職場は年上ばかりでソフィアも気を張っているんじゃないですか？」

「あり得るな」

「今後は無理しないで下さいね。イアン様が疲れていたら、ソフィアがすぐ教えてくれるので、全部姉さんに伝えますから」

「それは……困るな。エリザベスに心配をかけたくない」

そう言って、イアンが優しく微笑みました。久しぶりに会うイアンは、いつものように優しくて……でも、何故かとてもドキドキします。

もう、まともにイアンの顔が見られません。そうだ、ハンカチを渡しましょう。そうすれば、わたくしを見ずにハンカチを見てくれる筈ですわ。

「イアン、ポール、わたくし刺繍をしたの。良かったらどうぞ」

二人に刺繍したハンカチを渡すと、二人ともとても喜んでくれました。

「ありがとう！　姉さんの刺繍は相変わらず綺麗だね。ますます腕を上げたんじゃない？　誰の為？」

ポールはそう言って悪戯《いたずら》っぽい顔をしています。しばらく会わない間にポールが成長しております。そんな事を聞かれると思わなくて、返事が出来ず言い淀《よど》んでしまいました。

「そのっ……それは……イアンに喜んで貰いたかったの……」

「嬉しいよ。ありがとうエリザベス。これは、俺がよく贈っていた花だね。覚えていてくれて嬉しいよ」

イアンは色んな花を贈ってくれるのですが、アイリスの花を贈ってくれる事が多いのです。アイリスの花を渡して下さる時は、いつもわたくしみたいに凛としていると言ってくれます。だから、アイリスの花はわたくしの一番好きな花になりました。イアンの顔は、真っ赤です。きっとわたくしも同じくらい顔が赤いのでしょう。

「さて、邪魔者は退散しようかな。イアン様、応接室の用意が出来ましたので姉さんとゆっくり話して下さい。なんなら、手を繋いでエスコートして下さいよ」

「それはっ……約束が違うっ……」

「わかっていますよ。姉さん、僕がエスコートするね」

ポールに手を引かれて応接室に入ると、ポールはイアンとわたくしを残してさっさと出て行ってしまいました。

「それじゃあイアン様ごゆっくり。姉さん、おもてなしをよろしくね。ああそうだ。カーラと話があるから借りるね」

紅茶の準備を終えたカーラを、ポールは鮮やかに連れて行ってしまいました。部屋にはイアンと二人で残されてしまい、まともに顔が見られません。とにかく二人で座り、ゆっくりお話をする事に致しました。

「エリザベス、来週には半年経つからすぐ婚約を申し込みたいのだけど、良いかい？」

赤い顔をしたイアンが、嬉しい提案をしてくれました。

「はい！　もちろんです！　嬉しいですわ」

そう言うと、何故かイアンのお顔が真っ赤に染まりました。

「エリザベス、それは無意識かい？」

「無意識？」

「ああもう！　早く堂々とエリザベスを独占したいよ。リアムの奴、夜会で出会いを演出しろなんて言うけど、こんな可愛いエリザベスを夜会に連れて行ったら男達の餌食《えじき》だろう！」

「大丈夫ですわ。リアム様に断り方を教えて頂きました。練習もしましたわ。イアン以外の男性に迫《せま》られても断固として断りますわ！」

「……どういう事？　エリザベス」

ん？　イアンの目が細くなったのですが……わたくし、なにか失敗しましたかしら？

「どう……とは？」

「練習って……何をしたの？　まさか、俺はエリザベスに指一本触れてないのに、リアムの手を取ったの？」

「違いますわ！　リアム様はわたくしに男性に迫《せま》られても断るように教えて下さっただけです。わたくしは、リアム様の手を取りませんでしたわ！」

「詳しく、説明してくれるかな？」

そう言って笑うイアンは、今までで一番美しく笑っておられましたが、ちょっとだけ恐ろしかったです。やましい事はないので、リアム様とのやりとりをイアンに全て伝えたのですが、イアンの機嫌がどんどん悪くなってしまわれました。

「つまり、リアムはエリザベスにプロポーズしたって事？　なりたくもない貴族になっても良いと思うくらいエリザベスが気に入ったって事で良いのかな？」

「どうしてそうなりますの！　全部お伝えしたでしょう！　リアム様はわたくしがイアンに相応《ふさわ》しいか試していただけですわ！」

「そんなに一生懸命庇《かば》うくらいには、エリザベスもリアムを気に入ったんだよね？　だから領地に残るなんて言ったのか……エリザベスが気に入ったから……」

「話を聞いて下さいまし！　わたくしが男性として愛しているのはイアンだけですわ！」

そう言うと、イアンは顔を真っ赤にして黙ってしまいました。

「……本当に？　俺を愛してる？」

「はい。わたくしはイアンを愛していますわ。最初はイアンを好ましいと思っていただけでした。でも、たくさんわたくしを気にかけて下さって、優しい言葉をかけて下さるうちにイアンが大好きになりました。イアンから頂く花は、宝物です。アクセサリーも、大事にしておりますわ。領地に会いに来て下さって、このペンダントを頂いて毎日付けていたら、いつもイアンの事を考えるようになりました。わたくし、イアンを愛しております」

「エリザベス……！　俺も貴女を愛している。今すぐ抱きしめたい……」

「その……それくらいはよろしいのでは……今は誰もいませんし……」

そんな風に小声で訴えたくなるくらいにはイアンを愛しています。だけど、彼はきっと約束を守ると言うでしょう。

「あと少しだ。堂々と貴女を抱きしめたいからもう少し我慢するよ」

やっぱりそうですよね。そんな所も大好きですわ。

「そんなイアンが、大好きですわ」

「そう言われたら、何がなんでも約束を守らないとね。実は結構限界なんだけど」

「そ、そうなんですのっ⁉」

「冗談だよ。夜会は明後日、そこで俺はエリザベスに惚れた事にするから。仕事仲間には、領地に行った時にエリザベスを気に入ったと伝えてあるんだ。ああ、もちろん信頼出来る者だけだから邪魔は入らない。いや、入らせないよ。邪魔しそうな奴には伝えてないから。本当はドレスを贈ろうと思ったんだけど、ポールに婚約してからにしろって叱られたんだ。婚約した後は、夜会で着るドレスは全て贈らせてね。保管の心配があるなら、うちにエリザベスの部屋を作らせるから」

「待って！　待って下さいまし！　結婚はまだなのに婚約者の部屋を作るんですの⁉」

リンゼイ子爵家では、そんな風習ありませんでしたわよ⁉

「伯爵家くらいになると、よくある事だよ。部屋を作る事で歓迎していると示せるからね。それに、侯爵夫人の教育もいるから。嫌なら教育なんてしないけど」

「待ってください！　教育は受けさせて下さいまし！　費用はうちが出しますから！」

そうでした。今まで受けていた子爵夫人の教育で侯爵夫人が務まる訳ありません。

「費用は気にしないで。エリザベスの部屋、嫌ならやめるけど……どうする？」

「嫌ではありませんわ。ただ、スケールが大きくてついていけていないのです」

「ごめんね。エリザベスが俺を愛していると言ってくれるなら、俺はエリザベスを手放せない。それともやっぱりリアムが良い？」

「だから！　どうしてリアム様が出てきますの！」

「どうやら俺は、独占欲が強いらしいんだ。リアムに注意された。高価なアクセサリーを贈ったのも、毎回何かを贈りたがるのも独占欲の現れだとね」

「そういえば……リアム様がそんな事を仰《おっしゃ》っていましたね」

「ほら、そんな話を聞くだけで物凄くイライラするんだ」

イアンは不愉快そうに顔を歪《ゆが》めました。だけど、わたくしはそんなイアンが愛おしくてたまりません。

「わたくしも、ソフィア様からイアンがモテると聞いてからなんだかモヤモヤする事があるのですわ。きっと、これが嫉妬ですわね。わたくし、ケネス様とドロシーがキスをしていた時もこんなにドロドロした気持ちになりませんでしたのに」

「つまり……俺はケネスより愛されていると自惚れて良いのか？」

「もちろんですわ！　わたくし、イアンを愛していますわ！」

「他の男よりも？　ケネスより？　リアムより？」

「当然ですわ」

「分かっていたけど、言葉で聞くと物凄く嬉しいよ！　ああ、早く来週にならないかな！　エリザベス、俺は絶対貴女を幸せにするから！」

「わたくしもイアンを幸せに致しますわ」

「ああもう！　エリザベスのそんな所が大好きだ！」

以前は、こう言っても生意気だと顔を歪《ゆが》ませられるだけでした。だけどイアンは、わたくしのそんな所が良いと笑って下さいます。

「わたくしも、イアンが大好きですわ」

愛する、愛されるという事は、綺麗事だけではないのでしょう。実際に、独占欲や嫉妬心と言った醜い感情に戸惑う事もございます。それでも、愛する人の顔を見るだけでこんなにも幸せな時が訪れるのなら、わたくしはこれからもイアンを愛します。

……いや、愛さずにはいられません。この内から湧き上がる感情は、コントロール出来るような代物《しろもの》では無いのですから。


色んな事がありましたが、わたくしは無事にイアンと婚約しました。

イアンと婚約すると、急に注目を浴びるようになりました。イアンと婚約する前に行った夜会では、男の人に馬鹿にされる事もありましたし、捨てられた女だと陰口を言う令嬢もたくさんいらっしゃいました。それなのに、イアンと婚約した途端に周りが友好的になりました。

その変化がとても恐ろしくて、悩んだりもしましたわ。

けど、色々な人の支えで乗り越えられました。わたくしを大事にしてくれるイアンの気持ちが嬉しかったので、頑張って社交を勉強致しました。

今では、嫌味を言う令嬢とも仲良くしています。弱みを握って恩を売りました。高位貴族は、下位貴族と違い人の上に立つ為の立ち振る舞いが必要になります。

わたくしは侯爵夫人の教育を受けながら、ポールの後見人の仕事もしています。最初はとても忙しかったのですが、わたくしが後見人になって一年経過すると、イアンがポールの後見人になって下さいました。

リアム様が代官として安定した仕事をして下さっているおかげで、そんなに負担はないようです。ポールは、仕事もしつつ着々と家を豊かにしておりますわ。

きっと見えない所でたくさん努力をしているのでしょう。リリアンと仲が良いみたいで、よく茶会をしていますわ。ソフィア様もポールがお気に入りみたいで、仲良く話しているお姿をよく見かけます。ポールもソフィア様の事を信頼しています。

リンゼイ子爵は、イアンと婚約した直後に私的に訪問がありました。その時お会いしたきり、個人的にお会いする事はなくなりました。

先触れも出して頂き、わたくしを呼び捨てにはなさいませんでしたが、指定された時間や手紙の文面からポールの仕事中を狙った訪問である事は明らかでした。怒ったポールが仕事を調整してにこやかに迎えると、明らかに動揺しておられましたわ。ポールは優しく微笑んでいましたが、確実に怒っていました。

その後、リンゼイ子爵が私的に訪問する事は一切なくなりました。勿論、わたくしから訪問する事もありません。取引は続いておりますが、新規取引は全てお断りしています。

ポールは、恩があるから取引は続けているし、あちらに多くの利益があるのだから充分恩返しをしていると言います。ポールの言う通り、我が家と取引を望む貴族は増えました。選別しなければならない程取引を望まれるようになるとは思いませんでした。

利益を得る方も、我が家を下に見て損失を出す方もおられます。リンゼイ子爵家は多額の利益を得ていますし、羨ましがられてもいます。

ですが、社交界の風当たりは強いご様子です。せめてわたくしと仲違《たが》いしていないと示す為に夜会では親しく話しかけるようにしておりますが、ポールもイアンも冷たい目をしておりますのであまり効果がないような気がいたします。

まだ代替わりまでは時間がありますから、なんとか持ち直してくださると思いますが、これ以上わたくしがリンゼイ子爵に関わっていると逆効果ですので今のままの距離感がよろしいのでしょう。以前のようにリンゼイ子爵を信頼する訳には参りませんもの。

イアンと婚約してから、信頼出来る人を見極めるようにと教えられました。

侯爵家に嫁げば、一見友好的な方でも即座に信頼する事は出来なくなるそうです。リリアンもずいぶん嫌な思いをしたようですからね。でも、確実に信頼出来る人がいれば大丈夫です。イアンやリリアン、侯爵家の使用人の方、それにポールや我が家の使用人、リアム様やソフィア様。以前より信頼出来る方が増えました。

そうそう、侯爵夫人になるには、流行をリードする必要もあると言われました。ですから流行をリードする為に、今度はひとりで商会を始めました。

情報収集にも使えるので、わたくしが運営している事は隠しています。デザイナーと作ったドレスは、最初は全く売れませんでした。悔しくて何度もデザインを書き直しましたわ。カーラに叱られながらも深夜までデザイン画を描きました。

教育を受けながら必死で働いているとあっという間に数年経ちました。新しく始めた商会のドレスはよく売れるようになり、商会を通じて情報が集まる体制も整いました。ドレスの採寸は時間がかかるので、格下だと思っている相手に高圧的になって威張ったり、油断して愚痴を言ったりするのです。好みもリサーチ出来ますから、味方を作るにも役立ちます。

最近は、リリアンも手伝ってくれます。リリアンはセンスがいいので、彼女のデザインするドレスはとても人気があります。

厳しかった侯爵夫人の教育も無事終了し、いつでも嫁げる状態になりました。

イアンと話し合って、ポールが成人してから結婚式を行うことになりました。ポールはもう充分一人前ですが、成人までは見守りたいと思っていたわたくしの気持ちをイアンが汲《く》んで下さったのです。

「そう言うと思っていた。そもそもみんなの結婚年齢が早すぎるんだから気にしなくていいよ。それに、時間をかけて最高のドレスを作れるから俺も嬉しいよ」

そう言って、素材から吟味したウェディングドレスを作成して下さっております。

リリアンも楽しそうに海の向こうの大陸にある美しい絹を仕入れようとしています。

スケールが大きくて戸惑う事も多いですが、わたくしはとても幸せです。

すわ。

あと一年でポールが成人します。ポールは努力を重ねて伯爵になりました。令嬢から話しかけられる事も増えたようですが、リリアンやソフィア様とお話しする時のほうが自然体で楽しそうですわ。

イアンはいつもわたくしを肯定して下さいます。

最初は戸惑った高価な宝石は、必要な時だけ贈って下さるようになりました。イアンからの贈り物は、本が多くなりました。

侯爵家に用意されたわたくしの部屋の本棚には、どんどん本が増えております。

わたくしが喜ぶ物を考えてくれるイアンのお気持ちが本当に嬉しいです。

わたくしも何か返したくて、刺繍をよく渡しています。他にも色々イアンに贈り物をしておりますが、イアンはわたくしが作った物がお好みのようですので商会で男性の衣装も取り扱うようにしました。

縫うのは針子に任せますが、わたくしが刺繍を施した衣装をお渡しした時はとても喜んで頂けます。イアンがわたくしにアクセサリーやドレスを贈りたがる理由が分かってしまいましたわ。自分が贈った服をイアンが着ているのはなんとも言えない幸せな気持ちです。

家紋を刺繍した品をお渡しすると、笑顔で握り締めて下さるのが嬉しくてたまりません。

イアンはお仕事が忙しく、会えない日も多いのですが、会えばいつも花を贈って下さいます。

侯爵家のわたくしの部屋の机には、イアンが選んだ一輪の花が置いてあります。わたくしはその花を全て押し花にしておりますわ。

わたくしが侯爵家に行けない日は、イアンが自ら押し花にして下さいます。押し花はノートに貼るようになり、もう十冊を超えました。いつしか、日付だけでなく簡単なメッセージを残すようになり交換日記になりました。毎日綴《つづ》られる優しい字体で書かれる愛の言葉を見る度に幸せな気持ちになります。今後も、どちらかが死ぬまで交換日記を続けようと約束しました。

妹と婚約者の逢瀬を見てから随分経ちましたが、わたくしは幸せに生きております。そして今後は、もっと幸せになることでしょう。

＊　＊　＊

私は、マリアナと申します。ブロンテ侯爵家でメイド頭をやっております。

今でこそ暖かい職場ですが、かつては光を失くしておりました。

先代の旦那様と奥様が事故でお亡くなりになり、まだ幼い坊ちゃんが爵位を継がれましたが、旦那様の友人だと言う男に紹介された後見人はとんでもない男でした。

私共は、危険性に気が付いていたのに坊ちゃんに忠告出来ませんでした。

先代はとても有能な方で、全て自分で決める事を良しとなさっておられました。我々使用人は、旦那様の指示で動く。そのように決まっておりましたので、どれだけ我々が不審に思っても新たな旦那様となったイアン坊ちゃんに忠告するような越権行為は出来ませんでした。

しかし、それは間違っていたと今では思います。

十三歳の少年が、急に親を亡くして全ての責任を背負わされるのです。

正しい判断が出来る訳ありません。優しくされれば縋るに決まっています。新しい旦那様は、幼い時から共に過ごした我々の言葉を蔑《ないがし》ろにする方ではありません。

我々が揃ってあの男の危険性を訴えれば、侯爵家が危機に陥る事はなかったでしょう。

ですが、旦那様は優秀でした。すぐに後見人がおかしいとお気付きになられ、仕事で国に貢献して領地や侯爵家を守りました。失ったものは、お金だけで済みました。お金も、すぐに旦那様がお仕事で稼がれました。

ですが、仕事がお忙しくなられて旦那様とリリアン様は一緒に過ごす時間が取れなくなっていきました。

その頃から、屋敷に旦那様目当ての令嬢が訪ねて来るようになりました。旦那様はほとんど不在なので、リリアン様が幼いながらも失礼のないように対応しようとなさっていました。

健気なお嬢様を労ってくれる方はいませんでした。旦那様目当ての令嬢達はリリアン様を子どもだからと馬鹿にしていました。リリアン様を邪魔者扱いする令嬢、良い人の仮面を被ってリリアン様に取り入ろうとしたけど、うまくいかず罵倒するようになった令嬢。

旦那様からはリリアン様の事は報告するように指示されておりましたので報告をすると、すぐにその令嬢達のお家に抗議なさっていました。旦那様のご活躍で、無礼な令嬢達が来訪する事は少なくなりましたが、それでも新たな令嬢が訪ねて来ます。

その頃から、リリアン様のご様子が変わりました。自分なんかいない方がお兄様の為になる。そんな事を悲しい事を呟かれるようになりました。

元々は大人しい方でしたのに、派手な格好をして夜会に紛《まぎ》れ込むようになられました。

部屋から逃げ出さないように見張っても、すぐに行方不明になってしまわれます。

旦那様は、仕事を後回しにしてリリアン様を捜索する日々でした。

そんな時、夜会に紛れ込んだリリアン様をお助け下さったのがエリザベス様でした。旦那様目当ての令嬢に見つかり、取り囲まれたところを助けて下さったそうです。

その日から、リリアン様が家を抜け出す事はなくなりました。

エリザベス様はたびたびリリアン様を訪ねて下さいました。最初は、旦那様目当ての令嬢だと思っていた我々ですが、エリザベス様には婚約者がおられました。それに、旦那様の事など気にするご様子はなく、リリアン様と友情を育まれておられました。

むしろ、旦那様の方がエリザベス様を気にされているご様子でした。その頃から、旦那様に来る縁談は全て断るよう指示されました。旦那様は、リリアン様がエリザベス様の話をする度に切なそうな表情をなさっておられました。

リリアン様はエリザベス様と出会ってから、少しずつ明るくなられました。たまに、旦那様目当ての令嬢と希望を持って交流しては、やっぱり駄目だったと落ち込まれる事はございましたが、エリザベス様は変わらずリリアン様を友と呼んで下さいました。結局、リリアン様の事を心から友と思っていらっしゃるのはエリザベス様と、ソフィア様だけでした。

リリアン様もその事にお気付きになられ、訪ねて来る令嬢のお相手をせずにすぐに追い返すようになられました。屋敷は、とても平和になりました。

その頃から、旦那様は更に仕事に邁進なさるようになりました。リリアン様が落ち着いたからと仰《おっしゃ》っておられましたが、我々は旦那様が仕事に打ち込む事で何かを忘れようとなさっているように見えました。

エリザベス様とリリアン様が親しくなるにつれて、我々使用人は自分達の在り方を考えるようになりました。

エリザベス様の礼儀やマナーは完璧です。旦那様目当ての伯爵令嬢や侯爵令嬢より余程美しい所作をなさいます。

エリザベス様に影響され、リリアン様の所作も美しくなりました。エリザベス様は貴族にありがちな傲慢さもなく、いつも穏やかに笑っておられます。教師は余程立派な方なのだろうと思い、リリアン様にご紹介頂けないか伺《うかが》ったところ、エリザベス様は家庭教師に教わった事が無いと聞き、とても驚きました。

「わたくしの教師は、侍女長のリアと執事のセバスチャンよ。幼い頃はたくさん叱られたけど、そんな風に仰《おっしゃ》って頂けたら二人も喜ぶわ。だから、教師としてご紹介は出来ないの。ごめんなさいね」

「エリザベス様は、使用人に叱られてお怒りにならられないのですか？」

「わたくしの為に叱ってくれているのに、怒る理由がないわ」

「使用人は……主人の命令を聞く存在です。主人に意見するなんて……」

「侯爵家は、イアン様がしっかり管理なさっているから意見する必要がありませんものね。うちは、先代のお祖父様が病にかかった時に家を守れるように、執事夫婦に大きな権限を与えたの。おかげで、ギリギリで救われた事も多くあったわ。越権行為と言えばそうなのだけど、権限はあったから問題はないし、駄目なものは駄目と叱られる方が良いわよね」

「駄目なものは……駄目……ですか」

「あ、あの別に他所《よそ》のルールに口を出した訳ではないのよ⁉　うちは男爵家だから、侯爵家とは全く違うでしょうし！」

　そう言って我々をフォローして下さったのですが、エリザベス様のお言葉は心に突き刺さりました。その後、使用人で会議を行い、我々は初めて旦那様に意見しました。

「そうか……先代とそんな契約があったんだね。気が付かなくて申し訳ない。俺が家にいない事が多いからやりにくかっただろう。リリアンが簡単に家を抜け出せたのも、侯爵家の者に逆らうなと教え込まれていたからか。今後は、俺が判断しなくても、簡単な事なら各々の判断で動いてもらえるように見直そう。リリアンも、目に余れば叱ってくれて構わない」

「かしこまりました」

「ただし、責任も発生するからそこは覚悟するように。もちろん、最終的な責任は俺が取るから安心してくれ。みんなを信用して、任せるよ」

旦那様の言葉が胸に染み渡ります。信用して頂ける事がこんなに嬉しいなんて、知りませんでした。

「どうして急に話をしようと思ったんだい？　リリアンがまた困った事をしているのか？」

「いえ、リリアンお嬢様は落ち着いておられます。お勉強も、順調に進んでおります」

「なら……どうしてだい？」

「エリザベス様は、完璧なご令嬢です。旦那様に指示されたリリアン様の家庭教師のリストにエリザベス様の教師も加えようと思い、エリザベス様の家庭教師を伺《うかが》いました。しかし、エリザベス様は執事夫婦の教育を受けており家庭教師はつけておられませんでした。使用人が主人に意見する事など我々は考えませんでしたが、エリザベス様は駄目なものは駄目と叱られた方が良いと仰《おっしゃ》いました。その時初めて、我々がきちんと意見すればブロンテ侯爵家にあのような後見人が付かなかったのではないかと思い至りました」

「ああ……彼はもう処罰されたよ。紹介してくれた父上のご友人と共にね」

「存じております。結果的には旦那様のご活躍で問題なく侯爵家は存続しておりますが、我々が進言すれば起きなかった危機です。我々は、危険性に気が付いていたのに、旦那様に報告しませんでした。申し訳ありませんでした」

「父上は全て自分で把握していたし、指示も的確だったからね。謝る必要はない。最初に俺が今まで通り侯爵家に仕えてくれと言ったからだろう？　悪いのは俺だよ。進言するのはかなりの勇気が必要だっただろう。侯爵家の為に勇気を出してくれてありがとう」

「いえ、我々も早く気が付くべきでした。エリザベス様のおかげです」

「そうか……エリザベス様か……」

その時、また旦那様は切なそうな表情をなさっておいででした。

それからは、我々はリリアン様をお叱りするようになりましたが、リリアン様は以前より我々を慕って下さるようになりました。

そして、侯爵家に光をもたらして下さったエリザベス様は、もうすぐ我々の主人になります。

使用人一同、エリザベス様が侯爵夫人となる日を心待ちにしております。

＊　＊　＊

「ねぇ、ポール。こちらのドレスが良いかしらぁ？」

ソフィアが妖艶に笑う。

「待って！　わたくしのデビュタントなのよ！　ソフィアは潜入捜査で入るだけなんだからいつもみたいな地味なドレスにしなさいよ！　ポール！　わたくしのドレスを選んでちょうだい！」

リリアンが可愛らしく笑う。

「ソフィアもリリアンもセンスが良いんだから、僕が選ぶ必要ないでしょ？」

「「分かってない！」」

ふたりの声が重なると、とても綺麗な旋律に聞こえる。

「モテモテだな。ポール」

姉を連れて行ってしまう気に食わない男だが、とびきり優秀な上司が可笑《おか》しそうに笑う。

「勘弁して下さいよ。僕のどこが良いんですか」

「優しいところ！」

「腹黒い所ねぇ」

「真逆の答えが返って来たな」

「ポールは家族や恋人に優しいのよ！」

「あらぁ、自分の闇を見せられるのは本当に心を許した人だけよねぇ」

ああ、またた。

困るのに、嬉しい。僕はなんて欲深いんだろう。

「ポール、どうするんだ？」

けど、このままじゃ話が進まない。

僕は、問題を先延ばしにする事にした。

「両方選びます。けど、リリアンは宿題が済んでないしソフィアは仕事が残っていたでしょう？

完璧に終わらせた方から選びます」

そう言うと、リリアンもソフィアも部屋を飛び出して行った。

僕は、ポール・ド・バルタチャ。十四歳だ。

大好きな姉は、近頃ますます綺麗になった。隣にいる上司がふんだんに愛情を注ぐからだ。この堅物は僕の言った通り半年間姉さんに指一本触れなかった。

それなのに、姉さんを堕としてしまった。

両親が捕まってから、僕はすぐに功績を認められて子爵になった。そうすると、姉さんへの求婚が殺到した。イライラしながら全部断っていたけど、面倒になりイアン様に姉さんとすぐ婚約するかと聞いたら、約束だから半年待つと言った。

義理堅いのか、僕への意地悪のどちらかだと思い、姉さんに婚約の申し出が殺到していると言うと、次の日から婚約の申し出は来なくなった。

この人は、義理堅いんだ。姉さんへの執着心も筋金入りで、姉は間違いなく侯爵夫人になるのだと分かった。

そして、きっちり半年後に姉さんとイアン様は婚約した。

姉さんはとっても幸せそうで、僕も嬉しかった。

だけど、身分差があると難癖をつけてきた女がいた。その女自体はイアン様が処理したけど、これ以上姉さんを煩わせたくなかったから、必死で仕事をした。

ソフィアが、色んな技を教えてくれた。イアン様も僕をたくさん鍛えてくれた。僕は人の機嫌を読み取って気に入られるのが得意で、たくさん貴重な情報を集められた。

仕事の合間にリリアンとお茶をする事も増えた。大抵は、お互いの兄と姉がどれだけ素晴らしいかを言い合うだけなんだけど、近頃は茶会にソフィアが乱入して来る。

そうするとリリアンの機嫌がみるみる悪くなるんだ。仲良しじゃなかったのかと聞くと、ライバルだからと言われる。さすがに僕は姉さんみたいに鈍くない。

多分、僕はソフィアにもリリアンにも好かれてる。

最近、僕が伯爵になった事で更に揉《も》めている。

僕は姉さんとイアン様の婚約に難癖を付けられたくなかっただけなのに、リリアンがこれで身分差は問題ないし、婚約出来るわねなんて言い出した。そしたら、ソフィアが僕には年上より年下や同い年が良いとか言い出して……その後はキャットファイトが始まった。

イアン様が助けてくれたけど、僕にどちらかと婚約するかと聞かれて困った。

他に好きな子がいれば諦めさせると言われたけど、僕も恋愛を考える余裕が無かったんだ。最近、成人が近いからか色んな令嬢にアプローチされるけど、どの子もピンとこない。

リリアンならこう言うのにとか、ソフィアならこんな事はしないのにとか思ってしまう。

伯爵を目指したのも姉さんの為だけじゃなくて、身分を上げないとリリアンやソフィアの隣に立つ資格がない。無意識にそう思っていたのかもしれない。

「両方と結婚する手もあるぞ」

イアン様からは冗談混じりで酷い事を言われた。

確かに伯爵になれば妻を何人も持てる。高位貴族はそんな家が多い。けど、それにはとある条件……というか、暗黙の了解があるのだ。だから、僕は結婚するなら、イアン様みたいに一生妻を愛したい。

イアン様は姉さん一筋だけど、婚約したばかりの時に姉さんは身分が低いからもう一人妻を……

なんて言ってきた人もいたらしい。

イアン様は激怒して、報復した。娘を第一夫人に、姉さんを、第二夫人にしようとしたらしいけど、身の程を知らない欲を出した貴族は徹底的に調べられて罪を暴かれ、貴族ではなくなってしまった。公正な上司は、冤罪を作ったりしない。けど、欲にまみれた奴は大抵何かしているから調べれば埃《ほこり》が出た。

イアン様が姉さんを溺愛しているのは明らかだから、今では虎の尾を踏む人はいない。

法的には可能でも、そんな不誠実な事は出来ないと叫んだら、やはりエリザベスの弟だなと婚約者自慢が始まったから姉自慢をしておいた。

一時間も自慢大会をしたけど、結局何も解決していない。僕が成人するまで後一年。どうしたら良いか、全く分からない。

＊＊＊

今日も日記にイアンへのメッセージを書きます。イアンから毎日贈られる花を押し花にしていたノートは、いつしかイアンとの交換日記となりました。一日一ページ、花と少しの文で彩《いろど》られたノートはどんどん棚に増えていきました。

〝あと一ヶ月で結婚式ね。楽しみだわ。

愛しいイアンへ　エリザベスより”

最後にそう締めて、ノートを閉じます。これでこのノートも終わりです。

全てのページに花が挟んでありますが、このノートだけは終わりの方だけ花がありません。イアンが不在の時は後から花を加えてくれるのですが、まだイアンが帰って来ていないのです。後から加えられる花はいつも二輪あって、イアンの気持ちが込められています。

忙しいのだから、毎日花は要《い》らないと伝えたのですが遅れても良いから毎日贈りたいと微笑んで下さいました。ですから、わたくしも花がなくても、毎日ノートに日記を書いております。書けない日もありますが、そんな時は別のノートに書いておいて転記しております。僅か数行の日記ですが、イアンとの大切な繋がりです。

結婚式まであと一か月となりました。わたくしはもうすぐここの女主人になります。必要な勉強は全て終わり、使用人の方々にも認められました。リリアンも、お姉様と慕ってくれるようになりました。最初はリリアンにお姉様と呼ばれるのが恥ずかしかったのですが、慣れました。リリアンと一緒に侯爵家のお仕事をするのはとても楽しいです。最近は商会のお仕事も一緒にやっています。デザイナーが刺激を受けて仕事が捗《はかど》ると喜んでいます。リリアンのおかげで、商会は益々繁盛しております。商会が繁盛すると、どんどん情報も集まります。おかげで、今後活用出来る情報網が完成致しました。

侯爵家に出入りするうちに、イアンのご両親が残してくれた覚書を発見しました。イアンもリリアンも、使用人達も気が付いておりませんでした。

棚一面を占拠しており、一見普通の本に見えるのですが開くと手書きで様々な事が記録されておりました。イアンとリリアンの絵姿も多く残されており、成長日記もありました。リリアンに見せたら大泣きして大変でした。ポールと一緒に必死で慰《なぐさ》めましたわ。イアンも涙を堪《こら》えておりました。当主専用の書斎に必要なものは全て残されていたそうですから、わたくしが見つけたものはあくまでも補助的なメモ程度の位置付けだったのでしょう。

ですが、わたくしにとっては情報の宝庫でした。時間はかかりましたが、全て読みましたわ。成長日記は幼い頃のイアンやリリアンの姿が目に浮かんで、とても幸せなひと時でございました。貴族の情報については、細かく書かれていたので何度も読み込みましたわ。時間が経っているので古い情報も多かったのですが、全て裏を取り最新にしました。

おかげで、イアンに代替わりしてから途絶えていたお付き合いも、覚書を参考に手紙を書いたり茶会を開いたりして再び交流出来るようになりました。古くからお付き合いのあった侯爵家や公爵家の方々は年配の方が多く、皆様はリリアンの成長を待っていたそうです。リリアンが成人したら、茶会に呼ぶおつもりだったとか。その前にわたくしが茶会を開いて皆様にリリアンを引き合わせたのです。

とある公爵家のご夫人からは、まさかわたくしが自ら動くとは思わなかった。イアンは素晴らしい女性を選んだわねとお褒め頂きました。少しずつ味方も増えて、イアン目当てのご令嬢から馬鹿にされる事もなくなりました。ポールが伯爵になったので、身分差があると難癖をつけてくる人もいなくなりました。ポールは、とても頑張っています。弟の成長が嬉しくて、少しだけ寂しいです。ポールは先日、成人しました。身内贔屓《びいき》ですが、とても素敵な好青年に成長致しましたわ。ですが、一つだけ心配事があります。婚約者が決まらないのです。お見合いはポールの指示で全てお断りしておりますが、ポールに特定の相手はいないようです。リリアンとソフィア様はポールがお好きなようです。どちらとご結婚しても、楽しく幸せな家庭が築けると思います。既におふたりから遠回しなアプローチは多々あったようでございます。イアンが、いっそ二人と結婚すれば良いと言い出してポールと言い合いをしておりました。伯爵になったので一夫多妻も可能なのですが、ポールは受け入れられないようですわ。

わたくしも、イアンが第二夫人を娶《めと》ったら複雑な気持ちになるでしょう。ですが、お付き合いのある高位貴族の方々は妻が複数いらっしゃる方が多いのです。

妻はひとりだけだったのに、次第に増えた方もいらっしゃるとか。どうしても政略結婚を重ねないといけない場合もあるそうですわ。

そんな話を聞くと、わたくしも覚悟はしておかないといけないのかもしれないと思うようになりました。わたくしが交流しているのは第一夫人の方々ばかりです。最初に結婚した女性が第一夫人になりますから、わたくしは第一夫人になれるでしょう。

中には、妻を複数伴って結婚式を挙げた貴族もいらっしゃるそうですが、イアンはそんな事が出来る人ではありません。妻が複数いらっしゃるお家は、仲良く過ごしているように見えても、ご夫人達が水面下で争っているのです。

わたくしに近寄ろうとする第二夫人の方もいらっしゃいました。無礼にならず、仲良くなり過ぎないように気を遣っております。

もし、イアンに妻が増えたら……気が休まらなくなりそうで怖いです。

イアンは、妻はわたくしだけだと何度も言ってくれました。わたくしも、イアンの言葉を信じております。ですが、この間イアンの第一夫人は自分だと宣戦布告してくるご令嬢がいらっしゃいました。その時から、イアンが妻《めと》を娶る覚悟はしておく方が良いのかもしれない。そう思うようになりました。ちなみに、わたくしに宣戦布告してきたご令嬢のお家はもうありません。公爵家でも許されない不正を沢山していたようで、取り潰しとなりました。

ポールが嬉々として情報収集をしたそうですわ。仕事だからと言いながら良い笑顔で働いていたとソフィア様から聞いております。とっても素敵だったと言うソフィア様と拗《す》ねたリリアンが喧嘩をして大変でした。リリアンとソフィア様は仲が良いのですが、ポールの事になるとお互い譲れないようです。弟が褒められるのは自分が褒められるよりも嬉しいものですが、今回は喜んでばかりもいられません。

リリアンもソフィア様も年頃なのに婚約者がおられません。ふたりともとても人気があるのですが、婚約の申し出を全て断っているようです。おふたりともポールがお好きなのですわ。ふたりともとても素晴らしいご令嬢なので、ポールが悩むのも分かります。

「お姉様！　今日は泊まって下さいませ！」

リリアンの事を考えていたら、リリアンが部屋を訪ねて来ました。まだ結婚をしておりませんが、わたくしの部屋は既に用意されています。最近は泊まる事も増えました。

「今日もイアンは帰って来ないの？」

「分かりませんわ。最近お兄様にお会いしていないから寂しいのです。お姉様が泊まって下されば寂しくありませんわ」

「分かったわ。一緒に寝ましょうか」

「良いの？」

「こら、口調」

「失礼しました。よろしいのですか？　お姉様」

「ええ、今日は友人として過ごしましょう。明日はお休みだから、少し朝寝坊をしても構わないわ」

「やった！　嬉しいわ！　エリザベス！」

リリアンがわたくしに抱きついて来ます。すっかり大人の令嬢になったリリアンですが、たまには息抜きも必要ですものね。

淑女教育の一環として、姉としてリリアンに接する時は敬語を使うようにお願いしてあります。だけど友人なら、以前のような気安い関係で良いのです。

「どうしたらポールの心を射止められる？」

友人として話すと、リリアンはポールの話ばかりです。

友人の恋が実ると良いなと思いますが相手は自分の弟ですから、あまりアドバイスは出来ません。

それに、ソフィア様にもいつも似たような話をされるのです。

どちらの味方も出来ず、困っておりますわ。リリアンは華やかで可愛らしく、ソフィア様は思慮深く美しい。全くタイプの違う二人は、新たな社交界の華として注目を集めています。そんなふたりに好かれているポールも注目の的で、沢山の釣書が届いておりますわ。

わたくしの結婚後に決めるからと全て断っておりますけどね。

恥ずかしながら、わたくしも最近までは社交界の華と呼ばれておりました。

結婚間近なので、もう言われなくなりましたけど、最初はどうしたら良いか分かりませんでした。けど、イアンの隣に立つには社交界の華くらいなってやると奮起して立ち振る舞いを勉強し直しましたの。

ダンスもたくさん練習しましたわ。最初はオロオロしていたわたくしと違い、リリアンとソフィア様はいつも堂々となさっていて素敵です。

リリアンは以前のように危なっかしい所がなくなり、落ち着いた大人の令嬢になりました。時折見せる感情豊かな表情が可愛らしいですわ。

好きな人の事で悩む姿も、愛らしいです。

「ポールはソフィアの方が好きかしら。ソフィアは素敵だし、わたくしより美人だし、仕事だって一緒にしているし……」

「ポールはリリアンとの茶会で癒されていると言っていたわよ」

ソフィア様と仕事をするのは安心するとも言っていましたけどね。

嬉しそうに微笑むリリアンには言えず、心の中で呟きました。

わたくしが結婚したらプロポーズをするとポールからは聞いています。ですが、どなたに求婚するつもりなのかは教えてくれませんでした。

もしかしたら、今も悩んでいるのかもしれません。

「お姉様！　じゃなかった！　エリザベス！　ゆっくりお話しましょ」

久しぶりに過ごす友人との時間は、とても有意義で幸せな時間です。夜遅くまでゆっくりおしゃべりをして眠りました。


翌朝、早朝に目が覚めました。

リリアンはまだ寝ています。そっとベッドを抜け出し、交換日記を確かめます。新たな記述はありません。

「やっぱり帰って来てないわよね」

イアンはいつも、帰るとすぐこの日記に返事をくれます。だから、この日記を確かめればイアンが帰って来たか分かるのです。

「……イアン、会いたいわ……」

「俺も会いたかったよ」

振り返ると、会いたい人が立っておりました。

「イアン……！」

「ただいま、エリザベス。まだ着替えもしていないし、汚れているから抱きつくのは我慢するよ」

そう言って遠慮がちに微笑むイアン。わたくしは気にせず、イアンに抱きつきました。

「エリザベス……、汚れているから……！」

「そんなの気にしないわ。イアンに会いたかったの。寂しかったのよ！」

「ああもう、そんなに可愛い事を言ったら止まらないじゃないか」

イアンが優しく口付けをしてくれました。

ですが、幸せな時間はすぐ終わってしまいます。イアンは仕事に必要な物を取りに来ただけだったのです。

「時間が無いから着替えたら行くよ。これ、もう俺が書くだけだよね。預かって行くよ」

イアンは日記を手に取り、微笑みました。

きっと、花を挟んで返して下さるのでしょう。不在の時は、いつもそうしてくれています。毎日花を贈る必要はないのに、イアンの優しさが嬉しくてたまりません。

「無理しないで。日記より、イアンが休んでくれる方が良いわ」

「相変わらず可愛い事を……。今の仕事を終わらせれば来週には休みを貰える予定だ。結婚休暇を二ヶ月取ったから、準備もやろう。いつ帰れるか約束出来ないのは申し訳ないけど、この仕事だけは俺がやらないといけないんだ」

「分かったわ。結婚式の準備は全て終わっているし、ゆっくり過ごしましょうね」

「え、全部終わらせちゃったのかい？」

「ええ、イアンの決済が必要な事はもうないわよね？」

「そうだけど……かなりの量があったよね？　俺もやるつもりで早めに休みをもぎ取ったんだけど」

「ちゃんと確認もしたし、リリアンも見てくれたから間違いはないと思うわよ」

「そこは信頼しているけど、大変だったろう？」

「平気よ。イアンの顔を見たら疲れなんて吹っ飛んだわ」

「もう……本当に……可愛過ぎる……！」

来週には帰る、そう言って仕事に戻っていったのに……十日経っても、二十日経ってもイアンは帰って来ませんでした。

結婚式まであと一週間。

ポールも帰って来ませんし、ソフィア様の姿も見ません。リリアンが今日もイアンが帰って来ないと、涙目で我が家を訪ねて来ました。

「お兄様がエリザベスを放っておくなんてあり得ない。きっと、何かあったんだわ」

「そうね。ポールが帰って来ないのも何か理由があるのかも」

ポールも、十日前から帰って来ません。イアンが帰って来ないと相談すると、確認して来ると言ってソフィア様と一緒に職場に向かいそれっきりです。

イアンやポール、ソフィア様の職場は王家直属の部署です。正確な場所は誰も知りませんし、連絡を取る事は出来ません。

今までは、イアン、ポール、ソフィア様のどなたかが連絡役をして下さっていたから問題ありませんでしたけど今は誰もいません。せめて……無事なのかどうかが知りたいです。

「もう！　結婚式まであと一週間しかないのにっ！」

「万が一中止になった場合の事も考えておきましょう。イアンが行方不明だなんて言えないわ。……そうね、わたくしの体調が悪い事にしましょう。今日はマリリア様の家で自由参加の茶会があるの。結婚式間近だし、行けないと思うと伝えてあるけど行っても問題ないわ。茶会でわざと倒れる。あとは賢いご夫人達が夫に根回しして下さる筈。王家はイアン不在の理由をご存知よ。王妃様と、高位貴族のご夫人達の理解を得られれば結婚式が中止になってもなんとかなるわ」

「駄目よ！　そんな事をしたら、エリザベスが責められるわ！」

結婚前に体調不良になるなんて、大丈夫なのか。

そんな声は出るでしょう。第二夫人を狙うご令嬢は今も多くいらっしゃいます。そんな人達につけ入る隙を与える事になる。だから、多少辛くても外では笑顔で健康である事をアピールし続けていました。そんな努力も、一度体調が良くないと噂が立てば終わりです。

結婚して子どもでもいればともかく、結婚式が延期になる原因がわたくしの体調不良という事になれば、印象は最悪です。下手したら、わたくしより高位のご令嬢が第一夫人、わたくしは第二夫人になるかもしれない。

それでも、イアンに悪い噂が立つより良い。結婚式をすっぽかす侯爵様となれば、イアンの評判は地に落ちてしまいます。

「侯爵家の当主はイアンよ。イアンに悪い噂が立つより、わたくしの評判が悪くなる方がダメージは少ないわ」

「けど!! エリザベスは悪くない！ そんなの駄目！」

リリアンと話し合いをしましたが、リリアンは譲りません。

わたくしの体調不良で中止とする、それが一番ブロンテ侯爵家に害がない方法です。何がいけないのでしょうか。

「お嬢様、お客様です」

リリアンは、我が家では賓客扱いです。

それなのに、カーラはわたくしに来客を告げました。来客予定なんてありません。わたくしの許可を待たず、お客様に部屋に入るよう促しました。カーラがそこまでするのなら、きっと大事な来客なのでしょう。

入って来たのは、確かにこの事態を解決して下さるかもしれないお方でした。

「失礼致します」

「リアム様、お久しぶりでございます」

リアム様は、結婚式の招待客です。

ギリギリまで仕事をして結婚式に参加すると聞いていたのに予定よりも早いご到着です。後ろでカーラが静かに微笑んでおります。

イアンが帰って来ないと悩んでいたわたくし達の為に、リアム様に連絡を取って下さったのでしょう。カーラには、後でお礼をしないといけないわね。

「リリアンも久しぶり。大きくなったな」

「リアム様、エリザベスを止めて下さいまし！　お兄様が帰って来ないから、結婚式を中止にするって言うの！　しかも、エリザベスの責任にしようとしているのよ！」

「待ってちょうだい。わたくしは、ぎりぎりまでイアンを待つわ。結婚式を中止にするつもりもない！　けど、万が一の事を考えて対策をしておく必要があるのよ！　わたくしが体調不良だと印象づけておけば、万が一中止になってもわたくしの責任に出来る」

「おやおや、早く来て正解だったようだね。カーラのお手柄だ」

黙って頭を下げるカーラと、難しい顔をしているリアム様。

「リアム様、お兄様が帰って来ないの。理由が知りたいわ」

「私が調べに行ったら、きっと私も帰って来られなくなるよ。詳しくは言えないが、イアンは潜入捜査をしている可能性が高い」

「ポールも帰って来ませんし、ソフィア様の姿も見ません。もしかして三人とも潜入捜査でしょうか？」

「じゃあどうするのよ！　お兄様は？　ポールもソフィアも連絡が取れないのよ！　みんな無事なの？」

「落ち着いて。有事の際には、私にも召集がかかる。けど、私にそんな連絡は来ていない。だから、きっと非常事態ではないよ。連絡が取れない仕事をしているだけだと思う。以前もイアンと連絡が取れなくなる事はあっただろう？」

「エリザベスと婚約してから、一度だってそんな事なかったわ。それに、お兄様はもうすぐ休暇の予定だった。お兄様が仕事を溜めているなんてあり得ない！」

「そうだね。イアンなら前倒しで仕事を終わらせる。それくらい出来る男だ」

「なら、緊急の仕事が入ったとしか思えませんわね」

「連絡も出来ないってどういう事よ！」

リリアンを宥めて、リアム様がわたくしに問いかけました。

「イアンと最後に会ったのはいつですか？」

「三週間ほど前ですわ。その前から忙しかったみたいで、泊まりが多かったです。けど、来週には休めると聞いておりました」

「帰ると言った日からもう二週間か……」

「ポールもソフィアもお兄様が抱えている仕事を知らないみたいなの。職場でもお兄様の姿を見てないって。十日前からポールもソフィアも帰って来ないの！」

「……ポール様とソフィアの腕が必要になったのかもしれないな……」

騒ぐリリアンに静かにするように促しました。リアム様は賢いお方です。こうやって考え込んでおられる時には余計な情報を与えない方が良いでしょう。カーラにお茶とお菓子を用意して貰い、わたくしとリリアンは考え込んでおられるリアム様を見守ります。すっかり紅茶が冷めた頃、リアム様は顔を上げました。

「エリザベス様、イアンと添い遂げる覚悟はありますか」

「勿論ですわ」

「でしたら、先程の発言は撤回して下さい。イアンの評判を守るだけでは足りません。リリアンも、エリザベス様の評判も守る必要があります。イアンが帰らないのだから結婚式が行えないかもしれない。その対応を考えるのはご立派です。けど、エリザベス様のせいだと印象付ける必要なんてありません」

「そうよ！　でないとこの間みたいに、変な人が湧いてくるわ！」

「変な人とは？」

「エリザベスに宣戦布告した馬鹿がいたの！　貴女は優秀だそうだから、第二夫人にしてあげるわって言ったのよ！　キィー!!　許せないっ！」

そういえば、そんな事仰《おっしゃ》っていましたわね。イアンとポールが怒っておりましたわ。

「へぇ、それはまた……破滅願望でもあったのかな？」

「そうかもね。怒ったお兄様が調査をしたら悪事の証拠が大量に出たわ！　自業自得よ！　ざまぁみろ！」

「リリアン、言い過ぎよ」

「う……ごめんなさい。お姉様」

「ちなみに、どこの家だい？」

「エヴァンス公爵家ですわ。わたくしに宣戦布告してきたのは、次女のエイダ様です。……確かに……イアンは侯爵なのだから……何人も妻がいてもおかしくないのです……」

エイダ様は、幼い頃に何度かイアンと会った事があり、イアンの事をお慕いしていたそうです。でも、他のご令嬢のように家に押しかけることはなさらなかった。あの人は、イアンがそのような行為を嫌うと分かっておられたのです。同じ国にいると会いたくなるから、留学をなさっていたそうですわ。リリアンが成長し、イアンに余裕が出るタイミングを待っていた。それなのに、突然わたくしと婚約してしまったそうです。だからでしょうか、

「まぁ、第二夫人としては上々かしらね。けど、結婚式はわたくしが先よ」

そう、あっさりと仰《おっしゃ》ったのです。

イアンやポール、リリアンは怒りました。けど、周りの方は、ご納得されたのです。

それからです。わたくしだけを愛して欲しいと思うのは、きっと我儘《わがまま》なのだと……そう、考えるようになってしまったのは。エイダ様のお家は爵位を剥奪されて、彼女がイアンの妻になる事はありません。けど、イアンはあんなに素敵なのですから、狙っている方は多いと思います。今まではそれでも大丈夫、そう思っておりました。けれど、今はそう思えません。

「エリザベス様はイアンの言葉とその辺の無責任な貴族達の言葉、どちらを信じますか？」

「イアンに決まっておりますわ」

「なら、イアンを信じましょう。彼は不器用な男です。何人もの女性を愛せる男ではありません。他の貴族を基準にしていたら、私のようになってしまいますよ」

「……あ……」

そうだ、リアム様は貴族がお嫌いだったのに代官をして下さっている。

ポールが結婚したら、仕事を辞めるから雇って欲しいとまで仰《おっしゃ》ってくれた。

「エリザベス、もしかしてパーティーの事を気にしていたの？」

「ええ……皆様エイダ様を歓迎なさっていたから……」

「あの家は権力とお金があったからね。みんな媚《こ》びただけよ」

「そうだろうね。さて、エリザベス様ならイアンが何処《どこ》にいるのかまでは分からなくても、何かヒントを知っているのじゃないかな？」

エイダ様が現れたのは、二ヶ月前。

その後からイアンの仕事が忙しくなりました。エヴァンス公爵家が取り潰されたのは、イアンが帰って来なくなる数日前。

イアンは、この仕事だけは俺がやらないといけないと言っておりました。イアンの仕事は、エヴァンス公爵家と関係あるのではないでしょうか。

「エヴァンス公爵家は取り潰しになりましたよね？」

「ええ、屋敷は王家が接収しました。ですが、あれだけ大きな家ですから把握されていない隠し財産や隠れ家があってもおかしくありませんね」

「取り潰しになった貴族はどうなりますか？」

「普通は、貴族として与えられていた財産を処分して平民として暮らします。私財もありますし、商売などをやれば裕福な商人と同じくらいの暮らしは出来ます。ただ、取り潰しになるには理由がありますから借金の返済や賠償金《ばいしょう》があれば貧しい暮らしを強《し》いられる事もありますね。仲の良い貴族が密かに支援してくれる事もありますが、今回は王家が支援を禁止しましたから貴族が支援する事はないでしょう。ですが、商人は損得で動きます。商人が支援する事はあるかもしれません」

エヴァンス公爵家は、うちの商会と取引をしておりません。ですが、仲の良い貴族でお得意様がおられます。そちらから探る事は出来ますわ。

けど、時間がかかってしまう。他の方法を考える方が良いかもしれません。イアンがエヴァンス公爵を調べていたと確証があれば動きやすいのですが……

「そうだわ！　イアンはあの日、仕事に必要な物を取りに来たと言っておりました。イアンの執務室に行けば、何か分かるかもしれません」

イアンの執務室の鍵は、イアンと、執事長と、わたくしだけが持っています。

エイダ様に詰め寄られた後、イアンから預けられました。あの時のイアンは縋《すが》るような目でわたくしを抱きしめてくれました。リアム様の言う通りだわ。わたくしがイアンを信じなくてどうするの。それに、この鍵があれば何か分かるかもしれない。

「執務室か……。入れるのはイアンだけですよね。エリザベス様の命令なら開けるよう指示されているかもしれませんが……」

「鍵を預かっておりますわ。何かあれば、入って良いと許可も得てあります」

「じゃあ、うちに行きましょう！　わたくしもお兄様の執務室には入れないから、お姉様が調べて来て下さい」

急いで移動して、ひとりでイアンの執務室に入ります。

あまり時間がありませんし、ゆっくり調べている暇はありません。イアンも、そうだった筈です。わたくしと別れてから、イアンは三十分程で仕事に戻りました。着替えや身だしなみを整える時間を考えると、この部屋で過ごした時間は十分もない。イアンが必要な物はなんだったのか。なにか痕跡が残されていないかを慎重に探ります。イアンの机は、綺麗に整頓されております。棚の本も、美しく整列しております。だけど一箇所だけ、本がきちんとしまわれていませんでした。調べると、仕事用のメモが書かれておりましたわ。

「ご両親と一緒なのね」

本として装丁されてはいますが、中身は白紙。

そこにたくさんの記録が残されていました。間違いなくイアンの字です。最後の方を開くと、エイダ・オブ・エヴァンスと書かれていました。エイダ様の功績が書かれております。頭の良い、賢い方だったようですね。エヴァンス公爵の名前と、公表された悪事の数々も書かれていました。完了の印が押してあり、わたくしと最後に会った日付が記載されておりました。そして最後に、エヴァンス公爵の財産は全て接収され、被害者に分配するので財産の調査が必要だと但書《ただしがき》がありました。

イアンは、この仕事だけは自分でやらないといけないと言っておりましたわ。仕事は全て完了の印が押してあります。但書《ただしがき》が書かれているのはこれだけです。

「きっと、イアンはエヴァンス公爵の財産を調べていて、何かあったんだわ。どうする……どうすれば良い……？　ご夫人方の情報網は調査に時間がかかり過ぎるわ」

ふと、目に留まったのはエイダ様の功績。留学をして、輝かしい成果を挙げたと記録されております。沢山の功績と、彼女の好みや私的な事も書かれています。その中に、リンゼイ子爵の商会を贔屓《ひいき》にしていたと書かれていました。リンゼイ子爵なら、エイダ様の事をご存知かもしれません。

「今、糸が繋がるとしたらここだけね」


わたくしは急いで、リンゼイ子爵の元へ向かいました。

「エリザベス様、お久しぶりでございます」

「ご無沙汰しておりますわ。結婚式のご参加ありがとうございます。当日はよろしくお願いしますね」

リンゼイ子爵を訪ねます。

そう言ったらリリアンもリアム様も反対しました。確かにリンゼイ子爵に会ったところでなにか答えがあるとは限りません。あの方と関わらない方がいい事も分かっています。

でも、わたくしが頼れるのはここだけなのです。リンゼイ子爵は、以前と違いわたくしを賓客として扱ってくれています。その証拠に、彼女は今まで目に留めなかった使用人にも声を掛けました。

「新しい従者ですか？　見た事がありませんわ」

「リアムと申します。以後お見知り置き下さい」

リアム様が、にこやかに微笑みます。リンゼイ子爵はリアム様の事を忘れているのですね。リアム様は、リンゼイ子爵の所へ行くならついて行くと、侍従の衣装を着て使用人に化けて下さいました。リアム様の正体がリンゼイ子爵に判明した場合の対処も考えておりましたが、リンゼイ子爵はリアム様に気が付きませんでした。本名を名乗ったのはリアム様のご意志です。リンゼイ子爵は、リアム様の名を聞いても反応を示しません。

彼女にとっては、リアム様は覚えている価値のない人だった。そう、改めて分かりましたわ。

「初めまして。今後ともよろしく。さ、エリザベス様、どうぞお座り下さいませ」

初めまして、新しい従者相手であれば確かにそうでしょう。

でもまさか、リアム様のお名前に反応しないとは思いませんでした。名前を聞けば、少しくらい反応すると思ったのですけどね。リアム様がリンゼイ子爵を毛嫌いする理由が分かりましたわ。

今はその事を考えている暇はありません。リンゼイ子爵にも、イアンが行方不明だなんて言えません。ここに来るまでに、どうやって依頼するか散々考えました。わたくしの知るリンゼイ子爵とリアム様の知るリンゼイ子爵は違います。リンゼイ子爵は、リリアンにはとても丁寧に接すると聞いています。わたくしに対しても、以前と違いとても丁寧です。ですが、リアム様と領地でお会いしている筈なのに、簡単に初めましてと言いました。彼女は本当に、使用人を認識しない。以上の事からわたくしが取るべき態度は、ひとつです。

「結構ですわ。先触れもなく訪れましたし、リンゼイ子爵もお忙しいでしょう。連絡なく訪れて長々とお話しするなんて無礼ですもの。要件が済めばすぐお暇《いとま》しますわ」

わたくしの方が上だと、明確に示すのです。

お願いではなく、命令する。

そうしないと、リンゼイ子爵は様々な交渉をしてくるでしょうし、イアンの不在に勘付くかもしれません。

「そんな……エリザベス様ならいつでも歓迎致しますわ」

リンゼイ子爵が怯みました。先触れもなく訪れた前科がありますからね。遠回しに以前の行為を批判されたと思われたのでしょう。

こんなやり方、彼女にしか出来ません。

だってあんなに無礼な事をなさった貴族は、今は彼女しかいませんもの。他にもいましたけど、全て平民となり暮らしています。

「要件を申し上げます。エイダ・オブ・エヴァンス様、いえ、今はただのエイダ様ですわね。彼女がこちらの商会に出入りしていると聞きました。彼女に会いたいのです」

「何故ですか？」

「言えません」

「いくらエリザベス様でも簡単に取り次ぐ訳に参りません。エイダ様はお得意様ですもの」

リンゼイ子爵が、ニヤリと笑いました。

ああ、この顔は交渉が上手くいく時の笑みですね。こうなると取り次いで頂くのは難しいです。失敗してしまいましたわ。どうしましょう、イアンを探す糸はここにしかないのに。困ったわたくしを助けて下さったのは、リアム様でした。

「お嬢様。別口から当たりましょう。リンゼイ子爵もお忙しいでしょうし、お暇《いとま》しましょう」

「お待ち下さい。他に当てがあるのですか？」

「当然でしょう。さ、お嬢様行きましょう。リンゼイ子爵はお忙しいのですから」

「お待ちなさい！」

「貴女に指示される謂《いわ》れはありません。お嬢様、帰りましょう」

なるほど、リアム様はリンゼイ子爵を揺さぶるおつもりなのですね。

本当は、リンゼイ子爵以外の当てはありませんが、それを言えば彼女に借りを作る事になる。彼女の焦りを利用させて頂きましょう。

「そうね。帰りましょう。突然訪問した無礼をお詫びしますわ」

「だから私は反対したのです。わざわざ借りを返す機会を与えなくても良かったでしょう。格下の子爵相手にお嬢様はお優しいですね」

リアム様のお言葉に、リンゼイ子爵が真っ青になりました。

今更、我が家が格上の伯爵家だと思い出したのでしょうか。リンゼイ子爵と過ごした日々を思い出すと、従業員には厳しかったけど、お得意様や上位の貴族に対しては物凄く丁寧でした。当然だと思っていましたが、あまりにも丁寧過ぎました。

リンゼイ子爵は、格上の相手に対してはとことん媚びるお方なのでしょう。

であれば、わたくしはまだ、彼女に格上だと認識されていない。リンゼイ子爵は、わたくしを舐《な》めておられるのですわ。それを、リアム様はさりげなく教えて下さったのです。

彼女の為にも、身分の違いを分かって頂きましょう。

「そうね。わたくしの正体を隠してエイダ様とお会いしたかったから、付き合いの長いリンゼイ子爵ならと思ったのだけど……お得意様を大事にするリンゼイ子爵は素敵ね。さ、帰りましょう。次のお約束は何時？」

「二時間後でございます」

「分かったわ。リンゼイ子爵、突然の訪問、失礼致しました。わたくしは……突然の訪問でも歓迎して三時間もお相手したのですけどね」

低く、小さな声で呟きます。

にっこりと微笑むと、リンゼイ子爵の顔色が悪くなりました。

「……あ……あ……エリザベス様……。この事は……ポール様に……」

リンゼイ子爵は、真っ青な顔で震えています。

ああそうか、彼女はポールが怖いのね。ポールの前では丁寧な態度だもの。

その怯え、利用させて頂くわ。

「ふふ、またポールに叱られてしまうわね。次のお約束にはポールも来るのでしょう？」

「ええ。ポール様がお待ちです。早く帰りましょう。ご報告する時間も必要ですからね」

「お、お待ち下さいっ！」

「先程の話なら忘れて下さいまし。お忙しいところ申し訳ありませんでした」

「お嬢様、もう五分経過しました。これ以上滞在しては無礼になります。お暇《いとま》しましょう」

リアム様がさりげなく言うと、リンゼイ子爵は震え出しました。

「ま、待って下さい……！」

「大丈夫ですよ。わたくしはリンゼイ子爵が顧客を大事にするお方だと存じております。リンゼイ子爵にとっては、わたくしよりも平民となったエイダ様の方が大事なのでしょう。そのお心、しかとポールにお伝え致しますわ。それでは、結婚式でお会いしましょう」

いつものように、笑顔で微笑みました。彼女はわたくしの恩人です。

それは生涯変わりません。だからこそ、こうしないといけないのです。

笑顔で微笑み、静かに扉に手を掛けます。

リンゼイ子爵は震える手でわたくしを制し、頭を下げました。彼女は今までわたくしに頭を下げた事はない。ケネス様が裏切った時でさえ、口でごめんなさいねと謝罪するだけでした。

「申し訳……ございませんでした……」

「なんの謝罪でしょうか？」

彼女はそのまま、床に手をついて、頭を下げました。上下関係が決まってしまうから絶対にしてはいけない。そう仰《おっしゃ》っていた土下座をしておられます。

「先程の無礼をお詫びします。わたくしにエリザベス様のお役に立つチャンスを下さい」

駄目です。ここで受け入れては今までと同じです。

「必要ありません。当てはまだありますもの。お忙しいのにごめんなさいね。帰りましょう」

「はい。お邪魔致しました」

リアム様が満足そうに微笑みました。

反対に、リンゼイ子爵は絶望しております。この顔は、夜会で拝見しました。何を話したのかは存じませんが、イアンとポールがリンゼイ子爵と話した後、同じような顔をして帰ってしまわれましたわね。懐かしいわ。あれから彼女はわたくしに近寄らなくなった。

お家が困窮していると聞いたから夜会で話しかけて確執は無いと示そうとしたけど、わたくしがそんな態度を取ったせいで舐《な》められてしまったのね。

反省は後にしましょう。

とにかく今はエイダ様に会う事を考えます。この反応なら、もしかしたら、彼女はエイダ様の居場所を知っているかもしれません。

イアンが帰って来ないのは、きっとエヴァンス公爵家の調査が進まないから。ポール達も帰って来ないので、仕事が進んでいないのでしょう。

わたくしは機密に触れる訳にいきません。イアンのメモも最低限の情報しか書かれていませんでしたから、きっとわたくしの知らない事がたくさんあると思います。

でも、待っているだけなんて嫌です。

絶対にエイダ様と接触して、イアンを探すヒントを貰ってみせますわ。

わたくしの行動は、夫に近寄ろうとした女性を調査したと言えば問題視されませんもの。

あと少しでエイダ様と会えます。

彼女に叩き込まれた挨拶をして、救いの糸を垂《た》らしました。

「わたくし、リンゼイ子爵に恩を感じておりますの。ですが、わたくしはイアンの妻になります。夫の意に反した事は、出来ませんの」

暗にイアンはリンゼイ子爵を嫌っていると示しました。彼女の顔色は真っ白です。更にリアム様が畳み掛けます。

「イアン様はお嬢様の事をとても大切に思っておられますから、余程の事がなければお嬢様の意思を尊重して下さいますよ。本日のようにね」

「そうね、リンゼイ子爵にはお世話になったし……簡単なお願いくらいなら、イアンも聞いて下さるかしら」

ふふ、まるで悪役ですね。

ドロシーの言っていた意地悪な姉ってこんな感じなのでしょうか。

「でしたら！　お願いです！　わたくしの頼みを聞いて下さい！」

「どんなお願いでしょうか？」

「わたくしに、エリザベス様のお役に立つ機会を……どうか……お願いします……！」

「それはわたくしのお願いよ。無理をなさらないで。エイダ様はお得意様なのでしょう？」

真っ青になるリンゼイ子爵に、リアム様が救いの手を差し伸べます。

「お嬢様、リンゼイ子爵にお願いしてはいかがですか？」

ここで受け入れては駄目。また舐《な》められるわ。

「嫌よ。お断りされたらすぐに引き下がりなさい。そう教えてくれたのはリンゼイ子爵よ」

「そ……そんな……」

「はぁ……仕方ありませんね。ではどうか、私に免じてお願い出来ませんか？　リンゼイ子爵と血の繋がりはありませんが、血の繋がった弟が継ぐ予定の家ですからね。このままでは潰れてしまいます」

リアム様はご自分の正体を明かす事にしたのですね。これだけ怯えた彼女に救いの手を差し伸べれば、彼女は一生リアム様に頭が上がりません。さすがリアム様ですわ。

「あ、貴方は……」

「はじめまして。リアムと申します。貴女の夫の子ですよ。私の名前すら忘れていたようですが、義理の弟が継ぐ予定の家が潰れては困ります。僅かな血の繋がりを辿って集《たか》られてはたまりませんからね」

「ど……どうして……」

「彼はイアンの友人なのです。わたくしを心配して使用人のふりをしてついてきてくれましたの。まさかリアム様の顔も名前も知らないとは思いませんでしたわ」

「名は知っていたと思いますよ。可愛い息子が二人も産まれて、忘れてしまったのでしょう。お子が産まれたら私は単なる邪魔者ですからね。リンゼイ子爵はお忙しい。どうでもいい過去の事などお忘れになったのでしょう。私は一生忘れませんけどね。母は被害者だったのに、監視して逃げられなくして……おかげで母は衰弱して死にましたよ」

リンゼイ子爵は、ガタガタと震え出した。

リアム様は、大袈裟に手を広げ優雅に笑いました。完全に場を支配しておられます。

「ま、貴女からしてみれば私は夫の裏切りの証ですからね。恨むのも分かりますよ。だから別に、気にしておりません。今後私に関わらなければね。一度でも貴女の関係者が私に関われば、優しい友人に相談しようと思っておりますけどね」

友人、それはイアンの事です。

「関わらないわ……だから……」

「ではこちらに署名を」

リアム様は懐から紙を取り出しました。ずいぶん古びておりますが、間違いなく正式な絶縁届です。リンゼイ子爵は、震えながらサインをしました。

怯えながらもきちんと文面を確かめるところはさすがです。

リアム様とリンゼイ子爵のお子は血縁ではあるが、縁を切っておりお互い関わる事はない。リンゼイ子爵の関係者がリアム様を訪ねたり、関わったりしないと誓うと記載されています。破った場合の条件が書かれておりませんので、決して破られない契約となります。破られれば、リンゼイ子爵と取引する貴族はいなくなるでしょう。

「確かに。これで私は貴女に怯えず暮らせます。ろくに食べる物もない暮らしでしたし、貴女が監視しなければ母は生きていたのだろうと考える事もありますが……過去の事ですしね。エリザベス様、エイダ様への取次は彼女に頼みましょう」

リンゼイ子爵の目に光が戻りました。

あと少しです。ここで優しくするとまたわたくしを舐《な》めるでしょうから、あくまでもリアム様のご依頼という事にしましょう。

「そうねぇ……。リアム様のご依頼なら良いけど……ポールがなんて言うかしら」

リンゼイ子爵が、また泣きそうな目をしております。

いつも厳しかったお義母《かあ》様は、こんな顔もなさるのね。

「ポール様には私からお願いしますよ」

「なら安心ね。リアム様のお願いならポールは聞いてくれるわ。けど、リンゼイ子爵が受けて下さるかしら。わたくしの正体が分からないようにしたいのよ。エイダ様は大事なお得意様でしょう？　やっぱり……そんな事頼めないわ」

自ら、提案をさせます。

なんとしてもわたくしの役に立ちたい。そう思って頂きます。

「大丈夫です！　うちの制服をお貸しします！　エリザベス様とエイダ様がお会いしたのは一度だけでしょう？　あの時の華やかなエリザベス様と普段のエリザベス様を結びつける人はおりません。ご希望は叶いますわ！」

「そうなの？」

「はい！　ですからどうか……」

「エリザベス様、リンゼイ子爵は快くお願いを聞いてくれた。そういう事にしましょう」

「分かりました。ここはリアム様の顔を立てましょう。イアンにもポールにも何も言いません。リンゼイ子爵、早速制服を貸して頂ける？　エイダ様はどこにいらっしゃるの？　お屋敷はもう、国が接収してしまったわよね？」

考える余裕を与えるな。

そう教えてくれたのは彼女です。

「エヴァンス公爵御一家は、我が家が所有している屋敷にいらっしゃいます……！」

「あら、そうなの？」

平然と言いましたけど、冷や汗が出ました。

リンゼイ子爵を頼って、雲隠れしておられたなんて……！

助けるなって通達があったのを覚えておりませんの？　と、とにかく、イアン達の仕事が終わらない理由は理解しました。

財産の調査をするにはまずはエヴァンス公爵を探さないといけません。あまりに長い不在ですから、イアン達は何処かに潜入捜査をしながら公爵を探しておられるのでしょう。

チラリとリアム様を見ると、小さく頷いておられます。リアム様に動いて頂けばイアンは見つかるかもしれません。

「では、今すぐ準備をお願い」

「あの……どうしてエイダ様にお会いしたいのでしょうか？」

「わたくしは侯爵夫人になるの。夫に手を出そうとする泥棒猫に釘を刺すのは当然よ」

こんな言い方で良いのかしら。

交流のあるご夫人方の言い方を真似てみたのですが、上手くいっているか分かりませんわ。

「ご存知だったのですね……！　さすがエリザベス様です！」

何を？

何をご存知？

何も知らないわよ！

まずい、焦りが顔に出ていないかしら？　落ち着くのよ。散々訓練したでしょう。ここで焦りを見せたら負けよ。リンゼイ子爵は、わたくしを探っている。

焦る気持ちを落ち着かせる為にイアンの顔を思い浮かべると、心臓が激しく動きました。

「どうされたのですか？　エリザベス様？」

探るようなリンゼイ子爵の目が、怖い。

それは、ケネス様の婚約者として生きていた頃に叩き込まれた恐怖です。彼女に教えられた事は沢山あります。今思うと、相当厳しい指導でした。だけど……両親に愛された記憶のないわたくしは、厳しくても構ってもらえる事が嬉しかった。だから、リンゼイ子爵を信じきっていた。

けど、わたくしは変わりました。

イアンに愛されて、リリアンが姉と呼んでくれて、ポールが逞しく成長して……。リアム様やソフィア様など、他人でも信頼出来る人々に出会えました。リンゼイ子爵からは、あまり他人を信じるなと教えられました。家族を信じろと。だから、わたくしと家族になるのだと。きっと以前のわたくしなら、こんなにリアム様を信用しなかったと思います。でも、今は。

ポールと同じくらい、リアム様を信じられます。

家族だからと簡単に信じて良い訳ではありません。血が繋がっている親子でも、信用出来ないと幼い頃から知っていました。だから、心から信用出来る家族が欲しかったのです。

家族じゃなくても、信じられる人がたくさんいるのに、気が付いていませんでした。リリアンや使用人達、リアム様や領民を心から信頼していたのだと気が付いたのは、イアンと婚約してからです。イアンと婚約してから、沢山の事に気が付きました。

ポールは、わたくしが守らないといけない小さな子どもではありません。頼りになる、優しく可愛い弟です。わたくしは、イアンの婚約者。来週には妻になります。

イアンの妻になるのなら……侯爵夫人になるのなら。

子爵に舐《な》められるなんて、あってはなりません。

「はぁ……もう良いわ。リアム様、帰りましょう」

「そうですね。貴女は相変わらず卑怯で、ご自分の事ばかり考えるお方なのですね」

「……どういう意味よ」

「言葉通りの意味ですよ。貴女達と正式に縁が切れて良かった」

「貴女は、わたくしを試したのでしょう？　子爵家に試される謂れはないわ。わたくしの家は伯爵家よ。わたくしは侯爵夫人になるの。いい加減、立場を弁《わきま》えなさい。エイダを貴女が匿っている。それだけ聞ければ充分よ」

「けど！　居場所はわかりませんよね！　わたくしが案内しないと……！　それに、エイダ様はブロンテ侯爵と結婚すると聞いています！　だからエイダ様の元にブロンテ侯爵がいらっしゃるのです！」

「貴女、まだわたくしを舐《な》めているの？　散々わたくしに仕事を教え込んだじゃない。貴女の所有している屋敷は全て把握しているわ。それにね、ポールは貴女をずうっと監視していたの。用心深い貴女の事だから、わたくしが婚約破棄をした後に購入した屋敷にエイダはいる。場所は絞られるわ。貴女に頼る必要はないわ。元々、恩返しのつもりで訪れたのですけれど、リンゼイ子爵にはもう充分恩返しをしたわよね。わたくしは、優し過ぎたわね。結婚式で、わたくしから貴女に声をかける事はないわ。お嫌なら、欠席しても構いませんわよ」

リンゼイ子爵が結婚式を欠席すれば、彼女は貴族としての立場を失います。

格上の侯爵家に招待されて欠席なんて、無礼です。出席しても、いつものようにわたくしから声をかける事はありません。どちらを選ぶかは、彼女次第です。

「全ての招待客にご挨拶出来るように人数を絞りましたからね。イアンは貴女を嫌っておりますから声をかける事はありませんよ。お優しいエリザベス様からも声をかけられないとなると、様々な憶測を呼ぶでしょうねぇ。そうそう、私は平民ですが、正式な招待客なのですよ。結婚式で私に近寄らないで下さいね」

「そ……そんな……！」

「貴女よりもリアム様の方が大事だもの。ポールもイアンもそう思っているわ」

「結婚式で私に近寄ったら契約違反と見做しますから」

にっこりと微笑むリアム様。

あまりの事に耐えられなかったのか、リンゼイ子爵は気を失いました。

気を失ったリンゼイ子爵に気付け薬を嗅がせると彼女はすぐに目を覚ましました。必死で縋る彼女を無視して馬車に戻ります。穏便に侵入するのは無理ですね。こうなったら、リアム様のお力を借りて国に動いて頂く方が良いでしょう。


「エリザベス様、お見事でした。場所は分かるのですか？」

「分かりません。ハッタリですわ。けど、イアンの居場所は絞られましたね。リアム様にお願いがあります。リンゼイ子爵を監視して下さいませ。あの人は、何か知っています」

「本当にお見事です。後は我々の仕事だと言いたいところですが、戻って報告する暇がありません。申し訳ないのですが、トムさんをお借りしても宜しいですか？」

本日馬車を操縦しているのはトムです。

「トムが良いと言えば構いませんわ」

「相変わらずお優しい。トムさんの雇い主は貴女なのだから、エリザベス様が命じれば良いだけなのですよ」

「リアム様のご依頼は、トムの将来を左右します。リアム様ならきちんとご説明下さる……いえ、もう説明してあるのでしょう？　決めるのはトムですわ」

「その通りです。では、彼に聞きましょう。トムさん、馬車を止めて下さい」

その後、すぐにトムはリアム様と姿を消しました。

馬車を動かせないのでどうしようかと思っていたら、付き添いをしてくれたカーラが馬車を動かしてくれました。

リンゼイ子爵の手の者が監視しているかもしれないと、街中をぐるぐる回る事になりましたの。カーラの操縦の腕は見事です。馬も落ち着いているし、揺れも少なく快適です。ずっとわたくしに付いてくれていたから時間がなかった筈なのに、いつの間にか御者の練習もしていたカーラ。足音を立てずに素早く動くトム。もしかして、我が家の使用人は想像以上に優秀なのでは……？

ポールが帰って来たら、査定をして給与を見直しましょう。半年前に給与を上げたばかりですが、他の人達もカーラのように業務外の技能を持っているかもしれません。きちんと評価しないと、優秀な使用人を失ってしまいます。トムの将来については、また後日相談をしましょう。

しばらく馬車を動かしていると、街で騒ぎが起きました。カーラに頼んで近くを通って貰うと、物凄い形相をした元エヴァンス公爵家の方々が連行されておりました。

チラリと窓から覗くと、イアンとポール、ソフィア様がいました。変装しておられましたが、イアンを見間違える訳ありません。良かった……無事だったのですね。

本当なら今すぐイアンの元へ駆け付けたい。けど、変装しているのだからイアンは仕事中です。ここにいては会いたくなってしまいますわ。カーラに場所を移動するように頼みます。ゆっくり馬車が動き出した時、カーラの叫び声がしました。

「どなたですか！　馬車から離れて下さい！」

「カーラ、俺だ！　イアンだよ！　頼む、エリザベスに会わせてくれ！」

先程まで遠くにいた筈のイアンが、目の前に現れました。

カーラに頼んでイアンを馬車に入れ、話をします。

変装していてもイアンです。久しぶりに会えて、とても嬉しいですわ。

「エリザベスは、どうしてここに？」

「イアンが帰って来ないから執務室を調べたの。そしたら、リンゼイ子爵の名前があったわ。だからね、リアム様と一緒に彼女を訪ねたの。交渉は上手くいかなかったのだけど、イアンがエイダ様と一緒にいると分かった。だからリアム様がリンゼイ子爵を調べて下さったわ」

嬉し過ぎて、砕けた口調になってしまいます。カーラは外で警戒してくれています。ふたりきりなのですから、たまには良いですよね。

「そうか……リアムが……」

「それにしても、早いわね。さすがリアム様だわ」

「リアムは優秀だよ。けど、今回はリアムの手柄じゃない。リンゼイ子爵が王城に訴えた。元エヴァンス公爵に脅されて屋敷を乗っ取られた。助けてくれとね」

「なんですって？　リンゼイ子爵はわたくしにエイダ様はお得意様だから会わせられないって言ったのよ。それに、エイダ様はイアンと結婚するって……！」

「確かに調査する為にリンゼイ子爵にそう言って騙したよ。けど、俺が妻にするのはエリザベスだけだ！」

「わたくしもイアンの妻の座を誰にも渡すつもりは無いの。イアンは侯爵様なのだから、何人だって妻を持てる。それは理解しているわ。けど、我儘《わがまま》だと分かっているけど、どうしても嫌なの。……わたくしは、イアンを独り占めしたいの」

こんな気持ち、侯爵夫人になるのなら持ってはいけない感情でしょう。

だけど、イアンにだけは嘘を吐きたくないのです。イアンが好きで堪らなくて、誰にも渡したくない。我儘《わがまま》だと分かっています。でも、それくらいイアンが好きなのですわ。

「エリザベス……！　やっと……やっと教えてくれたんだね……！　俺はエリザベス以外とは結婚しない。絶対に！」

「……イアン……どうして泣いているの……？」

「俺は、ずっとエリザベスが好きなんだ。最初は諦めていた、けど運が味方してくれてエリザベスは俺と婚約してくれた。エリザベスはどんどん綺麗になるし、どれだけ牽制《けんせい》しても男が寄ってくる。ねぇエリザベス、俺は君だけが好きなんだ」

「わたくしも、そうよ。イアンだけを愛しているわ」

「お願いだから、もう二度と他に妻を持っても良いなんて……言わないでくれ……」

イアンはわたくしに縋りつき、泣いています。

「えっと……イアン、どういう事？」

「伯爵家以上は複数の妻が持てる。それはエリザベスも知っているよね？」

「ええ、そうね」

「エリザベスはこの決まり、男が何人もの女性を侍《はべ》らせる為だと思っている？」

「いいえ。跡取りの為でしょう？」

「その通りだよ。跡取りを産んだご夫人は、どうなると思う？」

「子どもを育てるのでしょう？」

「高位貴族で、子育てを自ら行う家は稀《まれ》だよ。答えはね、妻を自由にするんだ」

「自由？」

「誰と関係を持っても咎《とが》められないって事」

「え？」

「複数の妻がいる家で、子どもを何人も産んだ妻がいるかい？」

「そういえば……いませんね。何人もお子さんがいる家は多いですけど、子どもの人数と妻の人数は同じか、それより少ないわ」

「そういう事。表向きは妻として社交はするし、権力争いもする。けどね、夫を愛しているご夫人はいないんだよ。中には子どもを産んだら恋人と暮らす人もいるんだよ。それでも許されるし、それが当たり前なんだ。俺はそんな家庭、嫌だ。俺はエリザベスだけと結婚したいんだ。俺の父上もそうだった。だから、俺とリリアンの両親は同じだ」

「全く知らなかったわ」

「俺が情報を止めていたんだ。余計な事を知らせたくなかった。高位貴族の嫌な部分なんて見せなければ良いと思っていた。まさかそのせいで、エリザベスがエイダの発言を勘違いするとは思わなかったけどね。エイダは俺を好きなわけではないよ」

「けど、エイダ様はイアンの為に留学をしていたと……」

「そんなの言い訳さ。エイダにとって、俺は身分の釣り合う都合が良い結婚相手だっただけ。彼女は留学先に恋人がいるんだ」

「こ、恋人？」

「そう、彼女の母親は既にいない。恋人と家を出たそうだ。だからエイダも、適当な男と結婚して義務を果たし、恋人の元へ行くつもりだったそうだ」

「そんな！　ひどいわ！」

「エリザベス？」

「なぜエイダ様はあんな事を言ったの！　イアンを利用しようとしたのでしょう。エイダ様と話をさせて下さいまし！　一言言わないと気が済まないわ」

「エイダと会うかい？　あの家の財産は調査が終わった。全て没収だけど、公爵は抗議するだろうから、長い裁判が行われるよ。そのどさくさに紛れて、エイダは国を出る予定なんだ。悪事に加わった者はそれなりの処罰が必要だけど、エイダは留学していて直接関わってはいなかったからね。積極的に国に協力した事実もあるし、彼女の望み通り国外追放の刑罰に処される。罰だけど、エイダにとっては褒美だね。国を出て恋人と結婚して仲良く暮らすんじゃないかな」

「もしかして、イアンとエイダ様は協力関係だったの？」

「当たり。エイダは、俺を利用したんだ。最初は俺と結婚するつもりだったらしい。けど、エリザベスを見て無理だと思ったんだって。だから、家の不正の証拠を持って来たんだ」

「そんな前から……！　どうして執務室の記録には書かれていなかったの？」

「あそこに書けるのは、万が一読まれても問題ない記録だけだ。あれだけの情報でリンゼイ子爵の所に行くとは思わなかったよ。ありがとうエリザベス。君は本当に凄いよ」

「だって……イアンも、ポールやソフィア様も帰って来ないし……心配で……！」

「ポールとソフィアは俺を探してくれていたんだって。エヴァンス公爵と取引のあった商会に潜り込んだら、二十四時間監視されて働かされていたらしいよ。その商会も、今は捜査員が入っている。エヴァンス公爵の威光を利用して、乱暴な商売をしていたみたいだからね」

「そうだったのですね。まさか……リンゼイ子爵も……？」

「リンゼイ子爵と取引があったのはエイダだけ。リンゼイ子爵は悪い取引をしてない。彼女はリスクを嫌う。それはエリザベスも知っているんじゃないか？」

「そうね。彼女は罪を犯すような取引はしないわ」

「彼女を巻き込んだのはエイダだよ。エヴァンス公爵家と取引がある商会はマークされているからと、エイダが屋敷の提供を頼んだんだ。俺は、エヴァンス公爵の財産を調査する為にエイダが好きなふりをしたんだよ」

「じゃあ、リンゼイ子爵は全てをご存知だったの？」

「彼女は何も知らないよ。俺とエイダに騙されて、ホイホイ屋敷を提供しただけだ。絶対誰にも言うなとあれだけ脅したのに、まさかエリザベスに言うとはね」

「わたくしも、リアム様とリンゼイ子爵を脅したの。悪い事をしてしまったわね」

「脅したって、何をやったの？」

リンゼイ子爵とのやりとりを説明すると、イアンは大笑いしました。

ああ、この笑顔が見たかった。イアンが帰って来てくれて良かったですわ。

「やるね、エリザベス」

「もう！　そんなに笑わないで！　必死だったの！」

「最高だよ。エリザベスと結婚出来るなんて、俺は世界一幸せだ。エリザベスが動いてくれなければ、結婚式に間に合わなかったよ」

「間に合わなかったらどうするつもりだったの！　本当に困ってたのに！」

「前日までに俺が帰らなければ、国王陛下が動いて下さる予定だったんだ」

「え、そうなの？」

「俺の働いている部署は特殊でね。今回のように連絡が取れなくなる事もあるから、そんな時は陛下がフォローして下さるんだ。結婚式が延期になった者や、親の葬儀に間に合わない者もいた。葬儀の時は、陛下が葬儀場に現れて大騒ぎになったらしいよ。でも、その騒ぎのおかげで葬儀が伸びて、何とか間に合った。だからごめん！　結婚式の事は気になっていたけど、何とかなると思っていたんだ」

「聞いてないわ！」

「機密事項だからね。ポールも言わなかっただろう？　数刻前に、エリザベスには伝えて良いと陛下から許可を貰った。だから、誰にも言ってはいけないよ」

「ポールも何とかなると思っていたの？」

「いや、ポールは何が何でも結婚式までに俺を探し出すつもりだったみたいだよ。ポールとソフィアは潜入先で悪事の証拠を沢山集めたんだって。しばらくは我慢していたみたいだけど、結婚式まであと少しだからね。しびれを切らしたポールが潜入先で大暴れして関係者を全員捕らえて、尋問したそうだよ。けど、彼らは何も知らなくて……困っていたところでリンゼイ子爵が王城に訴えたんだ。エリザベスのおかげだよ。俺も結婚式に間に合わないなんて嫌だったからね。仕事を完遂したから、抜け出そうとしたんだけどバレてしまって閉じ込められていたんだよ」

「閉じ込められた？　だ、大丈夫なの？　怪我は？　お腹は空いてない？」

「閉じ込められたのは昨日だしね。怪我はないよ。水も持っていたし、携帯食を食べていたから、見ての通り健康だ」

「良かった……」

「ごめんね。心配かけて」

「イアンが無事なら、それで良いの。結婚式はどうにかなるわ。お願いだから無茶しないで」

「エリザベスもずいぶん無茶したそうじゃないか。リアムから聞いたよ。結婚式が延期になる理由が要るからって、わざと倒れようとしたんだって？」

「もうしないわ。リリアンにも心配されたし、リアム様にも叱られましたもの」

「俺達は話し合いが足りていなかったね。今夜は帰るから、うちに泊まってくれないか？」

「分かったわ。もう仕事に戻らないといけないのでしょう？」

「ああ、ごめんね」

「今夜は、会えるの？」

「ああ、絶対会える。約束するよ」

イアンがはっきりと帰る日を約束してくれたのは初めてです。きっとわたくしを安心させようとして下さったのでしょう。イアンの心遣いが、とても嬉しかったですわ。


イアンと別れ、自宅に帰りました。泊まる準備をカーラに頼んで、仕事を片付けているとポールが帰宅しました。

「おかえり、ポール。良かったわ、無事で」

「ただいま。姉さん、今日は泊まりなんだよね？」

「ええ、良いかしら？」

「勿論。僕も行くよ」

「そうなの？」

「ああ、リリアンに会いたいんだ。もちろんイアン様の許可は取ってあるよ」

「分かったわ。一緒に行きましょう。ポールとふたりで出掛けるのは久しぶりね」

「そうだね。……あのさ、姉さん……相談があるんだ。馬車でゆっくり話せる？」

ポールの悩んでいる姿を見るのは久しぶりです。弟に頼られるのは嬉しいですわ。

「分かったわ。少し早めに出て、遠回りして行きましょう」

「ありがとう。姉さん」

ポールの悩みは、とても難しいものでした。

ですが、わたくしなりに意見を伝えてポールの背中を押せたと思いますわ。お相手がいらっしゃる事なのでどうなるかは分かりませんが、ポールの気持ちを伝えて誠実に対応するしかないでしょう。あとは、お相手次第です。

頑張って、ポール。


ポールと一緒に到着した頃には、イアンは帰宅していました。

リリアンと、ソフィア様もいらっしゃってみんなで晩餐を頂きました。そして、わたくしとイアンは気を遣ってくれたリリアンの手で自室に押し込められました。

「ったく、リリアンめ。鍵までかけるとは……！」

「一時間したら開けて下さるそうですから、ゆっくり致しましょう」

「そうだな。あちらはあちらで、話があるだろうからな」

ポールの悩みは、リリアンとソフィア様しか解決する事は出来ませんもの。

「さ、俺達の話をしよう。俺は結婚休暇に入った。沢山働いた分、三ヶ月休みをもぎ取ったからね。新婚旅行も行こう。ポールとソフィアも、来週まで休みだ。だから、結婚式は全員出られる。安心して」

「ありがとうございます。嬉しいですわ。式の準備はほとんど終わっておりますが、やっぱりイアンのチェックがないと不安でしたもの」

「俺のチェックも終わったよ。全て問題無しだ。さすがエリザベスだね。それでね、ポールに頼まれたんだけど……式まではゆっくり家族で過ごしてくれ。うちに来る必要はない」

「良いのですか？」

「準備は済んでいるからね。会いたくなったら俺がエリザベスを訪ねる。きっと、毎日訪ねてしまうだろうけど……家族の時間をゆっくり過ごして欲しいんだ。成人したとはいえ、ポールはまだ若い。エリザベスがいなくなる事は分かっていても、不安なんだと思う」

今日、半泣きで相談をしてきたポール。確かに、ポールはまだ若いです。しっかりしていても、相談したい事は沢山あるでしょう。

「ありがとうございます。ゆっくり姉弟の時間を取らせて頂きますわ」

「結婚してからもいつでも訪ねて。ポールが来たら深夜でも通すように指示してあるから」

「お気遣い頂きありがとうございます」

「他人行儀にならないで。俺達は夫婦になるんだ。もっと我儘《わがまま》を言って欲しいんだよ」

「我儘《わがまま》……ですか？」

そういえば、リアム様にも同じような事を言われましたわね。けど、イアンは優しいので、全く不満は無いのです。

「俺は仕事中に連絡もつかないし、気も遣《つか》えないし……約束も守れないし……」

「連絡がつかないのは、そういうお仕事ですから仕方ないでしょう。いつも気遣って下さっておりますし、約束だって必ず守って下さっておりますわ」

「けど、帰るって言ったのに帰れなかったじゃないか……！」

イアンが帰る予定だと言った日に帰れなかった事は、何度もありました。けれど、ポールやソフィア様が連絡をして下さっていました。それは全て、イアンからの依頼でした。

「イアンはわたくしに帰る日を約束しておりませんわ」

「え……？」

「イアンはいつも予定を教えて下さるのです。予定は変わりますわ。でも今日は、必ず帰ると約束してくれました。イアンが帰る日を約束して下さったのは今日が初めてです」

「そうだっけ？」

「ええ、ちょっと気が早いですけど、イアンは誠実で真面目な理想の旦那様ですわ」

「エリザベスこそ、優しくて芯がしっかりしている素敵な奥様だ」

「イアン、愛していますわ。どうか一生、わたくしをイアンの妻でいさせて下さい」

「俺もエリザベスを愛している。エリザベスと出会ってから、俺はずっと幸せだ。これからは、少しでも返せるように全力でエリザベスを愛すると誓うよ」

「なら、わたくしはもっともっとイアンを愛しますわ」

これからも不安になる事があるのでしょう。それでも、わたくしはイアンを待ちます。待つだけじゃなく、今回のように自ら動きますわ。イアンはそんなわたくしを認めてくれる。最高だと褒めてくれます。無理しなくて良いなんて言わないし、出しゃばるなとも言いません。わたくしを信じて、鍵まで預けて下さいます。

イアンと一緒なら、わたくしはどこまでも強くなれる。それが、わたくしが彼を選んだ理由なのです。


穏やかな日々が過ぎて、明日はもう結婚式です。

今日は、イアンとリリアンとソフィア様とポールの五人で街の外へ来ております。国外追放になるエイダ様を見送りに来たのです。

エイダ様は、わたくしに謝罪をして下さいました。

「エリザベス様、色々ごめんなさい」

「問題ありませんわ。どうかお元気で。これは、餞別《せんべつ》です。幾つかに分けてありますから、服の中などにバラバラに隠して下さいまし」

わたくしが渡した金額は、平民の一カ月の生活費相当の額です。これだけあれば、新しい暮らしを始められるでしょう。

「こんなに……！　駄目よ。我が家に援助は御法度《ごはっと》なんだから。リンゼイ子爵は上手くやったみたいだけど、我が家に援助した商会は営業停止になったのよ」

「あんな悪どい事してれば当然ですよ。貴女はただのエイダだ。名を捨てられない愚か者達とは違う。姉さんは、友人に選別をあげただけです。この程度なら、生活用品を揃えたらすぐなくなりますよ。それに、何か問題があるなら優秀な上司が止めていますよ。どれだけ姉さんを愛していても、不正は絶対しない清廉潔白なお堅い人なんですから」

「ポール……褒めてるのか貶《けな》してるのか、どっちだ」

「勿論褒めています。僕も、貴方のようになりたかった」

「駄目よぉ。ポールは今のままでいてくれないと。わたくし達が困るわ。ねぇ、リリアン」

「そうね。ポールはポール。お兄様はお兄様よ。わたくしは、今のままのポールが好きよ」

「あら、わたくしもそうよぉ。お仕事中の腹黒いポールは素敵だわぁ」

「帰って来てわたくしと話すのは癒されるっていつも言ってるわよ！」

「頼むから、イアン様と姉さんの結婚式が終わるまでは色々待って」

「「分かったわ」」

「社交界の華を独り占めにする男がいると聞いていたからどんな色男かと思ったら……ずいぶん尻に敷かれているじゃないの」

エイダ様がクスクスと笑う。

社交界で見た美しい笑顔よりも可愛らしくて魅力的だ。

「うるさいですよ。処罰を取りやめるよう嘆願書を書いてやりましょうか」

「それは困る。私はもう待てないわ」

エイダ様は見慣れない男性と一緒です。エイダ様の恋人だそうです。調査した結果、彼は善人でエイダ様を心から愛しているそうですわ。

「エイダ……こんなに早く君と暮らせるなんて思わなかった……！」

「もう。相変わらず泣き虫ね」

「俺、頑張るから。もう少しで親方に認められるんだ。そしたら、ちゃんと食べさせてあげられる」

「凄いじゃない！　私の言った通りでしょ！　貴方は優秀なのよ！」

「ありがとう……。頑張るよ。絶対苦労はかけない。いっぱい稼ぐから」

「私も働くから大丈夫よ。男が稼がなきゃいけないなんて誰が決めたのよ。ふたりで頑張りましょ。デートの時間も欲しいわ。私は家事が苦手なんだから一緒にやってよね。仕事ばっかりなんて嫌よ」

「うん……分かった……。料理もするし掃除もするし洗濯もやるよ。たまには美味しいものを食べに行こう」

「良いわね！　だったら早速、自由になった記念にパーッとやりましょ。優しい友人から軍資金も頂いたしね」

「エイダ様、お姉様はそんなつもりでお金を渡したのではないわ」

「分かってるわ。私を心配してくれたのよね。本当、朴念仁には勿体無い《もったいな》素晴らしいご令嬢だわ。イアン、ボーッとしてたらエリザベス様を掻《か》っ攫《さら》われるわよ」

「そんな事させてたまるか。エリザベスは一生俺の妻でいて貰う」

「じゃあ、エリザベス様以外とは結婚しないのね？」

「ああ、結婚式で誓う」

「素敵！　エリザベス様、お幸せにね。私も負けないくらい幸せになってみせるわ」

エイダ様は、パーティーで会った時とは別人でした。

華やかなドレスが無くても、今のエイダ様は以前よりも輝いておりました。いつか会いに行くと約束をして出来たばかりの友人の門出を見送りました。

＊　＊　＊

あの頃のわたくしは愚かだったと、今ならわかる。

わたくしはエリザベスお姉様が大嫌いだった。

お姉様は、いつも口うるさい。だけど、とっても美人で優しい。お姉様を見ていると、自分がちっぽけな人間だと分かってとても嫌だ。

だから、いつも泣き真似をするの。

そうすると、お父様もお母様もお姉様を責める。お姉様はお父様に殴られても、いつも我慢していた。

わたくしが笑っても、わたくしを責める事はなかった。

お姉様は、いつも綺麗だ。だから、わたくしはお姉様が嫌い。

「お姉様が虐《いじ》めるの」

そう言って泣けばなんでも手に入った。

「あの……お姉様の婚約者であるケネス様に相談するのは心苦しいのですけど……」

そう言って、お姉様の婚約者も手に入れようとした。

なのに、なかなかうまくいかなかった。

こんなに可愛いわたくしに三年も待てと言うから、ケネス様は諦めて次にいこうと思っていたら、思いがけずお姉様を押しのけて結婚する事が出来た。

結婚式のドレスが気に入らず泣き真似をしたら、可愛い弟が、キラキラしている美しいドレスを持って来てくれた。

「僕は、姉さんのドレスの方が素敵だと思うよ。けど、式で大騒ぎされても困るから。僕もドレスを探してみたよ」

当主になったばかりの弟は、そう言って素敵なドレスを用意してくれた。

お母様も大喜びしたし、わたくしに似合っているのは間違いなくポールが持って来たドレスだった。

「こっちが良いわ！　こんなダサいドレス要《い》らない」

「そう。ならこれは処分しておくね」

その時、弟が冷たい目をしていた事にもっと早く気付くべきだった。

「なんなの！　あのドレスは！　エリザベス様のドレスはどうしたのよ!!」

夢のような式を終えたら、お義母《かあ》様が物凄く怒っていた。

「ポールが用意してくれたドレスの方が素敵だったので、姉のドレスは処分しましたの」

「はぁ……おかげでお客様は呆れて帰られたわ。さすが、姉の婚約者を取る花嫁はセンスがありますねって嫌味まで言われたわよ！　本当にポール様はこのドレスを勧めたの⁉」

「いえ、ポールは姉のドレスの方が良いと思うけど、式で騒いでも困るから別のドレスも用意してみたと……」

「最後の忠告だったのね。もう良いわ。ドロシーには何も期待しないわ。愛するケネスと、ゆっくりお過ごしなさい」

お義母《かあ》様は、わたくしとケネス様を馬車に乗せ、どこか分からない屋敷に連れて来た。

屋敷を出る事は許されなかった。

最初は自由にお散歩が出来たのだけど、いつの間にか、外に出ると何人もついてくるようになった。

ウザいので、離れろと命令しても、誰も言う事を聞いてくれない。

今までのように泣き真似をしても駄目。ケネス様に命令してもらっても駄目。

「我々の仕事は、あなた方の監視です」

そう言って、別荘に閉じ込められる。

お買い物にも自由に行けなくて、綺麗なドレスもアクセサリーも買えない。

イライラして、ケネス様におねだりをしたけど、ケネス様の命令を誰も聞かない。

わたくしは子爵夫人よ！　そう叫ぶと、子爵家を継ぐのはケネス様の弟だと言われた。なんで！　お姉様は子爵夫人になる予定だったのだから、わたくしが子爵夫人でしょう！　そう言って騒いでいると、ケネス様に平手打ちをされた。お前のせいで、跡取りから外されたんだ。そう言ってわたくしの胸倉を掴んで、ケネス様は泣いていた。

ケネス様はすぐに謝罪してくれて、わたくしの頬を冷やしてくれた。

「母に殴られた時、エリザベスはいつもこうして頬を冷やしてくれた。あんなに優しい子を、どうして疑ったのだろう。ごめん、ごめんね……エリザベス」

それ以来、ケネス様は口を利いて下さらない。

暴力を振るわれたのは一回だけ。ケネス様は、お父様のように何度も殴ったりしない。わたくしは一度もお父様に殴られたことがない。けど、お姉様は何度も殴られていた。あの時は、わたくしが可愛いから殴られないのだと思っていたけれど、違うのだ。お父様は、お姉様だけじゃなくて使用人もよく殴っていた。

優しいと思っていたお父様は、優しくなんてなかったんだ。ケネス様が暴力を振るったのは、今回だけ。使用人に暴力を振るう様子もない。そうだ、だからわたくしはケネス様が良いと思った。けど、ケネス様はわたくしを見ては下さらない。

お姉様の名前ばかりブツブツ呟くケネス様が嫌になって、家から逃げ出そうとした。けど、見張りが多くて外にも出られない。助けて貰おうと思って、ポールに手紙を書いた。

すぐに、返事が来た。

もう家族じゃない。お父様もお母様も捕まったから連絡してくるなと書かれていた。

どうして？　ポールが何かしたの？

わたくしはまたポールに手紙を書いた。

わたくしの幸せの為なら何でもする。わたくしが大好きだと言ったじゃないかと詰るような事も書いた。

すると、一度も訪問しなかったお義母様《かあ》が飛んで来た。

「ドロシー、あなたはバルタチャ伯爵家から絶縁されています。手紙を書くのはおやめなさい。次に手紙が来たら、うちとの取引を切ると言われたわ。リンゼイ子爵家を潰すつもり？」

「取引を切られたら困るのはポールよ！」

「時代は変わったの。うちはお情けで取引が続いているだけよ。バルタチャ伯爵家と取引を望む貴族はごまんといる。エリザベス様がわたくしに恩を感じて下さっているから切られないだけ。もしエリザベス様がいなかったら、うちはとっくにバルタチャ伯爵に切り捨てられているわ。あの方、とっても怖いのよ」

「どういう事ですか……それに、伯爵って……」

「彼は物凄い努力を重ねて伯爵になられたわ。うちより爵位は上よ」

「じゃあ、お姉様は伯爵令嬢!?　ずるいわ！　ならわたくしも家に帰る！」

「無理よ。ドロシーはとっくに絶縁されているわ。絶縁されたら、戻れる事はない。バルタチャ伯爵から伝言よ。ドロシーの事を姉だと思った事はない。姉さんの為なら何でもすると言ったのはエリザベス様の事だと仰《おっしゃ》っていたわ」

確かに、ポールはいつもわたくしの事をドロシー姉さんと呼んでいた。

姉さんと呼ぶのは、わたくしじゃない。どうして今まで気が付かなかったの。ポールはずっとエリザベス姉さんだけを慕っていたんだ。

「でも……家族だから……ポールなら助けてくれるわ」

「貴女はもうポール様の家族ではないわ。次に連絡して来たらエリザベス様への接触と見做して慰謝料を請求するし、請求した事を公表する通告されたわ。絶対止めてちょうだい。今後は手紙も全て確認するわ。慰謝料だけなら良いけど、公表されたら我が家は終わりよ。バルタチャ伯爵家と、ブロンテ侯爵家を敵に回したい貴族はいない。うちは潰れるわ」

「侯爵家……？」

「エリザベス様は、ブロンテ侯爵家に嫁ぐわ。来月、結婚式よ。我が家も呼んで頂けたわ。バルタチャ伯爵もブロンテ侯爵もわたくしを呼ぶ事に難色を示したけど、エリザベス様がとりなして下さったの。わたくしが式に出れば、確執《かくしつ》はないと示せると気を遣《つか》って下さったの。だから、余計な事をしないでちょうだい。今両家の機嫌を損ねたら確実に式に呼ばれないわ。それどころか、縁を切られるかもしれない。ブロンテ侯爵家に縁を切られたリラック伯爵家がどうなったか分かる？」

侯爵家……なんでよ。お姉様ばかりずるい！

そう叫びたかったけど、お義母様《かあ》が怖いから言えなかった。それに、縁を切られたらどうなるのか気になった。答えはなんとなく分かっていたのに、どうしても知りたくて恐る恐るお義母《かあ》様に問いかけた。

「どう……なったのですか……？」

「潰れたわ」

淡々と言うお義母《かあ》様の顔を見ると、それが本当だと分かる。

「うちが潰れたら貴方達を養えないわ。自分達の為にも大人しくしてちょうだい」

それだけ言って、お義母《かあ》様は帰って行った。

その夜、ケネス様が脱走しようとして捕まった。

ケネス様は、お姉様は自分のものだ、結婚なんておかしいって叫んでいた。わたくしとお義母《かあ》様の話を盗み聞きしたらしい。

どうして？　貴方の妻はわたくしなのに。

絶対に家から出すなとお義母《かあ》様が厳命したらしく、お姉様の式が終わるまで我慢してくださいと言われて、わたくしとケネス様は地下牢に入れられずっと監視された。

「ドロシー……お前に騙された。ドロシーがこんな悪女だとは思わなかった。エリザベスと結婚したかった……」

ブツブツ呟くケネス様の言葉は、あの日、わたくしを選んだケネス様がお姉様を貶したものと同じだった。

＊＊＊

「お義母様《かあ》と家族になれる日を指折り数えて楽しみに待っておりました」

そう言っていたエリザベス様とは、結局家族にはなれなかった。

ケネスが嫉妬心から段々とエリザベス様に冷たくなっているのは分かっていた。それでも結婚すれば変わるだろうと思っていた。

まさか、ケネスがわたくしの大嫌いな浮気をしていたなんて思わなかった。しかも相手は、婚約者の妹。どちらから接触したのかは分からないが、どちらも倫理観が壊れている。

幼いエリザベス様が領地を立て直したとの情報を得て、息子の婚約者に望んだのはもうずいぶん前だ。金銭的に苦しい事は分かっていたので、幾つか恩を売ってから、花嫁修行だと言ってエリザベス様に様々な事を教えた。彼女は、頭が良く素直。貴族らしくいつも凛としていた。失敗しても、キッチリと後処理をするし優秀だ。彼女がうちに来てくれるなら、安泰だと思っていた。

だが、ケネスはエリザベス様の妹のドロシーと浮気をした。エリザベス様はわたくしを親より尊敬していると言ってくれたが、もう母とは呼んでくれなくなった。

ケネスの必死の訴えに、ドロシーと結婚出来るように話を進めた。今更結婚式を中止にするのは厳しい。本当はなんとかケネスとエリザベス様を結婚させたかった。

でも、エリザベス様のブローチが欠けている事に気が付き、わたくしを子爵と呼んだとき、全てを諦めた。彼女はわたくしより少し早く息子の不貞を知ったのだろう。わたくしに口で説明しても無駄だから現実を突き付けたといったところか。やはり彼女は優秀だ。惜しいと思ったが、今までの彼女の働きに免じて彼女の幸せをサポートしようと思った。ケネスも好きな子と結婚するなら頑張るだろう。それに、エリザベス様の妹なら素質はある。

バルタチャ家の当主があまりに頼りなかったので、ポール様を当主に、エリザベス様が後見人になれるように後押しした。ポール様は賢い方だと思ったし、エリザベス様が後見人ならうちとの取引も上手くいくだろうと思ったのだ。姉弟がこれだけ優秀なら、ドロシーも期待できる。最善では無いが、良い手を打ったと思っていた。ポール様はまだ子どもだから御し易い。エリザベス様を介して操れば、こちらの思い通りに動いてくれるだろう。そう企んだ。だが、ポール様はそんなに甘い方ではなかった。

婚姻届を提出した日、帰りにポール様が渡してくれた書類を見て驚いた。ドロシーは、全く勉強をせず、家庭教師もすぐクビにしてしまうというのだ。ご丁寧に、ドロシーの家庭教師のリストまであったので、何名かに話を聞きに行った。みんな、わたくしを憐《あわ》れんでいた。これは駄目だ。ドロシーには、価値がない。だけど、既にケネスとドロシーは婚姻している。しかも、ポール様の提案で離婚は認められない契約になっている。悩んだが、ケネスに爵位を譲らないと決めて手続きをした。幸い下の子が優秀だったので、なんとかなると思った。いっそ下の子の婚約者にエリザベス様をと思ったが、さすがに節操無しなのでやめた。

やめておいて良かった。そんな提案をした瞬間に、我が家の未来は途絶えていただろう。

ケネスを当主から外す決断をした夜、気絶したケネスをポール様が連れて来た。ケネスは深夜にエリザベス様の部屋に突入しようとしたそうだ。驚き、同時にケネスを当主から外して良かったと思った。だが、わたくしはその後の対処を間違えた。

「書類を拝見しました。ケネスは跡取りから外しましたわ。ドロシー様もエリザベス様のような素質があると思っていたのは見込み違いだったようです。情報には感謝致します。ですが、結婚する前に教えて頂きたかったですわ」

つい、チクリと嫌味を言ってしまったのだ。時間を戻せるなら、自分の口を塞ぎポール様に土下座するだろう。あの時のポール様の冷たい目は今思い出しても身震いする。

「浮気者は姉に相応《ふさわ》しくありません。浮気者と恋愛脳、良い組み合わせでしょう？」

穏やかに話すポール様が心から恐ろしかった。ケネス夫妻は別荘に軟禁してエリザベス様の目に触れる事はないと約束すると、ポール様は無邪気に笑った。

「嬉しいです。姉はリンゼイ子爵を慕っていますから、リンゼイ子爵だけは今後も良いお付き合いをしたいですね。では、結婚式でお会いしましょう」

年相応の無邪気な笑顔に、先ほど見た恐ろしい目をしたポール様は、見間違いだと思った。だが、見間違いなんかではなかったのだ。

結婚式は散々だった。ドロシーのドレスは酷かった。偽の宝石をゴテゴテと飾ってあり品がない。だが、宝石は偽物でもかなり価値がある品だ。ドロシーは本物と思っているようだった。こんなドレスを、たった一日で賠償《ばいしょう》金を渋る男爵家が用意できる訳はない。ドレスをポール様がご用意した時には、既にエリザベス様はブロンテ侯爵に見初《みそ》められていたのだ。

侯爵家が今回の事を仕組んだのかと疑ったが、別れさせるにしても、もっと良いやり方をなさるだろうし、あの清廉潔白なブロンテ侯爵が婚約者のいる令嬢に横恋慕するなんてありえない。きっと傷心しているエリザベス様を慰《なぐさ》めるうちに、愛が芽生えたのだろう。

ポール様は、今では伯爵様だ。資産も我が家より遥かに多くなった。ブロンテ侯爵がポール様の後見人になると、ポール様に貴族が群がった。所詮子どもだと舐《な》めていた者達は破産したり、爵位を失ったりした。そこまで酷い事にならずとも、全員望んだ利益は得られずに損をした。だが、誰一人訴える者はいない。そんな事をすれば、次はもっと酷い目に遭うと身に染みて分かっているから。

逆に、きちんと誠実な対応をした貴族は予想以上の利益を得ている。我がリンゼイ子爵家もそうだ。だがそれも、エリザベス様の口添えがあっての事。

エリザベス様はブロンテ侯爵と婚約なさって、とてもお幸せそうだ。夜会でお見かけするたびに和やかに挨拶して下さるが、ポール様とブロンテ侯爵は冷たい。当然だと思う。お二人が大事にしているエリザベス様にあんな仕打ちをしたのはリンゼイ子爵家なのだから。

ポール様は、恩を返すと言って淡々と我が家と取引をして下さる。我が家は莫大な利益を得ている。しかし、わたくしは彼の信頼を失った。新規の取引は、一切出来ていない。既存の取引を切られる事だけはあってはならない。バルタチャ家から切られる事はブロンテ侯爵家からも嫌われた事を意味する。そうなれば貴族社会を渡っていくのは難しい。

バルタチャ家と順調に取引が続き、我が家の資産は倍になった。新規の取引は出来ないが、エリザベス様に口添えを頼むような愚かな事はしない。そんな事をすれば、あっという間に切られてしまうだろうと容易に想像出来た。

わたくしは、エリザベス様に近づき過ぎず、離れ過ぎず付き合いを続けた。彼女は変わらずわたくしを慕って下さるが、エリザベス様に商会をしようと誘った時と、ブロンテ侯爵と婚約が決まり挨拶をしようとした時、ポール様から取引の量を減らされた。僅かではあるが、それが警告だと分かる。失礼のないように、エリザベス様を尊重すると、次の取引は倍の利益が出た。だが、これが何度も通用するとは思っていない。二回取引の量を減らされた時点で、個人的にエリザベス様と会う事はやめた。

エリザベス様と会っていると、周りの視線が厳しいものになっている事に気が付いたという理由もある。ブロンテ侯爵が大事にしている婚約者をポイ捨てした家と付き合いたい貴族はいない。商取引は、バルタチャ家としか出来なくなった。

うちの領地にいると商売が出来ないと、たくさんの商人が領地を出て行ってしまった。下の息子の縁談は進まない。困っていた時に、ポール様が渋い顔で結婚式の招待状を渡して下さった。ブロンテ侯爵の結婚式は、招待客が少ない。うちが呼ばれたと知れ渡ると距離を取られていた貴族達とまた交流出来るようになった。

だが、ドロシーがポール様に助けを求める手紙を出してしまったのだ。ポール様が持って来たドロシーの手紙を読んだ瞬間、リンゼイ子爵家は終わりだと思った。謝罪をするわたくしを見るポール様の目は、あの夜と同じく冷たかった。

「リンゼイ子爵、僕はもう充分恩返しをしましたよね？」

「……はい」

「姉は貴女を慕っていますから、貴女と縁を切りたくはありません。ですが、次に手紙が来たら契約違反と見做して慰謝料を請求しますし、取引は中止させて頂きます。今すぐ訴えても良いのですが……ドロシーを引き取って頂きましたし、今回だけは見逃します」

慰謝料を請求されたら、リンゼイ子爵家は終わりだ。これは最後のチャンス。

必死に言葉を選びながら、返事をする。

「今後は決してドロシーからの手紙が届く事のないように致します。もちろん、エリザベス様に近づかないように……息子と嫁を、きちんと見張っておきます」

「そうですか。では、今後も良い取引が出来そうですね。よろしくお願いします」

わたくしは正解を引いたようだ。

優雅に笑うポール様は、取引先に困っていた宝石を引き取って下さった。その後、リンゼイ子爵家は更に利益を得て下の子の縁談も決まった。だけど、貴族との交流が復活しても、以前のように尊重されることはなかった。馬鹿にされたり、不利な取引を強いられたりする。

そんな時、ブロンテ侯爵が訪ねて来た。

第二夫人になるのだと美しく微笑んだエイダ様は、うちのお得意様だ。わたくしは、エイダ様の言葉を信じてしまった。王家の通達は知っていたが、清廉潔白なブロンテ侯爵が連れて来るなら大丈夫だと思ってしまったのだ。

それに、エリザベス様ひとりで侯爵家を切り盛りするのは無理だ。やはり、公爵令嬢であるエイダ様のお力が必要だ。そう、思ってしまったのだ。

わたくしは、無意識にエリザベス様を舐《な》めていた。

エリザベス様がエイダ様に会いたいと言った時、勝ったと思った。エイダ様とブロンテ侯爵の事を教えてやろう。これで我が家が優位に立てる。エリザベス様は一生わたくしに頭が上がらないだろう。侯爵夫人を手玉に取ってやる。そう思った。本当にわたくしは愚かだ。

身分が変わったのを忘れて、エリザベス様を舐《な》めていた。元々男爵家なのだ。侯爵夫人なんて無理だと……そう思ったのだ。

わたくしはまた間違えた。

エリザベス様は、冷たくわたくしを蔑《さげす》み、わたくしの話を聞いて下さらなかった。頼るところがなくうちに来たのかと思えば、お情けでわたくしを訪ねて下さっただけだったのだ。しかも、ポール様もご存じだと……。絶望したわたくしは、初めて土下座をした。

だが、エリザベス様はお許し下さらなかった。助けてくれたのは、夫の忘れ形見。

憎いが、必要だと思っていた男だった。逃げたと思っていたのに、立派になってわたくしの前に現れた。

子が産まれず焦っていた時、一人のメイドが仕事を辞めた。夫が残念がっていたのでおかしいと思い問い詰めると、何度も夫と関係を持っていた。使用人に調査をしたところ、妊娠しているのではないかと言うので、探しに探した。時間がかかったが、逃げたメイドを見つけ出す事が出来た。

女が育てていた子は、見た目も髪色も夫にそっくりだったそうだ。夫に確認させると、間違いなく自分の子だと言う。

すぐに捕まえて、閉じ込めて教育をするように命じた。憎い女が産んだ子だが、大事な駒だ。血縁者でなければ爵位を継ぐ審査が厳しい。それに、欲深い親戚が出て来ても困る。だから、監視して当主にふさわしい教育を施した。女は何度か逃げようとしたが、逃がさない。近所にも噂を広め、監視させるようにした。逃げられず、近所で責められ仕事も見つからなかったそうだが、当然の報いだと思っていた。家を与えるだけ、ありがたいと思えと通達し、逃げたら必ず見つけ出すと、子を脅すように指示しておいた。

とりあえず一人、夫の子がいる。それだけで安心できた。でも、自分が子を産むのも諦められなかった。色んな事をした。健康に気を遣い、願掛けもした。そして、ついに念願の子を産む事ができた。二人目を産んだ直後に、夫は亡くなった。

それから、必死でリンゼイ子爵家の為に生きてきた。まず、ケネスの地位を盤石なものにしないといけないと思った。自分の子を産んだら、駒として取っておいた夫の子は邪魔だ。夫を誑し込んだ目障りな女は死んだと聞いた。残された夫の子が、跡取りになると言い出したら困るので殺そうと思ったけれど、母の遺骨を持って家を出たと聞いたので放置した。

どうせ平民だから、こちらが手続しない限り跡取りになる事はないし、ケネスの地位を脅かす事はないと安心していた。

正直、名前すら憶えていない。だって、わたくしは一度も会った事がないのだもの。

エリザベス様は、どこまでわたくしの事をお調べになったのだろう。リアムと名乗った男は夫によく似た顔つきと堂々とした佇まいをしていた。平民だと言っていたが、持ち物や服装は高価な物だった。しかも、ブロンテ侯爵の友人で、結婚式にも招待されているそうだ。

エリザベス様も、貴族であるわたくしよりもリアムの方が大事だと微笑んでおられた。何をしているか分からないが、リアムは出世したのだろう。わたくしが教えた事をしっかり身に着けているのは明らかだ。鮮やかに取り出した書類は、黄ばんでいた。チャンスがあれば、いつでもこの書類を突き付けるつもりだったのだ。この男は恐ろしい。まるで、若い頃の自分自身と対峙しているかのような気持ちになる。

エリザベス様は、リアムが言うなら良いだろうとしぶしぶわたくしの話を聞いて下さった。それほどまでに、リアムを信頼なさっているのだわ。わたくしよりも、リアムが良いのだ。なんとか自分に主導権を戻したい。そう思ったわたくしは、また間違えた。

どれだけ縋っても、エリザベス様は振り向いて下さらなかった。振り向いたリアムは、夫とよく似た顔でわたくしを蔑《さげす》んだ。我が家は終わりだ。なんとかしないと……わたくしは、エイダ様に脅されたと国に訴えた。疑われる事なく、訴えは成功した。被害者として上手く立ち回れた。ホッとした。念のため謝罪しに行ったら、ポール様は冷たかったがエリザベス様は優しく許してくれた。いつもより距離があった気がするけど、なんとか誤魔化せたと安心していた。だが、次の日に見知らぬ少年がリアムの代理だと訪ねて来た。彼の話を聞いて、わたくしは絶望した。

「リアム様は、国王陛下の飲み友達です。陛下は貴女が嘘を吐《つ》いた事をご存じです。ですが、イアン様に騙されただけですし反省の意を示せばお咎《とが》めは無いそうです。良かったですね。リアム様が陛下に取りなして下さったのですよ。感謝して下さいね。ああそうだ、リアム様から伝言です。陛下は気が短い。猶予は一カ月だそうですよ」

幼い少年が、冷たく笑っていた。少年は、言うだけ言うとさっさと消えた。あの時、嘘を吐いてはいけなかったのだ。ブロンテ侯爵に恩が売れると思って欲が出た。素直にそう言うべきだった。王家に嘘の報告をする貴族は信頼されない。今回は、ブロンテ侯爵がわたくしを利用した側面もあるから許されただけだ。

このままわたくしが当主の座に座り続ければ、近いうちに取り潰されるだろう。わたくしが当主の座を譲るだけでリンゼイ子爵家が残るなら、それで良い。

すぐに爵位を下の息子に譲る手続きを進めた。陛下が直接書類を受理して下さった。リンゼイ子爵家の今後に期待するよとお言葉を賜った。

なんとか、今回は正解を引けたようだ。

爵位を譲ると、わたくしは別荘に避難した。わたくしが王都にいれば、息子に迷惑をかける。地下牢から出したケネスはずっとぼんやりしていて元気がない。

だけど、ドロシーは変わった。あんなに何度も狡いと騒いでいたのに、神妙な顔でケネスに愛されるにはどうしたら良いかと聞いてきた。ドロシーは、教えを乞《こ》う時のエリザベス様と同じ目をしていた。

「ドロシーには素質があるわ。たくさん勉強なさいな」

そう言うと、ドロシーは頷いた。

その日から、わたくしはドロシーを鍛えた。エリザベス様の時の数倍怒鳴りつけたし、厳しい事も言った。だけど、ドロシーはひたむきに努力した。正しく導いてあげれば、人は変われるのだと理解した。

わたくしが今まで切り捨ててきた人々は、ドロシーのように磨けば光る原石だったのかもしれない。目の前で努力するドロシーや、立派になってわたくしを切り捨てたリアム。

新たな人々との出会いは、わたくしの価値観を塗り替えた。ドロシーは、叱られた事が無いと言っていた。エリザベス様は、叱られた事も褒められた事も無いと仰《おっしゃ》っていた。

わたくしは、息子達を褒めた事がない。ドロシーに問いかけると、叱られるばかりは辛いからたまには褒めて下さいと無邪気に笑った。わたくしが教育をしていた時、エリザベス様はこんな風に笑わなかった。両親から甘やかされて育ったドロシーは、良くも悪くも無邪気で素直だ。愛情を注ぐと、人はこんな風に笑うのだと理解したわ。

わたくしは、叱ってばかりだったと息子達に謝罪した。爵位を継いだ息子は笑って許してくれたけど、ケネスは今更なんだとそっぽを向いてしまった。だけど、ドロシーが根気強くケネスと話をしてくれて、ようやく本当の親子になれた。ドロシーが笑うと、ケネスも笑ってくれるようになった。別荘で穏やかな日々を過ごせるようになった。

当主となった息子は、ポール様と仲良くやっている。わたくしを頼ってくれるけど、きちんと自分で考えて判断出来る立派な当主になった。

だが、決して奢ってはならない。

ドロシーもケネスも別荘から出たいとは言わない。

我が家はこのまま慎ましく生きる。

＊　＊　＊

色んな事がありましたが、ついに結婚式の日を迎えました。

わたくしはウェディングドレスに身を包み、人形のように大人しく座っているのが仕事です。

カーラ達が忙しく身支度をしてくれております。

「失礼致します。お姉様」

リリアンの鈴の鳴るような美しい声が部屋に響きました。

本日の式で、リリアンとソフィア様は歌を歌って下さる予定です。揃いの衣装を纏ったおふたりはまさに華です。お二人の姿を見ようと、外に多くの男性が集まっています。ポールはすっかりむくれてしまい、リアム様が話を聞いて下さっています。リリアンもソフィア様も、ポールが嫉妬してくれたと嬉しそうでした。

沢山の人に支えられて今日という日を迎えました。

ケネス様の裏切りを見た時は泣きました。だけど、あの頃のわたくしは、生きる事に必死で幸せなんて分かりませんでした。リンゼイ子爵を信じ切っていて、ケネス様に縋っていました。

今はイアンの愛に包まれて、穏やかな気持ちで毎日暮らしています。イアンは、わたくしを責めたりしません。貴族の男性はこんなものだと思っていたわたくしの価値観を、イアンは全て塗り替えてくれました。『暴力で解決しようとする人間は本物の貴族ではないよ。怒りをコントロールできないから暴力に訴えるのさ』そうイアンが言った時、初めて父やケネス様の態度はおかしかったのだと気が付きました。

他にも、イアンは色んな事を教えてくれました。わたくしが当たり前だと思っていた事は、当たり前ではなかった。自分の家は殺伐としていると思っていました。けど、貴族は多かれ少なかれそんなものだと思っていたのです。

だけど、それは間違いでした。

少し周りを見ると、優しい世界が沢山広がっていると分かりました。

イアンの前では、本来の自分が出せるようになりました。優しさで満たされると、周りの人々の優しさに改めて気が付いて、ますます幸せになりました。

「お兄様の準備が終わりました。ポールがもうすぐ迎えに来るそうです。お兄様は中に入れては駄目ですよ。今のお姉様は美し過ぎて、お兄様が鼻血を出してしまいそうですもの」

「鼻血を出すイアンも、きっと素敵よ」

「言いますね。確かに、ポールなら鼻血を出してもかっこいいと思いますわ」

「お嬢様方、もっと他に言い方があるでしょう。イアン様もポール様も素敵な殿方ですわ」

「でも、カーラの一番はリアム様でしょう?」

リリアンが悪戯っぽい笑みを浮かべると、カーラの顔が真っ赤に染まった。

「なっ……なんでそれを……！」

「カーラはお姉様と一緒に我が家に来る予定だからね。使用人の調査をするのは当然よ」

「うー……勘弁して下さいぃ……！」

「応援しているわ。リアム様は良い人だけど、あまり人を内側に入れないの。だから、カーラみたいにしっかりしている子がリアム様と幸せになってくれたら嬉しいわ」

「良かったわね。カーラ。リリアンのお墨付きがあれば誰も反対しないわよ」

「お姉様だって賛成でしょう？」

「ええ、おめでとう。カーラ」

「やったわね。侯爵夫人と侯爵令嬢が応援してればすぐ結婚までいけるわよ！　ついでにお兄様も巻き込んでしまいましょう」

「良いわね」

「け、権力って怖いですっ……！」

「けど、わたくしにカーラとの結婚を後押ししてくれって言ったのはリアム様よ」

リリアンの言葉に、カーラの手が止まりました。

「あの策士めぇ……！」

怒ったカーラは、もの凄いスピードで優しく髪とメイクを整えて、リアム様の元へ消えていきました。すぐ戻ると聞いておりますから、ポールが来る頃には戻るでしょう。

「エリザベス、いるかい？」

カーラを送り出すと、イアンがドアをノックしました。

「イアン？　どうしたの？」

「ああ、開けないで。会場に行く前にエリザベスの声が聞きたかったんだ。俺は、エリザベスだけを愛すると神に誓うよ」

「神父様の言葉を一旦否定するのね？」

「ああ。だけど驚かないで。逃げないで。俺はエリザベスだけを愛している」

「どうして神父様に根回ししなかったんですか」

ポールの声がしました。迎えに来てくれたのですね。

「したよ！　けど、信じてもらえなかったんだよ！」

「……ま、仕方ないですね。良いんじゃないですか。兄さんの誓いは、みんなに認められますよ。神に誓えば浮気なんて出来ませんし、したら爵位も無くなりますもんね」

結婚式の誓いは、それほど重いのですわ。

イアンのご両親も、結婚式は他の貴族と同じような誓いをしたそうなのです。普通の誓いでは、三年間または、互いの義務を果たすまで妻を愛する事を誓うか。と聞かれるのです。

互いの義務とは、跡取りを産むということ。三年間は頑張りましょう。三年間で子が産まれないなら、離縁も可能ですよ。という事なのですわ。

当たり前だと思っていた誓いも、改めて言葉にすると、貴族らしい狡《ずる》さが隠れています。

イアンは事前に神父様に誓いを変えたいと相談したそうですわ。でも、神父様は今まで通りでいいだろう。あとで困りますよと取り合って下さらなかったそうです。

だから、強硬手段に出ることにしたそうです。

「爵位を失う事はないよ。俺はエリザベスしか愛せない」

「子どもが出来なかったらどうするんですか？」

「爵位を返せば良い。ポールなら、我が家の領地を任せられる」

「勝手に巻き込まないで下さいよ。まぁでも、兄さんと姉さんの為なら頑張りますよ。姉さんを泣かせたら問答無用で里帰りさせますから覚悟しておいて下さいね」

「嬉し泣きは許してくれ」

「……相変わらず真面目ですね。分かりましたよ。ほら、さっさと行って下さい。時間です。着飾った姉さんを最初に見る男は家族である僕なんですから」

「分かった。着飾ったエリザベスをこれからずっと見るのは俺だ。最後くらい弟に譲ろうではないか」

「クッソ……あの自信満々な顔が腹立つ……！」

イアンの気配がなくなり、ポールが入室の許可を求めて来ました。カーラや他の使用人達も戻り、いよいよ結婚式が始まります。

「姉さん、大好きだよ。今まで僕を守ってくれてありがとう」

「ポールもわたくしを守ってくれたわ。伯爵になったのも、わたくしの為だったんでしょう？」

「……姉さんの為って理由は、半分だけなんだ。僕は兄さんや姉さんみたいに綺麗じゃない。自分の欲の為に、伯爵を目指したんだ」

「欲で良いじゃない」

「……え？」

「欲が無い人間なんていないわ。その欲が犯罪に関わる事なら止めるけれど、ポールの欲は悪い事じゃないでしょ？」

「そんな事ないよ。僕は欲張りで、ズルいんだ」

「ズルくて何が悪いの？　人を騙《だま》す訳じゃないんだから堂々としてなさいよ」

「……堂々と……？」

「そうよ。堂々と自分の欲を言えば良いわ。隠そうとするから後ろめたいのよ。ポールの望みは、悪い事じゃないわ」

「でも僕は、兄さんみたいに人を愛したかったんだ！」

「ポールとイアンは違う人間よ。今のポールが好きだと言ってくれる人が沢山いるでしょう？ポールを否定するのは、その人達を否定する事になるわよ。ポールが好きな人の中に、わたくしもイアンも入っているのよ」

「……姉さん……！」

「自信を持ちなさい。法と、必要なマナーを守れば良いだけよ。あとは自分のやりたいようにやれば良いの。ポールはもう立派な伯爵家当主なのだから。弟が大好きな姉から結婚前の最後のアドバイスよ。困った時は、ちゃんと相談しなさい。相談した上で、自分で考えなさい。最後に決めるのは、自分よ。結婚してからも、いつでも相談してね」

「……もう……姉さんは相変わらず優しくて……厳しいんだから……」

「わたくし達はふたりで支え合って生きてきた。けどこれからは、頼りになる家族が増えるわ。それでも……今までも、これからも、わたくしの大事な弟はポールなのよ」

会場に到着すると、美しい歌声が聞こえました。リリアンとソフィア様の歌声です。おふたりは、式の為に歌を習って下さいました。プロの歌い手と変わらない美しい旋律が、厳粛な会場に響き渡ります。

おふたりの歌を聞いたポールは涙を拭い、優しくわたくしの手を取りました。

「姉さん、行こう」

「ええ」

会場に来ている参加者の方々は、みんな拍手をして下さいます。国王陛下と王妃様もご参加下さっています。王妃様が小さく手を振って下さったので頭を下げると参列していたリンゼイ子爵の顔色が悪くなりました。もうリンゼイ子爵がわたくしを舐《な》める事はありません。ポールは取引を切る気はないそうです。ドロシーもいますから没落されても困りますし、手綱を付けておく方がやりやすいと言っておりました。

様々な人達の祝福の言葉を聞きながらゆっくり歩みを進めると、イアンが笑顔で立っていました。ポールがわたくしの手をイアンに渡します。

「姉さんをよろしくお願いします。不幸にしたら、許しませんから」

「必ず幸せにする」

「安心して。わたくしはイアンがいるだけで幸せだから」

「もう、姉さんには敵《かな》わないよ」

ポールがひとりで親族の席に着きます。

両親は不参加です。親戚も縁が薄く、親族と言える人はおりません。

だけどポールのすぐ近くには歌を歌っているリリアンとソフィア様がいます。この配置にこだわったのはリリアンです。ひとりで座るポールを安心させたかったそうです。ソフィア様は、ニコニコと笑いながら参加者を見定めています。ポールをうっとりと眺めていたご令嬢が震えています。視線だけで怯えさせるなんて頼もしいですわ。

美しい歌が終わり、静寂が訪れました。

結婚の誓いが始まります。

「新郎イアン・ル・ブロンテは、病める時も、健やかなる時も、三年間または、互いの義務を果たすまで妻エリザベスを愛する事を誓いますか?」

「いいえ。誓いません」

きっぱりと言い切るイアンの声は、会場中に響き渡りました。

会場が大騒ぎです。

嬉しそうな黄色い声もしました。卑しい女は相応《ふさわ》しくないわ!　そんな声も聞こえます。

見兼ねた神父様が静かにするように声を掛けると、ようやく静かになりました。悪意と好奇の視線がわたくしに集中しました。中には、心配してくれている友人もいます。涼しい顔をしているのはポールとリリアン、ソフィア様とリアム様位でしょうか。

リンゼイ子爵はなにかを期待しておられますし、国王陛下は楽しそうに笑っておられます。

「どういうおつもりですか」

神父様が険しい顔でイアンを睨《にら》みつけました。

「俺はエリザベスだけを生涯愛すると誓います。病める時も、健やかなる時も、エリザベスしか愛しません」

イアンの言葉に、リアム様とリリアン、ソフィア様が拍手をして下さいました。拍手は会場中に広がり、好奇の視線は和らぎました。

「神の前で宣言した誓いを破る事は許されません。分かっているのですか？」

「はい。ここで誓えば、余計なちょっかいを掛けられる事はありませんから」

「それほど新婦を愛しておられる、と。では、改めて伺《うかが》います。新郎、イアン・ル・ブロンテは病める時も健やかなる時も、死がふたりを分かつまで互いを愛し、慈しみ、新婦エリザベスだけを愛すると誓いますか？」

「はい。誓います」

「新婦エリザベスは、病める時も健やかなる時も、死がふたりを分かつまで互いを愛し、慈しみ、新郎イアンだけを愛すると誓いますか？」

「はい。誓います」

「では。誓いの口付けを」

イアンの口付けはいつも優しくて、温かいです。

大きな拍手が会場中に広がり、イアンを称賛する声が響きます。

「神の誓いを違える事は許されません。この夫婦の誓いを邪魔しようとする者は、神に背いたと見做されるでしょう」

神父様の宣言に、悲鳴が聞こえました。

やたら派手に着飾っておられるご令嬢達からです。

もう顔も名前も覚えておりますから、あとで丁寧にお話をさせて頂きましょう。もう、不安に思う事はありません。わたくしは、イアンの妻なのですから。

「エリザベス、愛している」

何度も聞いた言葉は、わたくしを成長させてくれました。

イアンに愛されているのなら大丈夫。そう思うと自信が湧いて、今まで出来なかった事にもチャレンジ出来るようになりました。

侯爵夫人は、苦労も多いでしょう。でも、イアンの隣にいる為ならなんだってしてします。

それに、楽しい事もたくさんあるのです。優しい人もいるし、意地悪な人も上手く対処すれば味

方になってくれる。とても充実した日々を送っています。

「わたくしも、イアンを愛しているわ」

これからもずっと、大好きな人と共に生きていきますわ。

新＊感＊覚ファンタジー！

レジーナブックス Regina

お礼と溺愛が雨あられ!?

金貨一枚貸したら辺境伯様に捕まりました!?

屋月《やづき》トム伽《か》
イラスト：縹ヨツバ

毎日、周りから仕事を押し付けられている孤児院出身の聖女ミュスカ。ある大雨の日、びしょ濡れの男性に出会った彼女は全財産である金貨一枚を貸してあげた。数日後、教会にやってきた彼はなんと辺境伯のレスターで、ミュスカを領地まで連れて帰る。聖女に仕事を頼みたいだけだと思ったのに、なぜか結婚を申し込まれてしまって……!?　不憫な聖女の逆転シンデレラストーリー開幕!!

詳しくは公式サイトにてご確認ください。

https://www.regina-books.com/

携帯サイトはこちらから！

作品に対する皆様のご意見・ご感想をお待ちしております。
ガキ・お手紙は以下の宛先にお送りください。
先】
150-6008 東京都渋谷区恵比寿 4-20-3 恵比寿ｶﾞｰﾃﾞﾝﾌﾟﾚｲｽﾀﾜｰ８F
）アルファポリス　書籍感想係

ールフォームでのご意見・ご感想は右のＱＲコードから、
あるいは以下のワードで検索をかけてください。

アルファポリス　書籍の感想　検索

ご感想はこちらから

本書は、「アルファポリス」（https://www.alphapolis.co.jp/）に掲載されていたものを、改稿、加筆のうえ、書籍化したものです。

妹《いもうと》と婚約者《こんやくしゃ》の逢瀬《おうせ》を見《み》てから一週間《いっしゅうかん》経《た》ちました

みどり

2023年 3月 5日初版発行

編集－本丸菜々
編集長－倉持真理
発行者－梶本雄介
発行所－株式会社アルファポリス
〒150-6008 東京都渋谷区恵比寿4-20-3 恵比寿ｶﾞｰﾃﾞﾝﾌﾟﾚｲｽﾀﾜｰ8F
TEL 03-6277-1601（営業） 03-6277-1602（編集）
URL https://www.alphapolis.co.jp/
発売元－株式会社星雲社（共同出版社・流通責任出版社）
〒112-0005 東京都文京区水道1-3-30
TEL 03-3868-3275
装丁・本文イラスト－RAHWIA
装丁デザイン－AFTERGLOW
（レーベルフォーマットデザイン―ansyyqdesign）
印刷－図書印刷株式会社

価格はカバーに表示されてあります。
落丁乱丁の場合はアルファポリスまでご連絡ください。
送料は小社負担でお取り替えします。

ISBN 978-4-434-31674-6 C0093

[illegible]